THE SIGMA FORCE SERIES ⑪

［上］

ジェームズ・ロリンズ

桑田 健［訳］

The Seventh Plague

James Rollins

シグマフォース シリーズ⑪

竹書房文庫

目次

短編

モーセの災い 上巻

主な登場人物

〈クラッシュ・アンド・バーン〉

セイチャン……ギルドの元工作員
ジョー・コワルスキ……シグマの隊員

〈モーセの災い〉

グレイソン（グレイ）・ピアース……米国国防総省の秘密特殊部隊シグマの隊員
ペインター・クロウ……シグマの司令官
モンク・コッカリス……シグマの隊員
キャスリン（キャット）・ブライアント……シグマの隊員。モンクの妻
ジョー・コワルスキ……シグマの隊員
セイチャン……ギルドの元工作員。グレイの恋人
サフィア・アル＝マーズ……英国の考古学者。ペインターの旧友
ジェーン・マッケイブ……英国の考古学者
デレク・ランキン……英国の生物考古学者
ハロルド・マッケイブ……英国の考古学者。ジェーンの父
ローリー・マッケイブ……英国の考古学者。ジェーンの兄、ハロルドの息子
イリアラ・カノー……英国の疫学者
サイモン・ハートネル……クリフ・エネルギーのＣＥＯ
アントン・ミハイロフ……サイモンの手下
ヴァーリャ・ミハイロフ……サイモンの手下。アントンの姉

クラッシュ・アンド・バーン

シグマフォース シリーズ 10・5

四月十七日午後七時四十八分
北大西洋上空

〈こいつ、何を考えているわけ？〉

女性をはやし立てるような口笛の音を耳にして、セイチャンはガルフストリームG150の豪華な客室の通路を挟んだ反対側に視線を向けた。プライベートジェットの定員は四名だが、ワシントンDCからモロッコのマラケシュに向かう機内に乗客はほかに一人しかいない。ただし、その大柄な体が飛行機の右側の座席をほぼ独り占めしていた。

ジョー・コワルスキは身長が二メートル近くあり、その体のほとんどは筋肉と傷跡から成る。左右の脚を前に投げ出し、靴をはいたままの両足を向かい側の座席の革張りの座面に載せている。膝の上にはふたを開いた長いケースが大事そうに置かれていた。コワルスキは下唇を指先でさすりながら眉間（みけん）にしわを寄せ、保護材の入ったケースの中身を凝視している。もう片方の手はケースに収められた銃身の短いショットガンの輪郭をなぞっていた。

「いいねえ」コワルスキがつぶやいた。

セイチャンは大男に向かって眉をひそめた。「高度一万メートルの上空で銃をいじくり回さないでくれる？」

〈時と場所をわきまえてもらわないと〉

コワルスキはセイチャンの懸念に対して顔をしかめただけで、武器をつかむと手の中で一度、二度とひっくり返した。「別に弾が入っているわけじゃないんだし」そう言いながらショットガンを開くと、二つの薬室の中が確認できる——そこには二発の弾薬が装塡されていた。コワルスキは急いで中身を取り出し、咳払いをした。「少なくとも、今は入っていないぜ」

ケースの中には予備の弾帯も収納されていた。左右に二本の銃身が並んだ銃の造りは開拓時代のアメリカ西部を思わせるが、この武器は古めかしさとは対極に位置している。ケースの内側に貼ってあるラベルがその事実を裏付けていた。

国土安全保障先端研究計画局

試作段階にあるこの武器は「ピエイザー」と呼ばれる。銃床には高性能のバッテリーが内蔵されている。12ゲージの散弾の中に詰まっているのはペレットや岩塩粒ではなく、電荷を蓄えることのできる圧電結晶だ。電源を入れると、この武器は弾薬を帯電させる。引き金を引けば、発砲された弾薬が空中で破裂し、一つ一つがテーザー銃に等しい電圧を帯びた結晶の粒をまき散らす。ワイヤーの必要がなく、約五十メートルの射程を持つこの非殺傷性の武器は、群衆を鎮圧しなければならない状況において最適とされる。

「あんたのその新しいおもちゃは着陸するまで絶対にケースから出さないこと、と約束したはずだけど」

事前の取り決めにより、各自の武器は——鞘（さや）に収めたセイチャンのダガーナイフも含めて——厳しいセキュリティ検査にも耐えられるように設計されたカムフラージュ用のケースで運搬することになっていた。

コワルスキはばつの悪そうな顔で肩をすくめた。長い移動で退屈して手持ち無沙汰になり、決まりなどくそ食らえだと思ったに違いない。

「元に戻してふたを閉めておいて」セイチャンはコワルスキに伝えた。「クロウはあんたが暇な時に試し撃ちをしてもかまわないと言っていたけど、それは地上での話だからね」

〈あと、私と別れた後にしてもらえれば、なおありがたい〉

モロッコに到着後、二人は別行動を取る予定になっている。セイチャンはマラケシュにおける盗難古美術品の不正取引を調査するため、ペインター・クロウ司令官によって派遣された。取引による資金は複数のテロリスト集団に流れており、内部に潜入して取引の実態を暴くには過去にそうしたグループとつながりのあったセイチャンが最適だと判断されたのだ。

一方、コワルスキはシグマフォースから長期休暇を取得したところで、たまたま行き先が同じ方向だったためこの飛行機に同乗している。セイチャンがマラケシュでガルフストリームを降りた後、コワルスキは引き続きドイツまで飛び、ライプツィヒの遺伝学研究所で働くガールフレンドのもとを訪れるらしい。

この飛行機に乗り合わせていること以外にも、セイチャンとコワルスキは「シグマフォースの異端児」というあまり名誉ではない立場を共有している。この秘密組織は国防総省の研究・開発部門に当たるDARPA（国防高等研究計画局）の傘下にある。かつて特殊部隊の兵士だった隊員たちは、各種の科学分野の再訓練を受けた後、様々な世界規模の脅威からアメリカの利害を守るため、DARPAの実戦部隊として活動する。

セイチャンとコワルスキはその枠に当てはまらない存在だ。

セイチャンはかつてテロ組織に所属する暗殺者だったが、今は非公式な形でシグマのために動いている。コワルスキは元海軍の上等水兵で、たまたま悪い時に悪い場所に居合わせたことがきっかけでシグマに加わり、いろいろなものを吹き飛ばすのに優れていることからチームの「力仕事」担当として任務のサポート役を務めることが多い。

こうしたはみ出し者としての立場を共有している一方で、二人は正反対の存在でもある。典型的なアメリカ人のコワルスキは、声も態度もでかいし、人当たりはあまりよくないし、強いブロンクス訛りの英語を話す。一方のセイチャンはヨーロッパとアジアの血が混じっており、痩身かつ敏捷で、人目につかない影となって行動する訓練を受けている。

そうした違いがあるにもかかわらず、セイチャンはこの大男とのある共通点を認識していた。プライベートジェットの離陸前、コワルスキが電話でガールフレンドのマリアと話しているのを耳にした。二人の関係は始まったばかりで、まだ試練を迎えておらず、可能性に満ちあふれている。電話をしている間、コワルスキは満面の笑みを浮かべ、全身を震わせて笑い声をあげていた。セイチャンはコワルスキの声の中に、自分にも覚えのある願望と欲求が込められているのを感じ取った——その中には肉体的なものもあれば、心の奥底から湧き上がってくるものもある。

同じように、セイチャンにも相手がいる。類いまれな才能と、計り知れない忍耐力を持つ男性だ。その男性は距離を詰めるべき時と距離を置くべき時をわきまえてくれている。自分のような女性を愛するためには、そうした能力が不可欠になる。十年以上にわたって影の中に潜む日々を送り、組織に命じられるままの行為に手を染めていると、心の内にその闇を取り込まなければやっていけない。

今でさえも、セイチャンの気持ちが晴れることはない。シグマでの新しい人生も、過去と比べてそれほどの違いがあるわけではない。いまだに身を潜めていなければならないのだから。

〈ほかに選択肢があるわけでもないし〉

かつて所属していた組織を裏切った後、セイチャンは敵に囲まれることになった。唯一の拠り所がシグマの内部だが、そこでも人目を忍んで影の存在として生き続けなければならず、彼女の存在やその過去を知るスタッフはほんの一握りしかいない。

窓の外に目を向けると、太陽が水平線に沈みかけている。その明るさに苦痛を覚えたものの、セイチャンはまばたきをしなかった。光を心の奥深くにまで取り入れることで、よこしまな考えを振り払い、闇を追い払おうとする。けれども、そんなのはまやかしにすぎない。間もなく夜が訪れる。太陽の光をもってしても、暗闇の訪れを永遠に押しとどめておくことはできない。

無線を通して操縦士の声が聞こえた。「十五分後にポンタ・デルガダに着陸の予定」

翼の下に目を向けると、前方に延びる火山群島が見える。アゾレス諸島はポルトガル領の島々で、自治権を持つ行政区だ。プライベートジェットは九つの島の中で最大のサンミゲル島に着陸し、給油をすませてすぐに離陸する予定になっている。ガルフストリームの航続距離では大西洋を無着陸で横断できない。

着陸に向けて降下を開始する機内から海上に連なる島々を眺めていたセイチャンは、緑に覆われたカルデラの内部で太陽の光を反射する小さな銀色の湖の存在に気づいた。住民のほとんどは主要都市のポンタ・デルガダや小さな町で生活していて、島々の多くには手つかずの自然が残っている。

再び操縦士の声が聞こえてきた。「シートベルトを締めて着陸に――」

その言葉が無線からの大きな甲高い雑音にかき消される。それと同時に、セイチャンは全身に火がついたかのような熱さを感じた。痛みで何も見えなくなり、燃え上がる皮膚に息をのむ。通路を挟んだ反対側でコワルスキがわめいた。炎を吸い込んでいるのではないかと思う中、機体が大きく揺れる。ガルフストリームが機首を下にして急降下を始めた。焼けつくような熱さを感じたまま、シートベルトで固定された体が座席から浮き上がるのを感じる。

次の瞬間、すべてが終わった。

視界が戻り、皮膚が焼かれるような苦痛もひどい日焼けの後のほてり程度にまで弱まっている。コワルスキの方を見ると、呆然（ぼうぜん）とした様子で背中を丸めたまま、大きな両手で肘掛けをしっかりと握り締めていた。

〈いったい何が……〉

苦痛は終わったものの、飛行機の急降下は続いている。セイチャンは一呼吸入れて気持ちを落ち着かせながら、操縦士が機体の制御を取り戻せるか見極めようとした。状況に変化がないため、シートベルトを外し、傾いた機内を転がり落ちるように小さなコックピットに向かう。セイチャンは力をこめて扉を開き、ぶら下がるような体勢で中をのぞき込んだ。操縦士――フィッツジェラルドという名前の六十二歳になる元空軍兵士が、操縦席に座ったまま突っ伏していた。シートベルトがどうにか体を支えているが、意識を失っているのは明らかだ――死んでいなければの話だが。

セイチャンは空いている副操縦士席に座り、自分の側で機体を制御できるように切り替えた。両手で操縦桿を握り、手前側に思い切り引く。フロントガラスの向こうに見えるのは青海原だけで、しかも急速に近づいてくる。セイチャンは懸命に機首を上げようとした。

〈言うことを聞いてよ……〉

機体の前部が徐々に持ち上がるにつれて、窓の外の光景も変化する。最初は緑色の線が……続いて森の外周が……そして火山の急峻な山腹が見えてくる。

真っ逆さまに墜落する危機からは脱したものの、依然として降下角度が急すぎるし、スピードも速すぎる。再び高度を上げようにも、時間と空間の余裕がない。計器盤を一瞥したところ、下降を続ける高度計の数値と機体の進入経路を示す地図は、セイチャンの不吉な予想を裏付けていた。

〈落ちるのは避けられない〉

そのことを悟り、セイチャンはエンジンの出力をゼロにした。

コワルスキに向かって叫ぶ。「墜落に備えて！　今すぐ！」

　セイチャンは空いている片手で両肩と腰にシートベルトを装着した。海面が急速に近づく間も、操縦桿を手前に引き続ける。翼を水平に保つため、フラップを調整する。

　セイチャンは高性能の計器よりも自分の感覚に頼ることにした。窓の外に目を向け、迫りくる海を凝視するうち、前方に弧を描いた砂浜があることに気づく。砂浜の先には森があり、森の間から突き出た火山の山腹が黒い断崖を成している。しかし、砂浜と木々に覆われた山裾の間に、夕日を浴びて大きなリゾート施設が輝いていた。二十階分の高さはあろうかという建物の白い壁とガラス窓が光り輝く様は、天国の入口に当たる真珠の門が熱帯にそびえているかのようだ。

〈あそこに突っ込んだら本当の天国行きだ〉

　炎に包まれて最期を迎える事態を避けるために、セイチャンは海上への強引な不時着を余儀なくされた。海面が迫りくるのもかまわず、ぎりぎりの瞬間まで待ち、行動を起こすためのタイミングを見計らう。機体が海面にぶつかる直前、セイチャンはフラップを下げ、エンジンの出力を一気に上昇させた。突然の推進力を得て、機首がふわりと浮き上がる。最初に機体の最後尾が海面に接触する。その衝撃を合図に、セイチャンはエンジンを切った。飛行機の胴体が海面に打ちつけられる。

　体を座席に固定されたまま激しく前方に振られたセイチャンは、勢いのついた機体が水面を伝う平らな石のように飛び跳ねたり回転したりしながら進む間、どうすることもできずにいた。翼の先端に波を受けた機体は、最後の三十メートルほどを側転しながら進んだ後、ようやく砂にめり込み、浅瀬で停止した。

シートベルトが体に食い込んだ状態のまま、セイチャンは大きく深呼吸を繰り返しながら、心臓が口から飛び出しそうになるのをこらえた。

「こっちはまだ頭も手足もちゃんとくっついているぜ！」客室からコワルスキが呼びかけた。「飛行機もそうなのかはわからないけどな」

もちろん、コワルスキのことだから大丈夫に決まっている。あの男は人並み外れて鈍いから、これくらいのことでは動じていないだろう。

「フィッツジェラルドを助けるから手を貸して」セイチャンは命じた。

操縦士は意識を失ったままだが、少なくとも呼吸はしているようだ。セイチャンは自分のシートベルトを、続いてフィッツジェラルドのシートベルトを外した。前のめりになる操縦士の体を抱きかかえる。

コックピットに入ってきたコワルスキがフィッツジェラルドの体を片手でひょいと抱え上げ、意識のない操縦士を客室に運び出した。「彼はどうしちまったんだ？」

「そのことを考えるのは後で」焼けつくような痛みが襲ってきたことは覚えているが、その原因が何なのか、それが何を意味するのかは、さっぱりわからない。

〈問題は一つずつ片付けていかないと〉

セイチャンは二人の男性の脇を通り抜け、客室の扉を肩で押し開けた。機内に吹き込む風が、潮の香りと燃える油のにおいを運んでくる。前方に素早く目を向けると、つぶれたエンジンカバー付近が煙を噴いていた。燃料タンクがほとんど空っぽの状態で飛んでいたとはいえ、まだ爆発の危険はある。

機体の外に飛び降りると、水深は太腿くらいまであり、ブーツとジーンズが水に浸かる。打ち寄せる波に濡れないように、セイチャンは上着の裾を持ち上げた。

浜辺の方を指差す。「急いで！」

続いてコワルスキが飛び降りたが、膝丈のレザーのダスターコートが濡れるのもまったく気にしていない。コワルスキはフィッツジェラルドの左右の腋(わき)の下に自分の腕を入れ、後ろに引きずりながら海岸に向かって歩き始めた。

二人は機体の側面から離れ、どうにか乾いた砂浜までたどり着いた。その頃には太陽も水平線に沈み、二人の背後に赤みがかった空が残るだけになっていた一方で、行く手には暗い火山がそびえ、その周囲を取り巻く夜空に星が輝き始めていた。

どうやらアゾレス諸島の外れにある島の一つに不時着したようだ。

〈だが、正確にはどの島なのか？〉

セイチャンは砂浜の奥に目を向けた。百メートルほど先には上空から目にしたリゾート施設があり、人がいそうなのはそこくらいのようだ。ヤシなどの木々から成る暗く深い森の間から、建物が空に向かって伸びている。松明(たいまつ)の火でホテル内のいくつものテラスが浮かび上がっていた。かすかな音楽の調べが砂浜にまで伝わってくる。

助けを求めるとすればあの方角しかないと思いつつも、セイチャンは不時着して以来ずっと、警戒を解くことができずにいた。

コワルスキでさえもそのことに気づいたようだ。〈ここは何かがおかしい〉「どうして誰も俺たちの様子を見にこないんだ?」

うめき声を耳にして、二人は砂浜に視線を戻した。操縦士が意識を取り戻したらしく、冷たい海中を引きずられたせいで体を震わせている。

コワルスキがフィッツジェラルドの傍らで片膝を突き、上半身を起こしてやった。「よし、もう大丈夫だからな」

しかし、大丈夫ではなかった。

フィッツジェラルドの視線がコワルスキをとらえた途端、うめき声が低いうなり声に変わる。驚いたコワルスキが体をそらした。激しい怒りに表情を歪(ゆが)めながら、フィッツジェラルドがコワルスキの体を押す。その予想外の強さに、大男は尻もちを突いた。操縦士は勢いよく立ち上がると、片手の握り拳を砂浜につけ、挑むような姿勢を取った。

唇をねじ曲げ、歯をむき出したフィッツジェラルドの視線が、二人の間を行き来する。

何の前触れもなく、フィッツジェラルドはセイチャンに飛びかかった。小柄な方の相手を選んだのだろう。セイチャンは操縦士の突進を受け止め、相手の勢いを利用しながら腰を使って投げ飛ばした。少なくとも、そうなるはずだった。だが、フィッツジェラルドは六十歳を超えているとは思えないような敏捷さで、セイチャンの腰に腕を巻き付けた。もつれ合ったまま、二人の体が砂に叩きつけられる。仰向け（あおむ）けに倒れたセイチャンは、顔面に噛みつこうとする相手の動きをかろうじてかわしたが、危うく耳を食いちぎられそうになった。

二人は取っ組み合ったまま砂の上を転がった。セイチャンは何とかして相手を振りほどこうと試みるものの、操縦士の力は恐ろしく強いし、反射神経も鋭い。どうにか両膝を抱え込むと、セイチャンはフィッツジェラルドの腹部に強烈な蹴りを入れた。ようやく操縦士の手が離れ、その体が後方に吹き飛ばされる。

だが、セイチャンが立ち上がるよりも早く、フィッツジェラルドはうずくまった姿勢で着地した。砂の上を滑りながらも、信じられないことにまったくバランスを崩さない。操縦士は再びセイチャンに飛びかかろうとした。

背後で一発の銃声がとどろいた。青くきらめく火花の帯がセイチャンの頭上を飛び越え、操縦士の胸に命中した。まばゆい破片の数個が相手の体の先に散らばり、暗い砂の上で光を発する。

フィッツジェラルドが砂浜に仰向けになってひっくり返った。両手足が小刻みに震えている。濡れた服の上を電気がクモの巣のように走っている。目のくらむような光の効果が消えると、操縦士は再び意識を失い、その体から力が抜けた。

振り返ったセイチャンが目にしたのは、新しいおもちゃを構えるコワルスキの姿だった。ピエイザーの二本ある銃身のうちの片方の銃口は、放たれたエネルギーがまだかすかな光を発している。どうやらこの男は武器を機内に置き去りにすることを拒み、ダスターコートの下に隠し持っていたに違いない。腰のまわりにはすでにピエイザーの弾帯が巻き付けてある。

〈おもちゃに対するこの男の執念深さに感謝しないと〉

コワルスキはショットガンの銃口を下に向け、いとおしげな目つきで眺めた。「効き目があったみたいだな」

セイチャンは気を失った操縦士に視線を戻した。

〈抜群の効き目ね〉

セイチャンは煙を噴き上げるプライベートジェットの方を眺めながら、危険を承知のうえで自分の武器を取りに戻るべきかどうか、考えを巡らせた。

「誰か来るぞ」コワルスキの声に、セイチャンは砂浜に注意を戻した。

リゾート施設の敷地の方でヘッドライトが点灯したかと思うと、暗い砂浜にまばゆい光を投げかけた。波打ち際までとどろく低いエンジン音から推測するに、大型トラックがこちらに向かってくるようだ。

「生存者がいるかどうか、ようやく確認しにきてくれるみたいだな」コワルスキがつぶやいた。

だが、これまでの不可解な出来事から、セイチャンはその逆の可能性が高いような気がした。フィッツジェラルドを指差す。「彼を森の中に連れていって」

「どうして俺たち――?」

「いいから言う通りにして。今すぐに!」

コワルスキが指示に従う一方で、セイチャンは乾いたヤシの葉を手に取った。森の中に通じる自分たちの足跡を隠そうと、それが無理でも足跡の数を少なく見せかけようとする。木々の下に入ると、セイチャンはほうき代わりのヤシの葉を投げ捨てた。

「立ち止まらないで。フィッツジェラルドを隠せる場所を見つけないと」

「その後はどうするんだ?」

セイチャンは木々の向こうでちらちらと揺れる松明の火を見つめた。「遅めのチェックインができるかどうか、問い合わせるつもり」

午後八時三十八分

青い花を咲かせたアジサイの生け垣の陰に隠れながら、セイチャンはリゾート施設の裏手に当たる薄暗い敷地内に目を配った。手入れの行き届いた広い芝生の中や庭園内の通路を動く人影は見えない。はっきりと聞こえてくるのは人工の池に設置された数カ所の小さな噴水の音だけだ。上の方に目を向けると、テーブル上にともるろうそくの炎が二階のテラス席を映し出しているものの、客の姿はまったく見えない。

〈ここは明らかに何かがおかしい〉

近い距離から観察したところ、どうやらこのリゾート施設は建てられてまだ間もないようだ。工事が完了していないところもあるらしく、一方の壁面には足場が組まれたままだし、土を耕してはあるもののまだ何も植わっていない花壇もあれば、バケツに入れられたままの苗木も並んでいる。

それでも、かすかな音楽が流れてくるし、松明の火も燃えていることから、すでにこの施設が開業しているのは間違いない。スタッフの研修や設備の試運転を兼ねた部分開業なのかもしれない。

隣でうずくまるコワルスキが、頬のすぐ近くを通り過ぎた黒い生き物を手ではたいた。

「何でまたコウモリがこんなに飛んでいるんだ?」

森の中を横切っている間に、セイチャンも同じことに気づいていた。膜のような翼を持つこの生物が枝から枝へと無数に飛び回っていて、彼らの超音波のコーラスのせいで歯がうずくような感覚に襲われた。ホテルの敷地内でもコウモリの群れが煙のように渦を巻いており、低空飛行をしたり空高く舞い上がったりしている。背後にそびえる火山の真っ暗な山腹にある洞窟や岩場の巣から、夜の狩りのためにコウモリが次々に飛来しているとしか思えない。

しかし、現時点で最も気にかけるべき相手はコウモリではない。

セイチャンは左手の方角に視線を向けた。砂浜のすぐ近くから木々の間を通して見える光は、墜落した飛行機に引き寄せられた何者かが乗るトラックの所在地を示している。時折、大きな声が二人のもとまで届くが、言葉まではっきりと聞き取れない。捜索者たちは飛行機に誰も乗っていないことをすでに確認し、森の中を探し始めていることだろう。コワルスキとともに急いで身を隠す必要があり、目の前のホテルはそのための場所を数多く提供してくれるはずだ。

コワルスキがセイチャンを小突きながら指差した。「あの四輪バギーの向こう。陰から突き出ているのは脚じゃないか?」

その方角に目を凝らしたセイチャンは、大男の言う通りだということに気づいた。「調べる方がよさそうね」

セイチャンは生け垣の切れ目を抜けて裏手側からリゾート施設内に入った。低い姿勢を保ちながら、敷地の周囲を照らす松明の火を避けて進む。カワサキの小型四輪バギーの後部にはトレーラーがつながれていて、ポットに入った花を収めたトレイが積み込んである。バギーはまだ何も植わっていない花壇の横に停まっていた。トレーラーの横には男性が一人、うつ伏せに倒れている。緑色の作業服を着ていることから、おそらく造園関係のスタッフだろう。

セイチャンは男性の胸が一定のリズムで動いていることに気づいた。

意識を失っているだけだ。

コワルスキが体をかがめ、指で脈を取ろうとした。

セイチャンはコワルスキを引き戻した。フィッツジェラルドの狂気に歪んだ表情が頭に浮かぶ。「やめた方がいい」セイチャンは二階のテラス席の真下に見える高さのある扉を指差した。「建物の中なら人目につきにくい」

左手の森の中で動く懐中電灯の光を意識しながら、セイチャンは足を速めて真っ直ぐ扉に向かった。手を伸ばして扉を引っ張るが、鍵がかかっている。建物の裏手に沿って移動しながらいくつもの扉を試し、ようやく鍵のかかっていない場所を発見した。セイチャンは扉を引き開け、すぐ後ろにコワルスキを従えながら暗い通路に足を踏み入れた。

「これからどうするんだ？」コワルスキが小声で訊ねた。

「武器の確保」

セイチャンは屋外のテラス席を思い浮かべながら、絨毯を敷き詰めた通路の先に進んだ。〈どこかにキッチンがあるはず〉……人気のない通路を半分ほど進むと、扉に「EMPREGADOS APENAS」と記されている。ポルトガル語にはあまり詳しくないものの、「従業員専用」の意味だろうということは容易に察しがつく。

取っ手を試したところ、鍵はかかっていない。扉を開けて中に入ると、狭い階段が上の階に通じている。セイチャンは階段を上った。

建物のこのあたりには装飾の要素がまったく見られない。壁のペンキも塗っていないことから、やはりホテルの建設工事はまだ進行中なのだろう。踊り場に達したセイチャンは、揚げた油とスパイスのにおいを頼りにステンレス製のスイングドアに向かった。

片側の扉を押し開けて中をのぞくと、その先にあったのは大きな業務用の厨房で、オーブンやガスコンロが並んでいる。いくつもの鍋が煮立って湯気を上げていて、中には噴きこぼれてしまっているものもある。四つのフライパンで調理中なのは魚の切り身と思われるが、いずれも焦げて黒い塊と化していた。

その原因は一目瞭然だった。白いエプロン姿のコックが十人以上、床に突っ伏していて、手足が絡まった状態で折り重なるように倒れている人たちもいる。造園士と同じように、全員がまだ呼吸をしているようだ。

「慎重に」セイチャンは小声でささやいた。「足もとに注意すること」

セイチャンを先頭に、二人は厨房内を横切り始めた。床に転がるコックたちを起こさないように注意深く足を踏み出す。フィッツジェラルドとの騒ぎをここで繰り返したくはない。

何が起きているのかはわからないものの、セイチャンは状況を把握しつつあった。飛行機に搭乗中の焼けつくような痛みを思い出す。機体の最前部にいた操縦士は、謎の力をまともに食らってしまったに違いない。後部の客室内にいたセイチャンとコワルスキは、そこまでの影響を受けずにすんだのだ。

セイチャンは床に倒れた男性の大きなおなかをまたいだ。頭の横にはつぶれたコック用の帽子が転がっている。男性は大きないびきをかいていた。ここを襲った衝撃の正体は不明だが、致死性のものではなかったらしい。それでも、フィッツジェラルドの高い攻撃性とアドレナリンに後押しされた力強さから推測する限りでは、何らかの影響が及んでいて、暴力的な性格への変化という形で現れているようだ。

セイチャンは調理器具が並んでいるところまでたどり着き、長い刃の肉切り包丁と小型の骨切り包丁を一本ずつ手に取った。コワルスキは斧のような刃を持つ大型の肉切り包丁を選んだ。まだショットガンを抱えているものの、接近戦になった場合に備えて殺傷力のある武器も欲しいと考えたのだろう。

「これでなくっちゃな」そう言いながら、コワルスキは後ずさりした。

そのかかとが、床の上で眠る洗い場担当の男性の鼻を踏みつけた。痛みを訴えて鼻を鳴らした大きな音が、まずい事態の発生を告げる。振り返った二人のことを、険しい眼差し（まなざし）が見つめていた。その身のこなしは、またしても信じられないような速さだ。男性が飛びかかる――だが、コワルスキの持つ包丁の太い木製の柄が振り下ろされた。ハンマーでココナツの実を叩いたかのような音が響く。男性の体はほんの一瞬、空中で動きが止まったように見えたが、そのまま再び床に落下した。

「そうそう、いい子だ」コワルスキが言った。「大人しく寝ていろ」

セイチャンは体をかがめた。男性は白目をむいているが、この様子なら大丈夫だろう。目が覚めた時には左耳の後ろ側に大きなこぶができていることに気づくだろうが。セイチャンは体を起こし、コワルスキをにらんだ。

「わかってるって」コワルスキは手を振りながら先に進むよう促した。「足もとには注意するよ」

厨房の外に出ようとしたセイチャンは、扉の近くの配膳用カートの上に背の高いケーキが載っていることに気づいた。ピンク色のアイシングで花の形があしらわれているほか、漫画のキャラクターを思わせる赤い犬の台詞（せりふ）として「お誕生日おめでとう、アメリア！」の文字が踊っている。どうやら誰かの誕生日パーティーが開かれていたらしい。ろうそくが九本だけなのを目にして、セイチャンはぞっとした。

「行くわよ」そう言い残すと、足早に厨房を出て短い通路を進む。

両開きの扉の先は四階まで吹き抜けのロビーだった。左手には松明の火で照らされた食事用のテラス席がある。セイチャンは砂浜側の敷地の様子を確認するため右手に向かった。子供の誕生日用のケーキを思い浮かべ、自然と足が速まる。前方に目を向けると、外に通じる高さのある扉が開け放たれていた。海からの弱い風が大理石を用いた建物内に吹き込んでくる——それとともに数匹のコウモリも飛来し、大きな弧を描きながらクリスタルのシャンデリアのまわりを飛び交う。

室内に目を戻すと、ロビー内でも意識を失った人たちが床に倒れたり椅子にもたれかかったりしている。セイチャンはフロントの向かい側にあるカクテルラウンジに向かった。バーカウンターのすぐ隣は床から天井まで壁の全面が窓になっていて、海側の景色を一望できる。あそこならカウンターの陰に身を隠しつつ、外の様子をうかがうことができるだろう。

床に倒れた高価なドレス姿の女性と、その傍らで割れたマティーニのグラスをよけながら、セイチャンはテーブルの間を縫うように進んだ。

カウンターの陰に回り込むと、コワルスキをそばに引き寄せる。

「姿勢を低くして」注意を与える。

カウンターの裏側では、しっかりとプレスされた黒のスーツ姿の男性が床に座り込んでいた。尻もちを突いた姿勢で、背中は前面がガラスになった高さのあるワイン用の冷蔵庫にもたれている。頭は片側に傾き、唇からは一筋のよだれが垂れていた。

セイチャンはバーテンダーを指差したが、言葉を発するよりも先にコワルスキが手を振って遮（さえぎ）った。

「足もとに注意しろ、だろ。言われなくてもわかっているって」

二人は障害物を乗り越え、カウンターの端でしゃがんだ。窓の向こうには生け垣に囲まれたテラスが広がり、その中央には濃紺の水をたたえたプールがある。

コワルスキがため息をつきながら隣にやってきた。いつの間にか棚からウイスキーのボトルをくすねていて、歯で封を切っている。セイチャンが顔をしかめると、コワルスキはキャップを口にくわえたまま、もごもごとつぶやいた。「何だよ？　喉が渇いたんだ」大男はキャップを口から吐き出し、窓の外に向かって首をかしげた。「それにパーティーの真っ最中じゃないか」

セイチャンはプールサイドのテラスに視線を戻した。テラス内の各所にテーブル席が設置されていて、各テーブルの中央にはピンク色の風船が飾り付けてある。敷地内のほかの場所と同じように、ここでも大勢の人たちが倒れていた。テーブルの上の料理の皿に顔を突っ込んでいる人もいる。あちこちで椅子がひっくり返っている。割れた皿やグラスの間に倒れているのは給仕係だろうか。ほとんどは大人のようだ。

中央のテーブルを除けば。

そのテーブル上にはバルーンブーケが三つ飾ってあった。片側には幅の広いベンチがあり、派手な包装のプレゼントがたくさん置かれている。その周囲のタイル張りの床には、スズメの群れが空から落ちてきたかのように、小さな子供たちが何人も倒れていた。上座の位置で椅子に腰掛けたままテーブルに突っ伏しているのは女の子で、顔を横に向けたまま動かない。かぶっている紙製の王冠が重たくて、頭を持ち上げることができずにいるかのようだ。

あの女の子がこのお祝いの席の主役に違いない。

セイチャンはケーキにピンク色のアイシングで記されていた子供の名前を思い出した。

〈アメリア〉

少女がみんなから愛されているのは明らかで、おそらくスタッフまたは経営陣の一人の子供なのだろう。家族はリゾート施設の部分開業を利用して、女の子のために親しい人を集めてパーティーを開いていたようだ。

セイチャンはあの女の子の日々がどのようなものだろうかと考えた。惜しみない愛を受けながら育ち、明るい太陽の下で祝ってもらえる人生。セイチャンには想像もつかない暮らしだ。子供時代、セイチャンはバンコクやプノンペンでストリートチルドレンとして過ごした。その後はギルドという組織の中で、厳しい掟に縛られた生活を送った。明るい色をした紙製の王冠を見ているうちに、心の中の闇が色濃くなっていくような気がする。

「トラックが戻ってきたぞ」コワルスキが指摘した。

セイチャンはプールからテラスの先に見える砂浜に注意を移した。黒い波が打ち寄せる真っ暗で薄気味悪い砂浜に光が差し込み、墜落地点から大型トラックが戻ってきた。ヘッドライトが照らす小さな湾に沿って未舗装の道があり、森の中に消えている。この島の小さな町か村に通じているのだろう。

セイチャンはトラックが道を真っ直ぐ進むように祈った。

だが、トラックはブレーキをかけて停止し、ヘッドライトの光が砂浜からテラスに通じる大理石の階段を照らし出した。トラックは座席が二列あるダブルキャブで、後部の荷台は幌で覆われていない。ライフルと懐中電灯を手にした男たちが荷台から飛び降りるとともに、車体の扉も次々に開いたが、セイチャンの目は荷台に積み込まれていた装置に釘付けになった。

荷台に乗る男たちが持つ懐中電灯の光で浮かび上がっていたのは、冷蔵庫ほどの大きさがある鋼鉄製の箱で、太いケーブルで自動車用のバッテリーとつながれている。装置の上部には直径約一メートルの金属製のパラボラアンテナが取り付けてあり、空の方を向くような角度になっていた。

〈ここで起きた何かの原因はあれに違いない〉

コワルスキが階段を上る一団に向かって顎をしゃくった。「フィッツジェラルドだ」

操縦士は両手を後ろ手に縛られているものの、自分の足で立っている。半ば朦朧とした状態のようで、足取りもおぼつかないが、黒の戦闘服姿の大柄な男がフィッツジェラルドの肘をしっかりと握り締め、無理やり階段を上らせている。それでも、操縦士は正気を取り戻しつつあるようだ。怯えた様子ながらも、何が起きているのかを理解しようと周囲をきょろきょろ見回している。

セイチャンは操縦士の様子を観察した。フィッツジェラルドの回復は単に時間の問題だったのか、それとも狂乱状態に対処するための何らかの薬品を投与されたのか？

セイチャンの視線が再びアメリアに移る。

だが、よく通る声を耳にして、セイチャンはプールサイドに到達した一団に注意を戻した。テラスに響き渡る声は開け放たれた扉を通じて室内にまで聞こえてくる。

「心配する必要はないぞ、諸君。彼らが音で目覚めることはない」話をしているのはぱりっとした白いスーツ姿の白髪頭の男で、声には明らかなイギリス訛りがある。一団が近づくと、男は腕を大きく振りながら各テーブルを指し示した。「事前の研究から、このような昏睡状態に陥った時には何も聞こえていないことが判明している。しかし、音以外で眠りを妨げることのないように注意したまえ。動くものを見たら何であろうと攻撃してくるのでね」

白髪の男に付き添っているのはベージュ色の軍服を着用したいくらか若い男で、顎ひげを蓄えており、間違いなくペルシア系、おそらくイラン人だろう。フィッツジェラルドを連れた一団がホテルに近づくと、軍服姿の男が口を開いた。「ドクター・バルコー、被験体の精神状態の変化に関して、詳しく教えてもらえないだろうか。あなたの研究への資金援助を継続するうえで、軍としても進捗状況の詳細を希望するはずだ」

「もちろんだとも、ロウハニ大佐。君がここで目にしているのはコロッサスの副作用だ」ドクター・バルコーと呼ばれた白髪の男はトラックの荷台に積んである装置を指差した。「これに関しては我々も予期していなかった。当初の研究目的は、君たちの軍のために新型のアクティブ・ディナイアル・システム、つまり殺傷能力を持たない防御用エネルギー兵器を製造することにあった。現在、警察や軍が広く用いるシステムで採用されているマイクロ波ビームは、皮膚の表層を貫通して耐えがたい苦痛を引き起こす。しかし、そうしたシステムは距離と範囲が限定されている」

「それで、コロッサスは?」

バルコーは誇らしげな笑みを浮かべた。「私が開発したかったのは、同じ効力を持ちながらも、街中の数ブロックを一度に制圧できるような、建物の壁すらも貫通できるようなシステムなのだよ」

ロウハニは周囲を見回した。「このような効果をもたらした方法は？」

「専門的な話になるが、基本的には高出力マイクロ波ビームと電磁パルスを掛け合わせることで、特有の共鳴波を発見できた、ということになるかな。それによって発生するビームはほとんどの固体を貫通するので、狙った目標に命中させることができる。繰り返して言うが、ビームが持つのは抑止力としての機能のみで、浴びた者は激しい痛みで体の自由が利かなくなる」

セイチャンはその効果を思い出した。火傷を負ったかと錯覚するような痛みは、今もまだ皮膚に残っている。

バルコーの説明は続いている。「しかし、周波数を変調させたところ、皮膚の表層部分よりもさらに奥深くまで貫通可能なことが明らかになった。ビームに含まれている電磁パルスは脳にまで到達できたのだよ。いいかね、通常の電磁パルス——ＥＭＰは生体組織に悪影響を及ぼさない。被験体たちが倒れ、行動に変化が現れたのを見て、私自身が驚いているくらいだ」

ロウハニが眉をひそめた。「つまりは何が起きているのだ？」

「まさにその質問への答えを見つけるためには、さらなる調査を要した。たどり着いたのは中国で実施されたとある研究結果で、それによると科学者たちは、ＥＭＰの中のある特定の周波数が大脳皮質内の血管透過性を向上させる可能性があることを発見したのだよ。

言い換えれば、脳内の血管が漏れやすくなる。私の装置も同じようなことをしているわけだが、違うのはニューロンの透過性に直接の影響を与えているという点だ」

「理解できないのだが」ロウハニが言った。「そのことがどうして重要なのだ?」

「なぜなら、漏れやすいニューロンは電気を正しく伝えられないからだ。その結果、コロッサスは相手の大脳皮質を遮断して、意識を奪ってしまう。目を覚ました被験体は、本能的なレベルでの反応しかできない。そこだけしか機能していない状態なのだよ。戦うか、それとも逃げるかの二者択一——ただし、『戦う』の方が圧倒的に優勢だということが明らかになっている。アドレナリンの刺激を受けて、被験体は並外れた力と攻撃性を持つようになるわけだ」

ロウハニがうなずいた。「コロッサスが生物的EMPの第一号だとする君の主張はそのためなのだな」

「まさにその通り。通常のEMPは電子機器を故障させるが、人間やほかの生き物には無害だ。しかし、周波数を調整して高出力マイクロ波——HPMと組み合わせると、その正反対の結果をもたらす。コロッサスは進化した大脳皮質を持つ生体を攻撃するが、電子機器にはまったく影響を及ぼさない」

「つまり、そのような武器は敵軍を無能力化するものの、インフラは手つかずのまま残るから、侵略してきた軍はそれをそのまま利用できる」

「そういうことだ。それに君も目にしたように、研究には大きな進展があった。だが、私としてはこの効果をより詳しく理解したいと考えている。本日の試射の目的はそこにある。君へのデモンストレーションのため、および私自身のさらなる研究のためなのだよ」

バルコーはステロイドで筋肉を増強しているとしか思えない大男に顔を向けた。フィッツジェラルドを連行している男だ。「ドミトリー、部下に命じて研究室での追加検査用に七人から八人ほど見繕ってくれたまえ。正しい評価のためには幅広い年齢層のサンプルが必要だ」

ドミトリーがうなずき、部下たちに向かってロシア語で命令を怒鳴った。短く刈り込んだ髪型から見る限り、あの大男は間違いなく元軍人で、この武器の試射のための護衛部隊として働いているのだろう。

ドミトリーの部下たちは銃身の長い武器に矢を込めた。選んだ被験体たちを運び出す前に麻酔銃で大人しくさせるつもりだろう。七人の部下はテラス内に展開し、互いに声を掛け合いながら最適な被験体を探し始めた。

そのうちの二人が子供たち用のテーブルに近づいた。アメリアをじろじろ眺めると、顔を見合わせてうなずく。一人が銃を構え、少女の首を目がけて発砲した。女の子は激しく体を震わせ、目を覚ますかのように上半身を起こしかけたものの、即効性の麻酔が効き始めると再びテーブルに突っ伏した。

セイチャンは両手をきつく握り締めた。

〈人でなしどもが……〉

発砲した部下が少女を見守る間に、ほかの被験体が選ばれていく。二十代半ばと思われる若い男性は、麻酔銃の衝撃に対してより激しい反応を示した。矢をはたき落とそうとしながら勢いよく立ち上がったものの、バランスを崩してふらつく。二発目の矢が胸に刺さるまでの間に、若者はほかの二人の男性を踏みつけていた。一人が朦朧とした若者に飛びかかり、顔に爪を立てようとする。もう一人はタイルの上を這(は)うように走りながら、麻酔銃を撃った男に突進した。

手に負えない事態にまで発展する前に、別の部下が近づき、本物の銃を発砲した。二発の銃弾が怒り狂った二人の頭をきれいに撃ち抜き、脅威は血と引き換えに排除された。二発の麻酔弾を浴びた男性は、床の上でぐったりしている。

残りの部下たちがパーティーの出席者たちの間を歩き回って選別している間に、バルコーはイラン人の大佐を誘って扉の方に歩き始めた。「中に入ろうじゃないか。一杯ごちそうするよ。あとのことはドミトリーの部下たちに任せておけばいい」

「水でけっこうだ」ロウハニは荒っぽいやり方に動揺している様子だ。テラスに倒れたままの三、四十人の方を不安そうに振り返っている。

「ああ、そうか、失礼した。君が信じる教えではアルコールの摂取が禁じられていることを忘れていたよ。私が信仰しているのは科学だから、このような状況ではシャンパンがまさにぴったりなものでね」

ロウハニが不意に首をすくめ、頭を手のひらで払った。小さな黒い生き物が飛び去っていく。「どうしてこんなにコウモリが多いのだろう？」

バルコーがテラスの上空を旋回する黒い塊を見上げた。時折、爆撃機のように急降下する数匹のコウモリが、外にいる男たちをかすめるように通り過ぎていく。

「ビームを浴びて興奮し、洞窟内から飛び出してきたに違いない。コウモリは聴覚が優れているから、その発信源を探してここまで引き寄せられたのかもしれないな」バルコーは肩をすくめ、再び建物内に通じる扉に向かって歩き始めた。「なかなか興味深いことだな――同時に、試射を行なった理由の一つでもある。このような武器が現実の世界においてどのような影響を及ぼすか、見極めなければならないからね。その中にはコウモリなどの動物たちも含まれる」

二人がロビーに入ると、セイチャンにはその姿が見えなくなった。だが、かたい大理石の上を歩きながら近づいてくる足音が聞こえる。顔を上げると、壁一面に並んだボトルが目に飛び込んでくる。急にセイチャンはこの隠れ場所を選んだことに疑問を覚え始めた。

コワルスキも同じことを認識したらしく、ショットガンをしっかりと握り直した。セイチャンはコワルスキと並んで室内に背を向けた姿勢になり、カウンターの端に身を潜めた。

バルコーとロウハニにはドミトリーも付き添っていて、どうやらまだフィッツジェラルドを連れているらしい。「森の中で見つけたこの男はどうしますか?」訛りの強いたどたどしい英語だ。

足音がやみ、バルコーの答えが聞こえた。「飛行機に乗っていたのは自分一人だけだと言っている。だから問題はないかもしれない」

セイチャンはコワルスキと顔を見合わせた。

〈いいぞ、フィッツジェラルド〉

「だが、ドミトリー、島を離れる前に操縦士をもっと厳しい尋問にかける必要があるように思う。それに関しては選別作業が終わってから、君と部下たちに任せる」

「それにしても、彼の飛行機はどうしたのだ?」ロウハニが訊ねた。「なぜ墜落したのだろうか? コロッサスは電子機器に影響を及ぼさないはずではなかったのか?」

「確かに、影響は及ぼさない。おそらく、駐車場からホテルに向けて放ったビームが建物に——あるいはその奥の崖に反射して跳ね返り、たまたま上空を通りかかった飛行機に当たったのだろう」

セイチャンはあまりの巡り合わせの悪さにうめき声が漏れそうになるのをこらえた。

〈悪い時に悪い場所に居合わせたというわけね〉

バルコーは説明を続けた。「跳ね返ったビームは操縦士が機体の制御を失ってしまうほどの苦痛を与えたものの、脳神経に大きな影響を及ぼすまでには至らなかったということだな」

最後の部分の推測に関して、ドクターの判断は間違っている。セイチャンはフィッツジェラルドが回復した原因を再び不思議に思った。バルコーのチームがフィッツジェラルドを正気づかせるために薬を投与したわけではないのは明らかだ。セイチャンはコワルスキが握る武器に目を向け、コロッサスの効果について説明したバルコーの言葉を思い返した。大脳皮質内の電気の流れを遮断してしまうという話だった。

〈コワルスキの武器が脳版の除細動器のように働き、電気ショックによって脳内の流れが再開したのだろうか？〉

再び足音が聞こえ、カクテルラウンジに近づいてくる。

窓の外の様子をうかがうと、アメリアが椅子から抱え上げられるところだった。紙でできた王冠がテーブルの上に落下する。麻酔銃を持つ男は小麦粉の詰まった麻袋を運ぶかのように少女を肩に担ぎ、砂浜に停めたトラックに向かって歩き始めた。

「ここにいるほかの人たちはどうするんだ？」カウンターまでやってきたロウハニが訊ねた。声は二人が隠れている場所のすぐ上から聞こえる。

バルコーが大きなため息をついた。「島を離れる時にもう一度ビームを照射する。過去の実験から、影響を受けた人間に再度エネルギーを浴びせると、完全な脳死状態に陥ることが判明している。二度と話すことができなくなるわけだ」ぽんと手を叩く音が聞こえたかと思うと、バルコーが話題を変えた。「どうやら現在このバーはセルフサービスのようだ。自分でシャンパンを取ってくるとするかな」

〈時間切れだ〉

セイチャンはコワルスキの顔の前で拳を作り、合図を送った。

〈動くな〉

うなずきが返ってくるのを確認してから、セイチャンは反対側を向き、この隠れ場所にいるもう一人の男性を蹴飛ばした。バーテンダーが素早く頭を上げると同時に、口から垂れていたよだれがセイチャンの頰に飛び散る。目を覚ました直後の被験体に関するバルコーの警告の言葉を思い返しながら、セイチャンは微動だにせず、まばたき一つせずにいた。

〈動くものを見たら何でも攻撃してくる〉

ロウハニがバルコーの方に顔を向けて声をかけながら、カウンターの上に身を乗り出した。「せっかくだから私も軽く一杯いただくとするかな」

バーテンダーがすぐさま応対した。

勢いよく立ち上がり、イラン人の大佐に飛びかかる。不意を突かれたロウハニは反応が遅れた。バーテンダーの指が大佐の喉にしっかりと食い込む。ロウハニはバーテンダーを振りほどいて逃げようとした。

〈そうはさせない〉

セイチャンはカウンターの陰から立ち上がり、体をひねった。腕を振り下ろすと、盗んだ肉切り包丁を大佐の手の甲に突き刺し、マホガニー材のカウンターに固定する。勢いをつけたままカウンターを乗り越え、ラウンジ内に着地してうずくまる。

バルコーはすでにロビーに飛び出し、テラスに通じる扉に向かって走りながら助けを求めている。

だが、後を追う前に対処しなければならない障害物がある。

ドミトリーがフィッツジェラルドを床に突き飛ばし、ホルスターに収めた拳銃に手を伸ばした。

〈まずい〉

飛び道具を持っているのはコワルスキだけだ。

相棒が脅威に気づいてくれていることを祈りながら、セイチャンは右側に視線を送った。だが、コワルスキの注意は別のところに向けられていた。ロウハニが声にならない声をあげながら必死に抵抗している。バーテンダーの歯は大佐の首に深く食い込み、喉笛を嚙み切ろうとしていた。コワルスキがピエイザーを発射した――だが、ロシア人兵士に対してではない。きらきらと輝く青い光が命中し、バーテンダーが後方にはじき飛ばされる。おそらく再び眠りに就いてくれることだろう。

それでも、まばゆい光を伴った発砲音にはドミトリーをひるませる効果もあった。ロシア人が数歩後ずさりした。だが、すでに拳銃をホルスターから抜いている。

一瞬の隙をついて、セイチャンは指に挟んでいた骨切り包丁をラウンジ内に放り投げた。ドミトリーが苦もなく包丁をよける――しかし、セイチャンの狙いはロシア人ではなかった。

包丁はドミトリーの背後に倒れていた女性の太腿に命中した。割れたマティーニのグラスの隣で床にひっくり返っていた客の女性だ。太腿に突き刺さった刃による痛みで、女性は怒りの叫び声とともに立ち上がった。責めを負うべき相手として、いちばん手近な人物に目をつける。

とっさに対応できず、ドミトリーは体をひねるのが遅れた。女性に横から体当たりを食らい、床に倒れる。だが、このロシア人は素人ではない。ドミトリーは相手を軽々と投げ飛ばし、体を回転させながら立ち上がったが、不意打ちを受けたはずみで握っていた拳銃が手から落ちてしまっていた。

拳銃はすぐ隣のテーブルの下にある。

拳銃を拾い上げようとするドミトリー目がけて、コワルスキが発砲した。青白い火花がテーブル上で爆発する。テーブルの下に潜りかけていたロシア人は、かろうじて電撃をまともに食らわずにすんだ。それでも、飛び散った結晶のかけらの一部が命中する。ドミトリーは苦痛に顔をしかめながら飛びのき、身を翻して足を踏ん張ると、カクテルラウンジから飛び出してテラスに向かって走り出した。

「弾を込め直さなければならない」コワルスキが呼びかけた。

セイチャンはすぐさま反応し、頭から突っ込みながら床に落ちていた50口径のデザートイーグルをつかむと、ドミトリーに向かって発砲した。低い姿勢で走りながら雇い主の後を追うロシア人は、すでにテラスに脱出していたが、外は不穏な様相を呈していた。

あわてて逃げる途中で、バルコーが昏睡状態の客の数人を踏みつけ、目覚めさせてしまったに違いない。その客が、ほかの客の眠りを妨げる。外では悲鳴とわめき声があがり、テーブルや椅子を破壊する音も聞こえる。

再びコワルスキの武器が火を噴いた。首をすくめて振り返ったセイチャンが見たのは、目を覚ましたドレス姿の女性が胸元に青い火花を散らしながら後方に吹き飛ぶ姿だった。

〈この女のことを忘れていた〉

テラスに出たドミトリーは、拳で殴りつけたり肘打ちをしたりしながら、暴動に発展する寸前の中を走り抜けている。プールの向こう側でバルコーがつまずいて階段を転げ落ち、トラックの後部バンパー付近に倒れた。ドミトリーの部下の一人が手を貸して立たせ、ドクターを運転席の方に連れていくのに合わせて、エンジンの音が大きくなる。やつらは撤収しようとしている。

銃口がぼんやりと輝く武器を抱えて、コワルスキがセイチャンのもとに駆けつけた。「準備はできたぜ。どうする？」

セイチャンはコワルスキの質問をひとまず無視して、小競り合いの間に抜け落ちた骨切りナイフを拾い上げると、フィッツジェラルドに歩み寄った。「気分はどう？」

上半身を起こした操縦士は呆然としていたものの、しっかりとうなずいた。「ああ……大丈夫だ。だいぶよくなっている」

〈なるほどね〉

正気に返っているのは間違いなさそうだし、セイチャンにはその理由も予想がついていた。

操縦士を拘束している紐を切断しながら、セイチャンはようやくコワルスキの質問に答えた。大男の手の中の武器に向かって顎をしゃくる。「そいつを食らったショックで狂乱状態から回復するらしい」続いて外のテラスを指差す。「だから、あんたには暴動の鎮圧を任せる」

セイチャンは体を反転させ、反対の方角に走り出した。

「おまえはどうするんだよ？」背後からコワルスキが叫んだ。

セイチャンはアメリアの姿を思い浮かべた。あの少女はすでに連中と一緒にトラックに乗っている。「誰かさんがちゃんと誕生日を祝ってもらえるようにするつもり」

午後九時九分

まだ何も植わっていない花壇の隣に達すると、セイチャンは植物が積まれたトレーラーをつなぐ金具を取り外してから、カワサキの小型四輪バギーの座席に飛び乗った。意識を失った造園士のキーがイグニッションに挿さったままなのは、さっき見た時に確認済みだ。

エンジンをかけてスロットルを全開にすると、前輪が浮き上がって後輪だけで車体を支える格好になる。再び前輪が地面をとらえると、バギーは急発進した。植えられたばかりの芝生を横切り、砂利道を走りながら、まだ工事中の真っ暗な一角を目指す。

まったく明かりは見えないが、セイチャンが能力をいかんなく発揮できるのはそのような場所だ。

〈人目につきにくい影の中〉

暗闇を得意とするのはセイチャンだけではなかった。空は興奮状態に陥って超音波を発しながら飛翔するコウモリたちであふれている。セイチャンがホテル内にいた短い時間に、群れの数は十倍にふくれ上がっていた。仲間から外れた一匹がセイチャンの顔面にぶつかり、飛び去っていく。殴打されたような痛みを無視して、セイチャンはバギーをさらに加速させた。凹凸のあるタイヤで島内を突っ走る。速度を緩めるつもりはない。

一分前にリゾート施設の裏口から表に出た時、セイチャンはトラックのエンジン音が一定のリズムを刻み始めたことに気づいていた。

すでにこの場を後にしたのだ。

バルコーのチームが先行している状況下で、これ以上引き離されるわけにはいかない。敷地の隅に達すると、片側のタイヤを浮かせて四輪バギーの性能の限界を試しながら、速度を落とすことなく急カーブを曲がる。再び直線に入ると、今度は山積みになったコンクリート製の敷石や木材、道端に停めてあるバックホーなど、建築資材や機器をかわしながら進まなければならなかった。

障害物競走のコースさながらの状態に毒づきながらも、セイチャンはスピードを落とすまいとした。だが、急ぐあまり、前のバンパーが石像を収めた木箱の端に接触してしまう。バギーが横にはじき飛ばされる。セイチャンはブレーキをかけずにそのまま車体を滑らせてから、再びエンジンを全開にすると、正面に見える花崗岩(かこう)の石板に向かって高速で飛ばした。山積みになった石板の一部が崩れ、斜めになっている。セイチャンは即席の傾斜路を疾走し、宙を舞って数メートルを稼いだ。バウンドしながら乾いた音とともに着地したのは、砂利の敷かれた駐車場だ。

ようやく工事中の一角から脱すると、セイチャンは森の中に通じる道を目指した。はるか前方の木々の間に、トラックのテールランプを確認できる。逃げるトラックとの間には、危惧（きぐ）していたよりもさらに距離がある。

背後からは時折ショットガンの発砲音がこだまする。コワルスキがまだ生きていて、暴動鎮圧に最善を尽くしている証拠だ。そっちの作業は大男に任せて、セイチャンは道まで到達すると、森の中に高速で進入した。バギーのヘッドライトは消したまま、木々の隙間に見える光の後を追う。

島の海岸線に沿って延びる道はカーブが連続していたおかげで、敵の視界から逃れることができたものの、やがて直線が続く箇所に差しかかった。発見されることを恐れて、セイチャンはバギーを森の縁に寄せ、月明かりや星の光が届かない林冠（りんかん）の下の濃い影を選びながら走り続けた。

トラックが海岸線沿いの道から唐突に離れ、左にカーブを切った。セイチャンも距離を詰めようと急ぐ。曲がり角に達すると、その先は長さのある桟橋（さんばし）に通じていて、先端には待機しているフロート水上機――セスナ・キャラバンが見える。貨物室の大きなハッチは片側がすでに開いていて、照明のついた内部が暗闇で光を発していた。

五十メートルほど前方の桟橋の付け根にトラックが停車していた。男たちがその周囲で作業を始めている。

セイチャンには四輪バギーを乗り捨て、森の中に身を隠しながら歩いて桟橋に近づく手もあった。その時、バルコーの叫び声が聞こえた。

「コロッサスを飛行機に運び込みたまえ！　それから被験体たちだ！」

うなだれたアメリアの頭から落ちる紙製の王冠を思い浮かべながら、セイチャンはバギーのハンドルを切って脇道に乗り入れ、真っ直ぐトラックを目指した。大型の拳銃――奪い取ったデザートイーグルを構え、横向きに停まったトラックのボンネットの向こう側を狙って発砲する。肩に大口径の銃弾を食らった男が、衝撃ではじき飛ばされた。発射の反動で拳銃が手から離れそうになったものの、セイチャンは指に力をこめ、バルコーの言う「被験体たち」を巻き添えにしないように、トラックの荷台や運転席を避けて高い位置を狙い続けた。

相手も応戦してくるが、予想外の攻撃にあわてふためいているのか狙いが定まっていない。セイチャンは前傾姿勢になり、バギーの低いスクリーンの上に手首を添えて引き金を引いた。

四人の男たちが大きな装置を荷台から降ろして抱え上げ、後方にケーブルを引きずりながら桟橋を走っていく。ドミトリーに守られながら、バルコーも並んで逃げる。トラックの車体が邪魔になって狙うことができない。それでも、セイチャンは後部バンパー近くにいた別のロシア人を始末した。ほかの男たちがトラックを捨て、仲間たちの後を追い始めた――飛行機のエンジン音がひときわ大きくなり、離陸が近づいていることを告げたためだろう。プロペラの回転も速くなっている。

セイチャンは高速で桟橋に接近しながら急ブレーキをかけると、バギーを横滑りさせ、トラックの側面にぶつけながら停止させた。急いで車から飛び降り、トラックの運転席の後部座席と荷台を素早く確認する。麻酔銃を撃たれて眠っている人たちが、車内にも荷台にもまるで薪のように積まれていた。セイチャンは子供のものと思われる細い手足に気づいた。

〈アメリアだ……〉

セイチャンはトラックの前部に移動し、ボンネット越しに大型の拳銃を構えた。バルコーはすでにセスナの機内にいて、手を振りながらコロッサスを貨物室内に運び入れるように指示している。ドミトリーも手を貸しているが、あの体格ならば巨大な装置でも一人で持ち上げられそうだ。

トラックに向かって反撃されるおそれがあるため、セイチャンは発砲を控えた。流れ弾が眠っている人たちに当たれば、負傷者や死者が出る可能性もある。それればかりか、計算が正しければ、こちらの弾はあと一発しか残っていない。そう思いつつも、セイチャンは何もできないもどかしさに激しいいらだちを覚えた。

最後の部下が乗り込まないうちに、水上機が水面を滑走し始めた。残された一人が係留ロープを外し、貨物室に頭から飛び込む。セスナが加速して水面から浮上し、波をかすめて飛行しながら次第に高度を上げていく様子を、セイチャンはただ見ていることしかできなかった。バルコーの研究所が大西洋北部に点在する数多くの小島の一つに隠されていることは間違いない。あのドクターがどこに潜んでいるのかを発見するのは、ペインターに任せることになるだろう。

無力感と怒りを覚えながら、セイチャンは上昇を続けるセスナの動きを見守った——その時、翼の角度が傾いた。飛行機は大きく旋回し、高度を下げながら戻ってくる。セイチャンは肩越しにリゾート施設の方を振り返った。その方角からショットガンの銃声が聞こえてくる。セイチャンは水上機の方に向き直った。旋回しながらこちらに向かってくる。貨物室のハッチはまだ開いたままだ。内部を照らす明かりから、男たちがコロッサスのまわりに集まり、パラボラアンテナを外側に向けている様子がうかがえる。

どうやらあいつらは別れの挨拶を送ってからここを立ち去ろうとしているらしい。本拠地に逃げ帰る前に、最後の一発をお見舞いしようという魂胆なのだ。すでに影響を受けている人間が二度目の衝撃を浴びた場合にどうなるか、それを説明したバルコーの言葉が脳裏によみがえる。

〈完全な脳死状態〉

セスナがゆっくりと旋回を続け、開いたハッチがこちら側に向くのを見ながら、セイチャンは数歩後ずさりした。男たちが貨物室の奥に移動する。コロッサスの背後に立つ大男の姿が確認できる。

〈ドミトリー〉

ロシア人がパラボラアンテナの角度を調節して下に向けた。アンテナは横に広がる森の方を向いているが、そこが本当の狙いなのではない。飛行機が旋回を続けるうちに、装置の発するエネルギーがセイチャンとトラックのもとに到達することになる。

音は聞こえないし目には何も見えないものの、セイチャンはコロッサスが作動するのを感じた。森の中で強烈な日差しを浴びているかのように、熱が顔と腕をじりじりと焼く。ただし、これはまだ前触れにすぎない。飛行機が旋回を続けるにつれて肌を焼く熱がますます高くなり、間もなく装置の威力をまともに食らうことになるだろう。

それでも、セイチャンはトラックと乗客を守ろうと心に決め、その場に踏みとどまった。

両足でしっかりと踏ん張り、デザートイーグルを両手で握り締める。両腕を斜め上に掲げ、セスナの貨物室内のドミトリーに銃口を向ける。肌が焼けつくように熱く、目には涙がにじむものの、その体勢を維持する。高まる一方の苦痛にわめきちらしたくなる――セイチャンは悲鳴をあげながら引き金を引いた。

大型の拳銃が火を噴き、反動で両腕が真上を向く。

銃弾はドミトリーに命中しなかった。

ただし、今回も狙いはロシア人ではなかった。

大口径の銃弾がパラボラアンテナの上端に当たって火花を散らした。衝撃でアンテナの角度が変わり、貨物室の天井側を向く。灼熱のエネルギーを浴びた男たちの甲高い苦痛の悲鳴が、低いエンジン音をかき消して響きわたる。

飛行機が大きく傾いた。次の瞬間、機首が上を向き、高度を上げながら離れていく。操縦士が後部の貨物室から襲いかかる熱を逃れようとしているかのようだ。今度は高度が下がり、翼が不安定に揺れる。しかし、リゾート施設の上空へと向かううちに、再び針路が安定し始めた。

セイチャンは顔をしかめた。

誰かがコロッサスの電源を切ったに違いない。

安定した飛行に戻ったセスナはホテルの上空で旋回し、火山の山腹の方へと向きを変え始めた——このまま島を脱出するつもりなのか、それとももう一度コロッサスのビームで攻撃を仕掛けてくるのか？

セイチャンは固唾をのんで待った。

だが、やつらは決断を下すことができなかった。

ホテルの上空に集まっていた大きな黒い塊が急上昇を開始し、渦を巻きながら超音波の音源に向かい始めた。怒り狂ったコウモリの大群に、たちまち飛行機がのみ込まれる。

再び機体が激しく揺れた。翼を揺らしてコウモリを叩き落とそうとしているかのような動きだ。エンジンが不規則な音を立て始めた。大群の一部を吸い込んでしまったのだろう。視界を失ったうえにエンジンも損傷したセスナは、高度を下げ、木々の梢をかすめ、なおも操縦不能のまま激しく傾き——火山の山腹に突っ込んで爆発した。

大きな火の玉が黒い岩肌を照らし出し、煙の尾を引きながらふくれ上がっていく。

セイチャンはずっと殺していた息を大きく吐き出した。

だが、遠くから聞こえるショットガンの発砲音が、まだ片付いていない問題の存在を知らせている。

トラックのもとに戻ったセイチャンは、あわてて逃げ出したドミトリーの部下たちがキーをイグニッションに挿したままにしていたことに気づいた。運転席に乗り込むと、方向転換させてリゾート施設に戻る。

ホテル前の砂浜に戻ったセイチャンは、テラスに通じる広い階段の下にトラックを停めた。ヘッドライトの光に浮かび上がったのは、階段に腰掛けて呆然としている人たちの姿だ。泣いている人もいれば、両手で頭を抱えている人もいる。

セイチャンは慎重にトラックから降りたが、ここにいる人たちがフィッツジェラルドのように正気を取り戻していることはすぐに見て取れた。治療を施した「医者」と思しき人物の大声が階段の先から聞こえる。

「これで残りは全員か？」コワルスキが叫んだ。

「そうだと思う！」フィッツジェラルドが答えた。「少なくともこのあたりは！」

セイチャンは階段を駆け上がった。テラスにたどり着くと、コワルスキが中年の女性の顔面をつかみ、プールに突き落としたところだった。そのほかに五人がプールの中で暴れていて、歯をむき出したりつかみかかろうとしたりしながら、大声でわめき散らしている。

コワルスキが戻ってきたセイチャンに気づいた。「見てろよ」

コワルスキは後ずさりすると、ピエイザーをプールに向け、引き金を引いた。

青い閃光（せんこう）が水面に向かって発射された。電流が火花を散らしながら広がり、線状に水面を伝っていく。プール内にいる六人の男女は電気ショックを受け、水に浸かったまま小刻みに震え始めた。しかし、その効果が薄れていくと、ふらついたりバランスを崩したりしながら、当惑の表情を浮かべ始めた。目が覚めた状態で、すっかり正気に返っている。

フィッツジェラルドが手を振って彼らに呼びかけながら、プールから出るのに手を貸した。すでに回復したほかの客たちも駆け寄り、操縦士を手伝っている。

セイチャンが視線を向けると、コワルスキは武器を肩に担いでいた。火のついた葉巻を奥歯でしっかりとくわえている。

〈いつの間にそんなものを――〉

考えても仕方がない。

セイチャンは半ばあきれて首を左右に振りながらも、弾薬を無駄にしない効率的なやり方を思いついた大男の機転に感心せざるをえなかった。

近寄ってきたコワルスキが大きくため息をついた。「さてと、これで休暇に入れるかな？」

四月十八日午前七時九分

翌朝までに事態はほぼ収束を迎えていた。

太陽が新たな一日の始まりを告げる頃、セイチャンは薄暗い森の外れに立っていた。すぐ近くには借り物のバイクがある。広々としたリゾート施設、緩やかな弧を描く砂浜、明るく輝くプールを見渡す。

湾内に目を移すと、ポルトガル軍の巡洋艦が停泊している。砂浜には二台の救急車が停まっていた。夜の間にホテルの一フロアは仮設の病院に変貌していて、医師たちは負傷者の手当てを行ない、ここでこうむった身体的および精神的な影響の緩和に努めているところだ。重傷者はすでにヘリコプターによってポンタ・デルガダに搬送されていた。

セイチャンも夜のうちにペインター・クロウと連絡を取っていた。すでに司令官はポルトガルの情報機関と協力して、ドクター・バルコーの研究所の特定作業を進めている。また、ここでの出来事に彼女やコワルスキ、フィッツジェラルドが関与していない方向に話を作り上げてくれた。

　コワルスキとフィッツジェラルドはすでに島の反対側にある小さな町に向けて移動中で、そこで待機している新しい飛行機で三人ともこの島を離れる手筈になっている。セイチャンは任務のためモロッコに飛び、コワルスキはドイツで休暇を楽しむ計画だ。

〈元の予定通り……まるで何事もなかったかのように〉

　しかし、バイクにまたがってコワルスキとフィッツジェラルドの後を追う前に、セイチャンには一人きりの時間が、ここで起きたすべての出来事を振り返るための時間が必要だった。

　この島に墜落したのはまったくの偶然によるものだ。そのような災難を「巡り合わせが悪かった」の一言で片付けるのは簡単だが、セイチャンにはわかっていた。自分がなぜこの島に墜落したのか、その本当の理由がわかっていた。「悪い時に悪い場所に居合わせた」からではない。

「いい時にいい場所に居合わせた」からなのだ。

　こういう結果が訪れるように。

　人目につかない影の中から、セイチャンは日の当たるテラスを走る一人の少女を見つめた。ピンク色のドレスが風にはためいている。少女は父親の体にぶつかると、両手で脚にぎゅっとしがみついた。父親は新しい紙製の王冠を娘の頭に載せ、両腕で抱え上げると、少女の額にキスをした。

それを見届けると、満足したセイチャンは顔をそむけ、影の奥深くに姿を隠した。今なら理解できる。自分がいなければならないのは暗がりの中で、それはほかの人たちが太陽の下で楽しく暮らせるようにするためなのだと。

〈誕生日おめでとう、アメリア〉

著者から読者へ：事実かフィクションか

長編小説の終わりでは、物語の中の何が事実で何がフィクションなのかを振り分けることにしている。ここでも簡単に同じことをしようと思う。
最初に、この物語が生まれたきっかけを話しておきたい。原因は季節にある。この話を書き始めたのはもうすぐ十月になろうかという頃だったため、ちょっぴり怖いハロウィンの月を祝うには、呪われたホテル、コウモリの大群、暴れ回るゾンビが登場するシグマフォースの物語がぴったりだと思ったのだ――あとはコワルスキに新しいおもちゃを持たせればいいだけだった。その新しいおもちゃと言えば……

ピエイザー
コワルスキの新しいおもちゃはＨＳＡＲＰＡ（国土安全保障先端研究計画局）が研究中の実在の概念に基づいている。これは電気ショックを与える圧電結晶の粒が発射可能な二連式のショットガンで、射程は五十メートル、しかもあの面倒なワイヤーは必要ない。そんな試作品の実射テストを行なうのはシグマフォースが最適だろうし、この手の銃にうってつけの人物がコワルスキのほかにいるだろうか？　この革新的な武器が実戦で使用される場面——およびコワルスキでなければ思いつかないような活用方法は、シグマフォース・シリーズ⑪『モーセの災い』でも目にすることができる。

コロッサス

本書で披露されたもう一つの武器は、ボーイング社が特許を取得した新型のＨＰＭ（高出力マイクロ波）抑止装置に基づいている。物語の中に登場した装置と同じように、ボーイング社は二つのエネルギーを掛け合わせ、周波数を変調させることで、ほかにはない強力な効果を生み出そうと研究を進めている。だが、ＨＰＭとＥＭＰ（電磁パルス）を掛け合わせようと考えた人がいただろうか？　これまでのところ、私だけのはずだ——ただし、この可能性を研究する人が出てくるおそれはある。中国国家自然科学基金委員会の研究者たちが発表した論文によると、ＥＭＰの特定の波長はラットの脳に影響を及ぼし、大脳皮質内の血管透過性を向上させるという。それによってゾンビを生み出すことができるのだろうか？　それを期待してしまう私は間違っているのだろうか？

アゾレス諸島

大西洋上にあるポルトガル領のこの島々を訪れたことはないが、緑豊かな中にある洞窟、高温の温泉、カルデラ湖、目を見張るように美しいビーチなどがあり、今すぐにでも行ってみたい気分だ。ただし、開業間近のリゾート施設には近寄らない方が無難かもしれない。

この物語が終わると、セイチャンは任務のためモロッコのマラケシュに、コワルスキはガールフレンドに会うためドイツのライプツィヒに向かった。しかし、幸か不幸か、二人がそれぞれの任務と休暇に専念することはできなかった。『モーセの災い』では、呼び寄せられた二人が再び力を合わせ、聖書の話を再現したかのような古代の脅威に立ち向かうことになる。これから訪れる嵐のような出来事を楽しんでもらえればと思う。

モーセの災い　上

シグマフォース シリーズ

⑪

母と父、ロナルドとメリー・アンへ

インスピレーションに対して、無条件の支えに対して、生涯を通して人を愛するということの模範を示してくれたことに対して、感謝を捧げる……再び一緒になれた今、永遠に安らかならんことを。

歴史的事実から

そしてモーセは民に言った。「エジプトから、奴隷の家から出たこの日を忘れてはなりません。なぜなら、主が強い手をもって、あなた方をここから導き出されたのですから……」

——出エジプト記　第十三章第三節

聖書中の物語の中で何よりも痛ましく、同時に書物や映画という形で最も多く再現されてきたのは、モーセにまつわる話だろう。赤ん坊の時にパピルスの籠(かご)に入れて川岸に置かれ、ファラオの娘に発見されたという運命的な救済に始まり、後年の同じファラオの息子との対立に至るまで、モーセは伝説的な人物になった。ユダヤ人を奴隷の身分から解放するために、モーセはエジプトに十(とお)の災いをもたらし、海を二つに分かち、四十年にわたって民を率いて荒野をさまよい、新たな法体系の規範として十戒(じっかい)を授かった。

しかし、これらの中に実在の出来事は存在するのだろうか？　ほとんどの歴史家、さらには多くの宗教指導者までもが、出エジプト記の物語は作り話だと、歴史的事実ではなく道徳的な教訓だと見なしている。こうした見方を裏付けるように、疑い深い考古学者たちは一連の災いや大勢の奴隷の逃亡に関する記録がエジプトには、特に聖書で示された時間軸の間には存在していないと指摘する。

ところが、近年のナイル川流域での発見は、そんな否定論者たちの考えが誤りだとの可能性を示している。モーセにまつわる物語が、エジプトからの大脱出が、奇跡や呪いが、事実だということを示す証拠は実在するのだろうか？　十の災いは本当にエジプトを苦しめたのだろうか？　本書のページに記された驚くべき答えは、どれも揺るぎない事実に基づいている。ラムセス二世の息子の碑文に「イスラエル」の名が確かに刻まれているように、その事実を覆すことはできない。

十の災いが本当にエジプトに起きたのだとしたら、それが再び、今度は世界規模で起きることがありうるだろうか？

その質問に対する答えは、恐ろしいことに……「ありうる」だ。

科学的事実から

気候は我々が期待するもの、天気は我々が経験するもの。
——マーク・トウェインの言葉とされる。

近年は「あつく」なってきている——地球の気温が「暑く」なっているという意味のほか、気候変動に関する議論が「熱く」なっているという意味もある。この数年の間で投げかけられる疑問は、「気候変動は現実なのか?」から「気候変動の原因は何で、それに対して何かができるのか?」に変わってきた。かつては疑いの目を向けていた人の多くも、世界規模での氷河の融解、グリーンランドの浮氷群の異常な速さでの消滅、着実に進行する海洋の温暖化など、今では我々の惑星に何かが起きていることを認識している。天気の面でも、長引く旱魃(かんばつ)から大洪水に至るまで、極端化が進んでいる。二〇一六年二月の報告によると、アラスカは史上二番目に暖かい冬を経験し、気温は平年と比べて六度近くも高かった。また、同じ年の五月の衛星による観測から、北極の氷冠が記録に残る中で最も縮小していることも明らかになった。

しかし、より不気味な——同時に本書において探求した疑問は、「この先我々はどこに向かっているのか？」だ。その答えは驚くべきもので、これまでほとんど話題にされたことがないが、具体的な証拠および科学に基づいている。何よりも衝撃的なのは、過去にそれが起きたということだ。だから、疑っている人も信じている人も、「備えあれば憂いなし」を肝に銘じてほしい。我々の惑星の未来に関する驚くべき事実を、今こそ学ぶべきなのだ。

そして主はモーセに仰せられた。「アロンに伝えよ、『汝（なんじ）の杖（つえ）を取り、汝の手をエジプトの水、その流れ、その川、その池、そのほかすべての水たまりの上に差し伸べれば、それは血になる。エジプト全土にわたって、木の器にも、石の器にも、血があるようになるだろう』と」

——出エジプト記　第七章第十九節

現実に目をそむけていても何も得られない。

——マーク・トウェイン

ナイル川流域

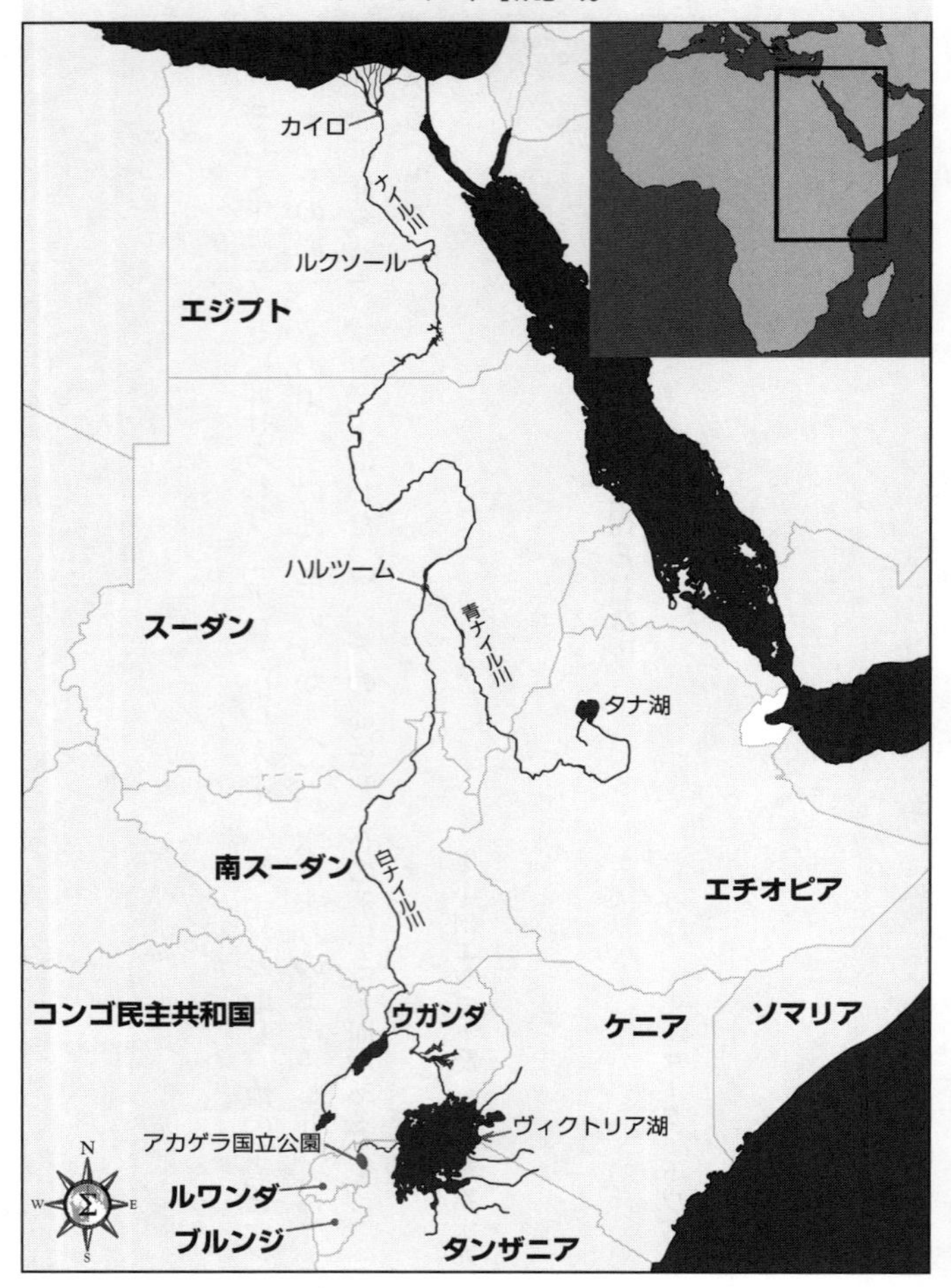
カイロ
ナイル川
ルクソール
エジプト
ハルツーム
スーダン
青ナイル川
タナ湖
南スーダン
白ナイル川
エチオピア
コンゴ民主共和国
ウガンダ
ケニア
ソマリア
アカゲラ国立公園
ヴィクトリア湖
ルワンダ
ブルンジ
タンザニア
N
W
E
S

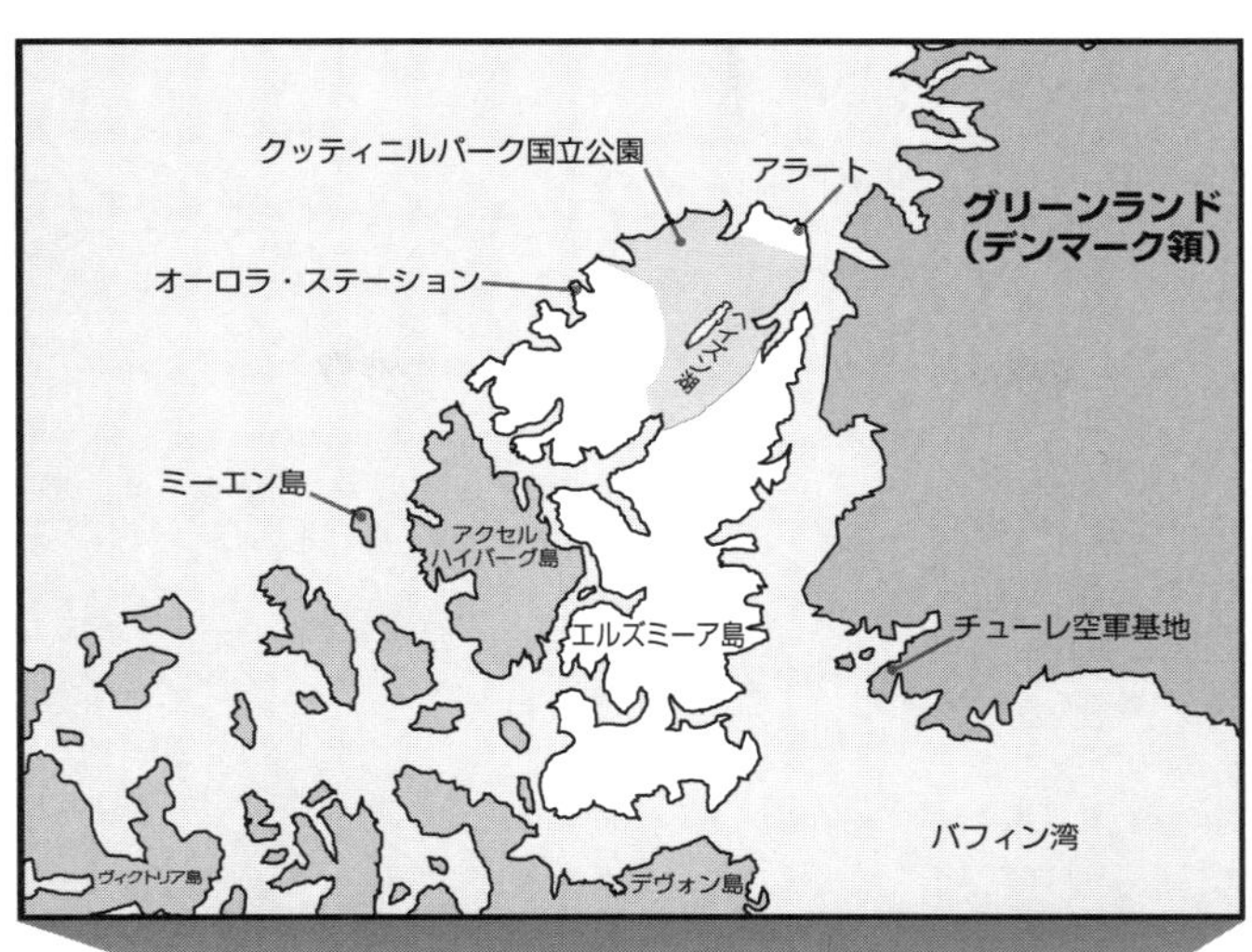
クッティニルパーク国立公園
アラート
グリーンランド
（デンマーク領）
オーロラ・ステーション
ミーエン島
アクセル
ハイバーグ島
エルズミーア島
チューレ空軍基地
バフィン湾
ヴィクトリア島
デヴォン島

北磁極
北極点
ロシア
アイスランド
グリーンランド
（デンマーク領）
アラスカ州
カナダ
アメリカ合衆国

プロローグ

紀元前一三二四年
エジプト南部　ヌビア砂漠

サバハは一糸まとわぬ姿で砂の上にひざまずき、時が訪れたことを悟った。すでに予兆は大きくなりつつあり、深刻さは増す一方で、確実なものとなっている。西に目を向けると、太陽に届きそうなまでに高い砂嵐のせいで日中の青い空はかすんだ暗がりに包まれ、稲光が走るのも見える。

敵はすぐ近くにまで迫っている。

高位聖職者としての務めに備えて、サバハは全身の毛を剃り落としており、彩色を施した左右の目の上の眉毛も残っていない。両側にある支流での沐浴もすませた。砂漠の奥深くから北に向かって流れる二本の川は、この神聖なる合流地点で交わり、古代の異国の王たちが「ナハル」と呼んだ一本の大河を形成する。彼女は蛇行しながら流れる川がルクソール、テーベ、メンフィスなどを経由し、河口の肥沃な三角州の先に広がる大いなる青い海に注ぐ様を思い浮かべた。

これまでその地域を見たことはないものの、話に聞いたことならある。

〈私たちの祖先の地で、緑豊かな野原とヤシの木があり、ナハルの定期的な氾濫によって支えられている暮らし……〉

サバハの部族の人々は百年以上前、災いと飢餓と死がはびこる時代から逃れ、今はとうにこの世を去ったファラオに追われて、その土地を脱した。三角州にいたほかの部族のほとんどは東の方角にある砂漠を目指し、新たな地を征服し、自分たちの王国を築いたという。しかし、彼女の部族は川沿いのはるか南の地に向かい、上エジプトの「ホルスの角」として知られる地域にあるジェバの村の近くで暮らしてきた。

暗黒と死の時代に、彼女の部族は住み慣れた土地を離れて川沿いに逃れ、エジプト王国の手の届かないヌビア砂漠に移住した。学者、書記官、聖職者から成る彼女の部族は、大いなる知識の守護者だった。その知識を守るために、部族は何もない広大なヌビア砂漠に退いた。災いの後には動乱の時代が訪れ、エジプトは東からやってきた異民族によって包囲され、蹂躙された。野蛮な異民族は高速の戦闘用馬車と頑丈な青銅の武器を持ち、弱体化したエジプトの町は矢を一本射ることすらできずに征服されてしまったという。

けれども、その暗黒の時代は終わりを迎えようとしている。

エジプトは再び力を強め、侵略者たちを追い払って数多くの戦勝の記念碑を建立したばかりか、ついにこの地にも手を伸ばしてきた。

「ヘメト・ネチェル……」ヌビア族の従者――タボルという名の若い男性が、背後から小声でささやいた。彼女の心の不安を感じ取ったのか。それとも、ヘメト・ネチェル――「神の妻」としての彼女の役目を思い出させようとしただけかもしれない。「もう行かなければなりません」

サバハは理解し、立ち上がった。タボルの視線は西の砂嵐に向けられている。おそらくそのことを気にかけているのだろう。しかし、サバハは真北の空にたなびく一筋の煙に気づいた。あれはナハルの第五急流沿いの町が破壊された印、エジプト軍が占領してまだ間もない地があるあたりだ。あの軍勢がこの偉大なる合流地点に到達するのは、それほど先の話ではない。

そのような事態になる前に、サバハとほかの信者たちは百年以上にわたって守り続けてきたものを、他に類を見ない驚異を、隠さなければならなかった。それはまさに神の祝福、呪いの中に秘められた癒し。

エジプト人たちが川沿いにじわじわと移動し、勢力を拡大し、次々に町を破壊していくのを警戒しながら、この千日間にわたって準備が進められてきた。そのほとんどは身を清めることに費やされ、そのすべては彼女と信者たちが神の祝福を担う不死の器になるために行なわれた。

志を同じくする多くの者たちがその道のりを歩むのを導き、見届けてきたサバハは、この移行を許された最後の人物になった。ほかの者たちと同じく、彼女はこの一年間、一切の穀物を摂取していない。口にしたのはナッツ、ベリー、樹皮、それに異国の地から運ばれてきた樹脂でいれたお茶だけだ。季節が移り変わる間に、彼女の皮膚は干からびて骨が浮き出し、乳房と臀部も肉が落ちて張りを失った。まだ二十代にもかかわらず、今ではタボルの屈強な背中と腕を借りなくては、歩くことはおろか、亜麻のローブを頭からかぶることすらおぼつかない。

タボルとともに二本の川の合流地点を後にしたサバハは、渦巻く砂塵の間に稲光を走らせる砂嵐が、刻一刻と近づきつつあるのを見つめた。砂漠を流れるそのエネルギーを感じることができる。空気中にそのにおいがする。両腕の肌が震えるのを感じる。神の思し召しか、吹き荒れるこの砂嵐が自分たちの作業を隠し、砂丘の下に埋めてくれることだろう。けれども、そのためには彼方に見える丘陵地帯までたどり着かなければならない。

サバハは足を一歩ずつ前に踏み出すことに意識を集中させた。それでも、川岸に長居しすぎてしまったのではないかとの不安がぬぐえない。ようやく二人が二つの小高い丘の間の深い裂け目に到達した頃には、嵐に追いつかれてしまっており、頭上で風がうなりをあげ、砂がむき出しの肌を叩いていた。

「お急ぎください」タボルが促し、サババを抱きかかえた。半ば持ち上げられた格好になったサババのつま先が地面をこする。砂の上に残る二本の筋は、謎の絵文字で願いを訴えかけているかのようだ。

〈失敗するわけにはいかない……〉

二人は暗い入口を抜けて傾斜の急な長い通路を急ぎ、地下の砂岩を掘り抜いて造った大いなる驚異に向かった。道筋を照らす松明の火が周囲に影を映し出しながら、この中に隠されているものを、七十年以上にわたって職人と学者たちが手を携えて製作してきたものを、次第に明らかにしていく。

タボルの助けを借りて石造りの大きな歯を乗り越え、細部まで精巧に再現された彫刻の舌の上を横切る。前方の通路は二股に分かれ、二本のトンネルに通じていた。一方は岩盤のさらに下にある石の胃に、表面に小さな突起のあるもう一方は広々とした胸腔に。

後者のトンネルを選んだ二人は、さらに歩を速めた。

タボルの手を借りて進みながら、サババはこの丘陵の地下に広がる構造物を思い描いた。砂岩からできているのは人間の体内の仕組みを模した作品で、横たわったその全身が丘陵の下に埋まっている。この彫刻を外側から見ることはできない――皮膚に相当するのは外の世界だ。しかし、人体の内部の構造に関しては、肝臓や腎臓から膀胱や脳に至るまで、すべてが砂岩を削って精密に再現されている。

この丘陵地帯の地下に、信者たちは自らのための石の神を造り上げた。その中で人々が暮らせるほど大きなこの彫刻の体の用途、それは守り抜かなければならないものを保存するための容器。

〈これから私がなさなければならないこと……自らの体をもって、神の大いなる祝福の器にならん〉

タボルに導かれて進んでいくと、自らの胸の中の気管が二股に分かれているのと同じように、小さな突起のある通路が再び二本のトンネルに分岐した。タボルとともに左側に入る。これまでよりも通路が狭くなったため、湾曲した天井に頭がぶつからないように体を折り曲げなければならない。だが、目的地までそれほどの距離はなかった。

前方の松明の火が明るくなるとともにトンネルが終わり、広大な空間に行き着いた。頭上には彫刻の脊椎（せきつい）が力強く通じていて、そこに向かってアーチ状に伸びる石造りの肋骨（ろっこつ）は、この空間の柱代わりになっているかのように見える。広々とした部屋の中央に鎮座する石の心臓は、彼女の背丈の四倍ほどの高さがあるだろうか。これもまた完璧なまでに再現されていて、太い血管が弧を描きながら外側に広がっている。

サバハはほかのヌビア人の従者たちを一瞥（いちべつ）した。全員がひざまずき、彼女がこの部屋に来るのを待っていたのだ。

サバハは弧を描いた石の肋骨が並んでいる方に目を向けた。肋骨の間に見える真新しい煉瓦(れんが)は、その奥に隠された数多くの小部屋を密閉するために使用されている。煉瓦の向こうにあるのは、彼女よりも先に未来へ向けて旅立った仲間の信者たちの墓だ。サバハは椅子に座り、あるいはもたれかかった男女の姿を思い浮かべた。彼らの体はゆっくりと変貌を遂げ、祝福の担い手になりつつある。

〈私が最後の……選ばれし神の妻にならん〉

サバハは壁から顔をそむけ、石の心臓に向き合った。小さな入口の奥にある心室は、名誉ある者のための場所。

サバハはタボルの腕を振りほどき、自力で最後の道のりを歩いた。頭をかがめて入口をくぐり、内部に入る。手のひらで冷たい石の感触を味わいながら、背筋を伸ばす。中には銀の王座があり、腰掛けると同じような冷たさが伝わってくる。片側にはラピスラズリを彫って造った円形の容器があった。銀で装飾を施した縁のすぐ下にまで、液体が入っている。サバハは容器を手に取り、痩(や)せ細った太腿の上に置いた。

入口から中をのぞき込んでいるタボルは、つらくて言葉が出てこない様子だ。だが、その表情から、あふれる悲しみと希望と恐怖を容易に読み取ることができる。サバハの胸にも同じ思いが去来した——それとともに、決して少なくはない疑念も。しかし、サバハはタボルに向かってうなずいた。

「終わらせましょう」

顔に浮かぶ悲しみの色がひときわ濃くなったものの、タボルもうなずきを返し、お辞儀をして姿を消した。

ほかの従者たちが進み出て、泥と藁(わら)でできた日干し煉瓦で入口を密閉し始めた。室内が暗闇に包まれる中、膝の上の容器に視線を落としたサバハは、外から差し込む最後の松明の光を浴びた液体が、濃い輝きを放ったことに気づいた。液体は深紅に染まっている。サバハは自分の手の中にあるものの正体を知っていた。ナハルの川が災いによって血に変わった時の水だ。はるか昔に採取された液体は、彼女の部族によって保管されてきた——その呪いの中に秘められた癒しとともに。

最後の煉瓦がはめ込まれると、サバハは息をのんだ。急に喉の渇きを覚える。外の煉瓦の表面が泥で塗り固められる音に耳を傾ける。心臓の基部に沿って薪(たきぎ)が積み重ねられ、まわりをすっかり取り囲んだことも音からわかった。

サバハは目を閉じた。これから何が始まるのかは承知している。

松明の火が薪に燃え移る様を思い浮かべる。

足もとの石が温まるにつれて、予想が徐々に確信へと変わっていく。心臓の内部はすでに息苦しいが、その空気が熱せられるまでに長くはかからないだろう。水分はすべて、煙道代わりの石の血管を通じて外に逃げていく。ほどなく、空気の代わりに熱い砂を吸い込んでいるような気がしてきた。足の裏が火傷をしそうな熱さになり、サバハはうめき声をあげた。銀の王座までもが、夏の日差しで熱せられた砂丘の先端のような温度になっている。

それでも、サバハはじっと座り続けた。外にいた従者たちも、今頃はこの地下の世界から脱出し、ここに通じる入口をふさいでいるはずだ。彼らは砂嵐に紛れてこの地を離れ、永遠に姿を消す。あとは砂漠がこの場所の痕跡をすべて消し去ってくれる。

最期が訪れるのを待つサバハの目から涙がこぼれたが、頬を伝って流れ落ちる前に蒸発してしまう。ひび割れた唇から苦しみの、この先に待つ避けようのないことへの嗚咽が漏れる。その時、暗闇にうっすらと光が現れた。膝の上に抱えた容器の中で、深紅の液体がかすかにきらめきながら渦巻いている。

それが苦痛による幻なのかどうかはわからなかったものの、サバハはその輝きから安らぎを覚えた。それが最後の務めを果たすための力を与えてくれた。サバハは容器を口に近づけ、液体を飲み干した。命の水が渇き切った喉を流れ、縮んでしまった胃を満たしていく。

空になった容器を下ろす頃には、石の心臓内の熱気は耐えがたいまでに高まっていた。それでも、自分の体内に収めたものを思いながら、サバハは苦しみつつも笑みを浮かべた。

〈神よ、私はあなたの器です……これからずっと、いつまでも〉

一八九五年三月二日　東部標準時午後九時三十四分
ニューヨーク

〈やはり、こうでなくてはいけないな……〉

目的地を目にしたサミュエル・クレメンス――マーク・トウェインの筆名の方でよく知られる男は、気が進まない様子の連れとともにグラマシー・パーク内を抜けていた。通りを挟んだ向かい側の真正面にあるガス灯が、あたかも手招きするかのようにプレイヤーズ・クラブの円柱、屋根付きの玄関、鉄の装飾品を明るく照らし出している。二人はこの会員制クラブのメンバーだった。

笑いと酒と楽しい仲間たちの魅力に引き寄せられ、トウェインは歩を速めた。身の引き締まるような冷たい夜の空気に葉巻の煙をたなびかせながら、しっかりと意図を持った足取りで進む。「君はどうだい、ニコラ？」トウェインはすぐ後ろを歩く連れに問いかけた。「懐中時計と腹具合から察するに、プレイヤーズはまだ夕食を出してくれるに違いない。それが無理だとしても、葉巻に合わせてブランデーでも味わいたいところだな」

ほぼ二十歳も年下のニコラ・テスラはかしこまったスーツ姿だが、かなり着古したものらしく、肘の部分はこすれて艶が出ている。黒い髪に何度も手を触れながら、ニコラはせわしなく周囲を見回していた。不安を感じている時には口ひげに負けないほど濃いセルビア訛りが出るが、今がまさにそんな時だった。

「サミュエルさん、もう遅いですし、研究所で終わらせないといけない仕事が残っているんです。劇場に招待してくださったことはありがたく思っていますが、そろそろ失礼しないと」

「何を言っているのだ。仕事ばかりしているとつまらない人間になるぞ」

「そうだとしたら、あなたは並外れて楽しい人だということになりますね……最高に気ままな人生を送っているのですから」

トウェインは憤慨を装いながら振り返った。「きちんと教えておくが、私は新作を執筆しているところなのだ」

「当ててみせましょう」ニコラは意地の悪そうな笑みを浮かべた。「ハックルベリー・フィンとトム・ソーヤーが新たな騒動に巻き込まれるのですね」

「あの二人がそうなってくれるとありがたい！」トウェインの笑い声に、通りすがりの人が視線を向けた。「債権者にまとめて金を返せるだろうな」

トウェインは秘密にしていたが、彼は前年に破産し、著作権のすべてを妻のオリヴィアに譲り渡していた。借金返済のために、間もなく十二カ月間に及ぶ世界各地での講演活動に出発する予定になっている。

　だが、金の話が出たために気まずい空気になってしまった。トウェインはそのことをうっかり口にしてしまった自分を責めた。発明家、電気技師、物理学者と多彩な才能を持つ友人のニコラは、天才を絵に描いたような人物だが、自分と同じように金銭的に困窮していることを知っていたからだ。五番街の南にあるニコラの研究所をトウェインが何度も訪れるうちに、二人は親友の間柄になっていた。

「じゃあ、一杯だけですよ」ニコラがため息をつきながら譲歩した。

　二人は通りを横切り、かすかな音を立てるガス灯の下にある正面玄関に向かった。しかし、入口にたどり着くよりも早く、暗がりから人影が現れて二人を呼び止めた。

「ああ、よかった」二人を待ち構えていた男が言った。「ドアマンから君が今夜ここに寄るのではないかと聞いていたのだ」

　ほんの一瞬、不意を突かれたものの、トウェインは相手が誰だか認識した。驚きと喜びの入り混じった思いで、旧友の肩をぽんと叩く。「会えてうれしいよ、スタンリー！　ここで何をしているのだ？　君はまだイギリスにいるものだと思っていたのだが」

「昨日こっちに戻ってきたばかりだ」

「そいつは素晴らしい！　それなら、君が大西洋のこちら側に帰還したのを祝して、一杯やらないといけないな。いや、二、三杯といこうか」

トウェインは二人を伴って建物内に入ろうとしたが、入口の手前でスタンリーに制止された。

「私の理解する限りでは」スタンリーが切り出した。「君はトーマス・エジソンに顔が利くという話だが」

「ああ……まあ、そうだが」トウェインは口ごもりながら答えた。エジソンと今夜の連れのニコラ・テスラが根深い対立関係にあることは十分に承知している。

「発明家と緊急に話をしなければならないことが、彼に見せなければならないものがある。これは女王陛下直々の要請だ」

「本当かね？　何とも好奇心をそそられる話だな」

「私がお手伝いできるかもしれません」ニコラが申し出た。

二人が初対面だったため、トウェインはこの奇妙な顔合わせにおける紹介役を務めることになった。「ニコラ、こちらはヘンリー・モートン・スタンリー……噂が正しければ、間もなくスタンリー卿になられる。自らも探検家として知られているだけでなく、人跡未踏のアフリカの地で行方不明になった同じ探検家のデイヴィッド・リヴィングストンを発見したことで一躍有名になった」

「ああ」ニコラが反応した。「思い出しました。彼と対面した時に、『リヴィングストン博士でいらっしゃいますか？』とおっしゃったとか」

スタンリーがうめき声を漏らした。「そのような言葉は口にしていないのだがね」

トウェインは笑みを浮かべ、もう一人の友人の方を見た。「そしてこちらはニコラ・テスラ。エジソンにまさるとも劣らない天才だ」

紹介の言葉を聞き、スタンリーは目を見開いた。「もちろん名前は存じ上げておる。紹介される前に気づくべきだったな」

相手の反応を耳にして、ニコラの青白い頰に赤みが差した。

「ところで」トウェインは話を進めた。「イギリスの女王陛下がどんな喫緊の任務を君に命じられたのかね？」

スタンリーは汗がにじんだ手のひらで寂しくなりつつある白髪をなでつけた。「君も知っての通り、アフリカ大陸で行方不明になった時、リヴィングストンはナイル川の水源を探していた。私も過去に発見を試みたことがある」

「ああ、君のほかにも多くのイギリス人が挑んでいた。どうやら君たちにとっては、聖杯の発見に匹敵するような大冒険ということのようだな」

スタンリーは顔をしかめたが、何も言い返さなかった。

イギリス人によるそんな総力をあげての捜索の原動力になったのは、地理的な好奇心ではなくアフリカ植民地化への野望だったのではないか、そうトウェインも察していたものの、それ以上の意見は差し控えた。今夜の謎が明らかになる前に、友人の気分を害してしまってはいけないと思ったからだ。

「それで、ナイル川の水源が女王陛下とどう関係しているのかね?」トウェインは重ねて訊ねた。

スタンリーはトウェインを近くに引き寄せ、ポケットから小さな物体を取り出した。濃い色の液体が入った小さなガラス瓶だ。「これはリヴィングストンの屋敷内にあった遺品の中からつい最近になって発見されたものだ。あるヌビア人の戦士——病気の息子を救ってもらったことでリヴィングストンに恩義を感じていた人物が、彼に古代の魔除けを与えた。蠟で封印され、ヒエログリフが彫られた小さな容器だ。この瓶の中身はその魔除けの中に入っていた液体のほんの一部で、部族の人間の話によればナイル川から採取した水ということらしい」

トウェインは肩をすくめた。「その何が重要なのだ?」

スタンリーは後ずさりしながら、瓶をガス灯の方に向かって掲げた。ちらちらと揺れる炎の下で、瓶の中の液体が深紅に輝いている。

「リヴィングストンが残した書面によると、液体は数千年前のもので、大昔にナイル川の水が血に変わった時に採取されたそうだ」

「血に変わった?」ニコラが聞き返した。「旧約聖書にあるように?」

トウェインは笑みを浮かべた。スタンリーは自分をかつごうとしているに違いない。この探検家は組織化された宗教を忌み嫌っていることで知られている。その問題に関して、これまでに何度となく激しく議論を闘わせたこともある。「つまり君は、これが聖書に登場するモーセの災いに由来すると言うのかね？　彼がエジプト人にもたらした十の災いのうちの最初のものだと？」

スタンリーの表情が変わることはなかった。「私の話がどういう風に聞こえているかはわかっている」

「まさかそんな――」

「王立協会で二十二人の死者が出た。ヌビアの魔除けの封印が解かれ、実験室で検査が行なわれた時に命を落としたのだ」

驚きの沈黙が訪れた。

「その人たちはどのようにして亡くなったのですか？」ようやくニコラが質問した。「毒物なのですか？」

スタンリーの顔からは血の気が引いていた。この男はこれまで、あらゆる種類の恐ろしい猛獣や、患者を衰弱させる熱病、人食いの野蛮人などに出会っても、恐れる素振りすら見せたことがないという。それなのに、今はすっかり怯(おび)えてしまっている。

「毒物ではない」

「それなら何なのだ？」トウェインは訊ねた。

スタンリーは真剣そのものの表情で答えた。「呪いだ。はるか昔からよみがえった災い」

スタンリーは瓶を握り締めた。「これこそはまさしく、神がエジプト人に与えた古代の怒りの名残なのだ――しかし、これは単なる始まりにすぎない。我々はこれから起きることを阻止しなければならない」

「何ができるというのだ？」トウェインは訊ねた。

スタンリーはニコラの方を見た。「君にはイギリスに来てもらわなければならない」

「何のために？」トウェインは再び訊ねた。

「次の災いを阻止するためだ」

第一部　ミイラ化

1

現在
五月二十八日　エジプト時間午前十一時三十二分
エジプト　カイロ

検死官の不安げな様子から、デレク・ランキンは何かがおかしいと感じた。「遺体を見せてほしい」

ドクター・バダウィは小さくお辞儀をすると、遺体安置所のエレベーターを指し示した。「ご案内します」

検死官に導かれながら、デレクはこのありがたくない旅路の最後の道のりにどう対応したものか判断がつきかね、二人の同行者に視線を向けた。二人の女性のうち、年上のサフィア・アル＝マーズの方がもう一人のジェーン・マッケイブよりも頭一つ背が高い。一行は今朝、ロンドンからプライベートジェットで到着し、カイロの空港に着陸後、市内の遺体安置所に連れてこられた。これといった特徴のない青色の建物群は、ナイル川からすぐの距離にある。

検死官の後についていて歩きながら、サフィアはまだ二十一歳の若い女性を守ろうとするかのように、優しく肩に手を回している。

サフィアと視線を合わせると、デレクは無言で問いかけた。〈ジェーンは対応できるんですか?〉

サフィアが深呼吸をしてからうなずいた。彼女はデレクの上司で、大英博物館の上席学芸員の地位にある。デレクが大英博物館に加わったのは四年前のことで、まだ下っ端の学芸員を務めている。彼の専門は生物考古学で、なかでも重点を置いているのは古代の人類の健康調査だ。残存する歯、骨格、組織の状態を精査することで、古代の人々の健康状態をより完全に把握することを目指しており、時にはその人物の死因の特定を試みることもある。ユニヴァーシティ・カレッジ・ロンドンでの特別研究員時代には、ヨーロッパの黒死病やアイルランドの大飢饉(ききん)など、様々な疫病を調査した経験がある。

大英博物館で彼が現在取り組んでいるプロジェクトは、スーダン国内で新しいダムが建設中のナイル川第六急流の周辺地域で発掘されたミイラの分析だ。そのあたりの乾燥地帯はこれまでほとんど調査の対象になっていなかったが、新たな建設作業が進められる中で、スーダン考古学研究協会は永遠に失われてしまう前にその地域の貴重な考古学的遺物を回収するため、大英博物館に支援を求めた。この数カ月間だけでも、かなりの規模に及ぶ岩絵の保存のほか、小さなヌビアのピラミッドの石材三百九十個の発掘と移動に成功している。

三人が遺体安置所を訪れているのはそのプロジェクトのせいだった。二年前、団長とともに調査団のメンバー全員が失踪した時、多くの者たちがプロジェクトは呪われていると考えた。何カ月にも及ぶ捜索の末、行方不明になったのは何らかの犯罪に巻き込まれたのが原因で、アラブの春の騒乱とその後の政情不安による現地の不安定な状況がその背景にあるのだろうという結論に達した。調査団の半数はスーダン人だったものの、盗賊や反乱軍が牛耳っているそんな不毛の地に外国人が立ち入ることからして賢明とは言えなかった。テロリストが関与しているのではないかとの可能性も指摘されたものの、犯行声明は出なかったし、身代金の要求もなかった。

大英博物館はこの事件に大きな衝撃を受けた。調査団を率いていたハロルド・マッケイブ教授は、強情な性格のせいで好かれていなかったとはいえ、その分野では大いに尊敬されていた。デレクがこのミイラの分析作業に携わろうという気になったのも、マッケイブ教授がプロジェクトを率いているからだった。教授はユニヴァーシティ・カレッジ・ロンドン時代のデレクの指導教官だったし、特別研究員の資格を得られるようにいろいろと手を尽くしてくれた。

そのため、教授の死はデレクの心に深い傷を残した――ただし、その傷の深さは三人の中の最年少の女性には及ばない。

デレクはエレベーターに乗り込むジェーン・マッケイブの様子を観察した。まだ若い女性は両腕を組んで立ち、その視線ははるか彼方を見つめているかのようだ。ジェーンはハロルドの娘に当たる。デレクは彼女の額と上唇に汗が小さな玉となって浮かんでいることに気づいた。この日はむせ返るような暑さで、遺体安置所のエアコンも熱気を和らげるうえでほとんど役に立っていない。けれども、発汗は気温よりもこれから向き合わなければならないことに対する恐怖が原因なのではないだろうか、デレクはそんな気がした。

エレベーターの扉が閉まる前に、サフィアがジェーンの肘にそっと触れた。「ジェーン、上で待っていてもいいのよ。あなたのお父さんのことは私もよく知っていて、身元の確認ならできるから」

デレクも同意してうなずきながら、閉まりかけた扉を止めようと手を伸ばした。

ジェーンの瞳の焦点が合い、眼差(まなざ)しが険しくなった。「私がしなければならないの。二年間も答えを――父についての、兄についての答えを待ち続けたのに、今になって――」

自分の声が上ずったことに対して、ジェーンはいらだった様子しか見せなかった。彼女の兄のローリーも、調査団の一員として父親に同行し、ほかの団員たちとともに姿を消してしまったため、ジェーンは天涯孤独の身になってしまっていた。彼女の母親は卵巣癌にかかり、長い闘病生活を送った後、五年前に他界している。

ジェーンの手が伸び、デレクの腕を押し下げたため、エレベーターの扉が閉まった。

サフィアが小さなため息を漏らした。ジェーンの決断を受け入れざるをえないと判断したのだろう。

ジェーンの反応はデレクの予想通りだった。彼女は父親にあまりにもよく似ている。強情で、わがままで、それでいて明晰(めいせき)な頭脳の持ち主。デレクがジェーンと知り合ったのは、教授の指導を受けるようになった時だ。その当時、ジェーンはまだ十六歳だったが、すでに同じカレッジの学部課程で学んでいた。十九歳で考古学の博士号を取得し、現在は博士研究員を務めていて、父親の歩んだ道を進もうと心に決めているのは間違いない。

残念なことに、その道が彼女をここに導くことになった。

エレベーターが降下する間、デレクは二人の女性を見比べた。古代の遺物への情熱を除くと、二人の間に共通点は存在しない。サフィアの中東系の血筋は、淡いコーヒー色の肌と、緩く巻いたヘッドスカーフの下に半ば隠れた長い黒髪からうかがえる。濃い色のスラックスに薄い青の長袖のブラウスという落ち着いた服装だ。物腰の穏やかな女性だが、人を引きつける力も持っている。そのエメラルド色の瞳は、必要に応じて男性をひるませることもできる。

一方でジェーンは、スコットランド系の父親によく似ている。髪は燃える炎のような赤毛で、ショートボブに切り揃えてある。あいにく、その性格も燃えさかる炎のように激しい。デレクはこれまでに何度も、ジェーンが意見を異にする相手に対して、同じ学生だろうと時には指導教官だろうとかまわず、激しく食ってかかったという話を聞いたことがある。父親の血を色濃く受け継いでいるのは間違いないが、二人の間には大きな違いが一つある。ハロルドの肌は何十年間も砂漠の太陽を浴びたために日焼けして、しわの寄った革製品のようになっていたが、ジェーンは大学の図書館にこもる日々を過ごしているので白く滑らかな肌をしている。鼻と頬にかすかなそばかすがあり、そのせいでどこか幼く見えるため、初めて会った人はジェーンを無邪気な少女のように扱う。

そんな判断ミスを犯したら痛い目に遭う。

エレベーターががくんと揺れて停止した。扉が開くのに合わせて、消毒剤のきついにおいとともに、このフロアにしみついた腐敗臭が籠の中に入り込んでくる。ドクター・バダウィの案内で、三人は白塗りのコンクリート壁とすり減ったリノリウムの床から成る地下の廊下を歩いた。足早に進む検死官は小柄な体型で、膝まで届く白衣を着用している。彼がこの件をできるだけ早く片付けてしまいたいと考えていることは、はっきりとうかがえる——その一方で、何かがこの男性を動揺させていることもわかる。

バダウィは廊下の突き当たりに達し、厚いビニールカーテンをくぐって小さな部屋に入った。デレクも二人の女性とともに後に続く。部屋の中央にはステンレス製のテーブルが一つ、置いてあった。その上には真新しいシーツをかぶせた死体が寝かされている。

同行すると強く言い張っていたにもかかわらず、ジェーンが部屋の入口から先に進めなくなった。サフィアが若い女性の傍らにとどまり、デレクだけが検死官の後についてテーブルに向かう。背後から「大丈夫」とつぶやくジェーンの声が聞こえた。

女性たちの方を振り返ったバダウィは相変わらずどこか落ち着かない様子で、テーブルの横に吊るされた金属製の秤（はかり）に体をぶつけた。検死官はデレクに小声で伝えた。「君が最初に見るべきだろう。今回ばかりは、女性がこの場にいるのはふさわしくないように思うのだよ」

その言葉を聞きつけたジェーンが、女性蔑視（べっし）をほのめかすような物言いに反応した。「いいえ」ジェーンはサフィアとともに大股で室内に入ってきた。「これが私の父なのかどうか、知る必要があるの」

デレクはジェーンの顔つきからもっと多くの感情を読み取った。彼女は答えを欲している。二年間にわたる不安と淡い期待に対する説明を求めている。何よりも強く現れていたのは、父親の幻影を断ち切らなければならないとの思いだ。

「早くこれを終わらせましょう」サフィアが促した。

バダウィが小さくお辞儀をした。テーブルに歩み寄り、シーツの上半分を折り曲げる。裸の遺体の上半身があらわになった。

デレクははっと息をのみ、一歩後ずさりした。最初に湧き上がった反応は否定だった。これがハロルド・マッケイブ教授だなどということはありえない。テーブル上の遺体は、何世紀にもわたって砂の中に埋もれていた後に掘り出されたようにしか見えなかった。皮膚はすっかり落ち窪み、顔面の骨や肋骨がくっきりと浮き出てしまっている。それよりも奇妙なのは皮膚の表面が艶のある濃い胡桃色をしていることで、あたかも全身にニスを塗ったかのようだ。けれども、一瞬の驚きが治まり、頭頂部や頬、顎から伸びる白いものが交じった赤毛に気づいたデレクは、最初の判断が間違っていたことを悟った。

ジェーンも同じことを認識した。「パパ……」

デレクは声の方に視線を移した。ジェーンの顔は絶望と苦痛で歪んでいる。彼女は目をそむけ、サフィアの胸に顔をうずめた。サフィアの表情も、ジェーンと比べるとかろうじて平静を保っているという程度だ。サフィアと教授との付き合いはデレクよりもはるかに長い。しかし、デレクはサフィアの眉間のしわに困惑の色が浮かんでいることを見逃さなかった。

その理由に心当たりのあるデレクは、質問を検死官にぶつけた。「十日前に発見された時、マッケイブ教授はまだ生きていたという話じゃなかったんですか？」

バダウィはうなずいた。「遊牧民の家族が砂漠をふらふらと歩いている彼を発見した。ルファアの村から一キロほどの地点だ」検死官はジェーンに気遣うような眼差しを向けた。「彼らは教授を荷車に乗せて村まで運んだのだが、助けを呼ぶ前に亡くなってしまったそうだ」

「それだと時間の流れがおかしいわ」サフィアが口にした。「ここにある遺体はどう見てもそれよりはるかに古いものだもの」

直感的に同じ思いを抱いたデレクも、サフィアの言葉にうなずいた。しかし、テーブルに視線を戻したデレクを悩ませていた謎は、それだけではなかった。「あなたの話だと、トラックで運ばれて二日前に到着した時、マッケイブ教授の遺体は防腐処置が施されていなかったということでした。ビニールが巻かれていただけだったと。運搬に使用されたのは冷蔵トラックだったのですか？」

「いいや。だが、安置所に到着後、遺体は冷蔵庫で保管されていた」

デレクはサフィアの方を見た。「十日近くの間、遺体は灼熱の高温の中に置かれていた。それなのに、死後の腐敗の痕跡がほとんど見当たりません。ガスによる膨張も、肌のひび割れも。きちんと保存されていたように見えます」

唯一の損傷は検死の際に上半身を切開したY字型の傷跡だけだ。ロンドンからの移動中に、デレクは検死報告書に目を通していた。死因はまだ特定できていないが、熱中症と脱水の可能性が最も高いという内容だった。けれども、その診断はマッケイブ教授の身に降りかかった運命を何一つとして説明できていない。

〈教授は今までずっとどこにいたのか？〉

サフィアがまさにその疑問を投げかけた。「遊牧民の家族からそれ以上の情報は何か聞き出せなかったの？　マッケイブ教授は砂漠で発見される前の居場所に関して、何らかの説明をしたの？　彼の息子やほかの人たちに関する話は？」

バダウィはサフィアの質問に答えながらつま先に目を落とした。「役に立ちそうなものは何一つない。彼は弱っていて、うわごとを口にしていたそうだし、発見した遊牧民たちはスーダン方言のアラビア語のそのまた方言しか話せなかった」

「父はアラビア語の様々な方言に精通していたわ」ジェーンが食い下がった。

「その通りよ」サフィアが付け加えた。「息を引き取る前に何かを伝えることができたのなら……」

バダウィがため息をついた。「このことは報告書に記さなかったのだが、遊牧民の一人によれば、マッケイブ教授は巨人にのみ込まれたと主張していたらしい」

サフィアが眉をひそめた。「巨人にのみ込まれた？」

バダウィは肩をすくめた。「さっきも言ったように、教授はひどい脱水症状だったから、うわごとを口走っただけだろう」

「ほかには何かないの？」サフィアが訊ねた。

「あとは一つの単語だけ。ルファアの村まで運ばれる間、ずっとつぶやいていたらしい」

「どんな単語なの？」

バダウィはサフィアの隣の女性に目を向けた。「『ジェーン』と」

その事実を知らされて、ハロルドの娘は体をこわばらせた。傷ついているようにも、途方に暮れているようにも見える。

サフィアがジェーンを支えようとしている間に、デレクは遺体をじっくりと観察した。肌を指でつまみ、その張りを確かめる。不思議なことに厚みを増しているようで、かたくなっているような感じすらする。続いて骨ばった手をつかみ、指先の爪を調べてみると、一風変わった黄色をしている。

デレクはバダウィに話しかけた。「あなたの報告書には、教授の胃の中から同じような大きさと形の小石が数多く見つかったと記してありました」

「ああ。ウズラの卵ほどの大きさだった」

「あと、樹皮と思われるものの断片もあったとか」

「その通りだ。飢えに耐えかねて砂漠で見つけたものを手当たり次第に食べたのではないかな。少しでも空腹感を癒そうとしたのだろう」

「あるいは、石や樹皮の存在は別の理由によるものかもしれません」

「どんな理由だというの？」ジェーンを抱きかかえたままサフィアが訊ねた。

デレクはテーブルから離れた。「推測を裏付けるためにはさらなる検査が必要です。皮膚の生検に、もちろん胃の内容物の毒物検査も」頭の中で必要な作業のリストを作成する。「でも、何よりも重要なのは、脳をスキャンしたいということです」

「いったい何を考えているの？」サフィアが重ねて訊ねた。

「遺体の状態――実際よりもはるかに古く見えることと、不可解なまで良好に保存されていることから、マッケイブ教授はミイラにされたのだと思います」

バダウィが体を震わせた。憤慨していると同時に、侮辱されたと思っている様子だ。「この男性の死後、誰一人として遺体を冒瀆（ぼうとく）していないことは私が確約する。そんなことをする人間がいるはずない」

「あなたは誤解しています、ドクター・バダウィ。彼が死後にミイラにされたとは考えていません」デレクはサフィアの顔を見た。「教授は生前にミイラになったんです」

午後四時三十二分

五時間後、デレクは体をかがめてコンピューターのモニターの列をのぞき込んでいた。頭上の窓の向こうにあるのはＭＲＩ検査用の部屋で、長いテーブルと巨大な白いトンネル形の磁石が見える。

手続き上の遅れが原因で、マッケイブ教授の遺体は明日にならないとイギリスに送り返すことができない。そのため、デレクはこれ以上の腐敗が進行する前に、遺体からどんな情報でもいいから入手したいと考えたのだった。すでに生検用の皮膚と毛髪のサンプルを採取したほか、検死官に依頼して不可解な胃の内容物を箱に密閉してもらってある。ウズラの卵ほどの大きさの奇妙な石と、未消化の樹皮と思しき断片だ。バダウィはデレクが遺体安置所の近くにある病院のMRI検査用の施設を使用できるように手配もしてくれた。

デレクは二回目のスキャン結果に目を通した。画面上に見えるのはマッケイブ教授の頭部の矢状(しじょう)面画像で、体の正中(せいちゅう)に対して平行な断面図が表示されている。アーチ状の頭頂部や、鼻梁(びりょう)を形成する軟骨、眼窩(がんか)などがすべて、装置の強力な磁場と電波によって鮮明に映し出されていた。しかし、頭蓋骨内部の脳は、単なる灰色の塊として映っているだけだ――デレクが予期していた画像とは違う。

「今回の結果は一回目のスキャンよりも不明瞭ね」肩越しにのぞき込むサフィアが感想を述べた。

デレクはうなずいた。最初のスキャンの時には、脳回(のうかい)や脳溝(のうこう)のしわをはじめとして、脳の表面の細部がある程度は確認できた。それでも、画像の精度に納得がいかなかったため、デレクは遺体を安置所に戻す前に二回目のスキャンを行なうように依頼した。けれども、その結果は細部がより不鮮明になっただけだった。

デレクは背筋を伸ばした。「この装置に何らかの不具合があったのか、あるいは死後の腐敗が進行してマッケイブ教授の脳の構造が劣化してしまったのか」

「もう一度、スキャンをしてみたらどうなの？」

デレクは空っぽのＭＲＩ装置の方を見ながら首を横に振った。教授の遺体はすでに安置所に戻してしまった。「これから先、僕たちにできることといったら、これ以上の腐敗が進行する前に可能な限り多くを保存することくらいでしょう。検死官には脳脊髄液を採取するとともに、脳を摘出してホルマリンに漬けて、組織を固定するように頼んでおきました。そうすれば、イギリスに帰国した後できちんとした検査ができますから」

サフィアは不安そうに眉根を寄せた。「ジェーンはそのことを知っているの？」

「彼女がホテルに戻る前に、許可をもらっています」

遺体の身元を確認して手続き関係の書類への記入を終えると、ジェーンはいちだんとやつれた様子で、顔色もよくなかった。そんな状態だったものの、デレクは遺体を埋葬のためイギリスに送り返す前に何をする必要があるか、彼女にすべて伝えた。ジェーンは同意してくれた。デレクと同じように、いや、おそらくそれ以上に、彼女も答えを欲しているのだろう。とはいえ、その作業を見守りたいとまでは希望しなかった。真実を求める強い気持ちをもってしても、できることとできないことがある。

サフィアがため息をついた。「だったら、差し当たって私たちにできるのはそれくらいみたいね」

デレクは背中の凝りをほぐしながらうなずいた。「遺体安置所に戻ってすべてが指示通りに動いているか、確認してきます。あなたはジェーンの様子を見て――」

電話の呼び出し音がデレクの言葉を遮った。室内にいた技師が電話に出て、短い会話を交わした後、デレクの方を向く。「検死官からです。あなたとお話がしたいとか」

デレクは顔をしかめながら電話を代わった。「ドクター・ランキンです」

「大至急、こっちに来てもらいたい」早口で伝えるバダウィの声は、切迫感を伴っている。「君の目でじかに見てもらった方がいい」

デレクは質問しようとしたものの、バダウィはそれ以上の詳しい説明を拒み、とにかく急いで遺体安置所に戻るようにと言うばかりだった。デレクは仕方なく電話を切り、状況をサフィアに伝えた。

「私も一緒に行くわ」サフィアは言った。

二人は病院を出て、二ブロック離れたところにある遺体安置所に向かった。屋内で数時間を過ごした後のため、太陽の光は目もくらむようなまぶしさで、熱気も耐えがたいほどだ。息を吸い込むたびに、肺が火傷するのではないかと思うような熱さを感じる。

人通りの多い道を歩く間、サフィアは焼けつくような高温を気にする様子もなく、デレクから遅れることなくついてくる。「デレク、あなたはハロルドに何かが行なわれ、そのことが体の奇妙な状態の説明になるのではないかと話していた。彼が生前にミイラになった、というのはどういう意味なの？」

デレクはこの話題を避けたかった。心の中で、そのことをうっかり口走ってしまった数時間前の自分を責める。自分の言葉がジェーンの不安をあおったのは間違いない。事実だということが証明されるまで、この件を持ち出すべきではなかったのだ。

デレクは頬が熱くなるのを感じた。それは暑さのせいではない。「単なる憶測にすぎません――しかも、かなり無理のある考え方です。そんな推論を早まって言葉に出してしまうなんて、思慮が足りませんでした」

「いいから、いったいどういうことなのか教えて」

デレクはため息を漏らした。「自発的なミイラ化です。死後も肉体が保存されるようなやり方で、自らの意志によって体の準備をするんです。主に極東の僧の間で多く見られた慣習で、特に日本と中国が多いようですね。けれども、そうした儀式はインドの過激な教団や中東の禁欲主義の宗派の間にも記録が残っています」

「でも、どうしてそんなことをするの？　自殺と変わらないように思うけれど」

「むしろその逆です。実践した人たちの多くにとって、これは宗教的な行為にほかならず、不死への道筋なのです。そうした変貌を遂げた人たちの保存された遺体は、信者たちによって敬われました。ミイラ化した遺体は崇拝者たちに特別な力を授けることができる奇跡の器だと信じられているんです」

　サフィアの口から嘲笑(あざわら)うかのような声が漏れた。

　デレクは肩をすくめた。「遠い異国のカルト教団に限った話ではありませんよ。カトリックでも死者の体が腐敗しないのは聖人の証(あかし)だと信じられていますし」

　サフィアがデレクを一瞥した。「それがすべて本当だと仮定して、どんな方法で自らをミイラ化するの?」

「文化によって異なるのですが、共通している要素もいくつかあります。まず、これは時間のかかる作業で、数年間を要します。最初に行なわれるのはある種の食事制限で、あらゆる穀物を断ち、ナッツ、ベリー、マツの葉、樹脂を多く含む樹皮といった特定の食べ物を摂取します。日本ではかつてこの修行を実践した人は『即身仏』として知られているのですが、そのための食事のことを『木食行(もくじきぎょう)』と呼んでいました」

「つまり、ハロルドの胃の中に樹皮が見つかったという検死官の言葉から、あなたのこの考えにつながったわけね」

「そのことと、胃の内容物に小石も含まれていたという事実です。即身仏になったミイラをX線検査したところ、胃の中から川石が見つかっているのです」

「でも、どうしてそのような工程を経ることで死後も体が保存されるの?」

「ある種の薬草、毒素、樹脂などが、長期間に及ぶ摂取によって体組織に吸収されると抗菌効果を持ち、死後の微生物の増殖を防ぐと同時に、天然の死体防腐処理溶液のような役割を果たすのだと考えられています」

説明を聞いたサフィアが不快そうに顔をしかめた。

「工程の最終段階では、空気を取り込むための小さな穴が開いた石室の中に入ります。日本でこの修行を積んだ僧は、死ぬまで経を読み、鐘を鳴らしていたそうです。声と鐘の音が途絶えると、外の人たちが墓を密閉し、千日後に再び墓を開けて成功したかどうかを調べました」

「遺体が腐敗していないかを確認したわけなのね？」

デレクはうなずいた。「うまくいった場合には、遺体を香でいぶし、さらに保存が利くようにしたんです」

「あなたはハロルドが自らの意志で同じようなことをしたと考えているのね？」

「あるいは、囚われの身になり、それを強制されたのかもしれません。いずれにしても、儀式は完了していませんでした。あくまでも推測ですが、ハロルドのミイラ化が始まったのはせいぜい二カ月から三カ月前でしょう」

「あなたの言う通りだとして、彼にそのようなことがなされたと証明できれば、誰が調査団を拉致(らち)したのかに関する手がかりが得られるかもしれない」

「あと、ほかの人たちがまだ生きているという望みも出てきます。彼らはまだ監禁されていて、この時間のかかる工程の途中にあるのかもしれません。ジェーンのお兄さんのローリーもそうです。早く発見して治療を受けさせれば、完全な回復も期待できます」

サフィアがしばらく唇をきっと結んだ後、質問を発した。「樹皮の種類——どの木から採取されたものなのかを特定できると思う？　調査団のほかの団員たちの監禁場所を突き止める助けになるかもしれない」

「そこまでは考えていませんでした。でも、そうですね、特定は可能だと思います」

遺体安置所に到着した二人は、正面の扉に通じる階段を上った。建物内に入ると、空気が一気に三十度以上も涼しくなったかのように感じられる。緑色の手術着姿の小柄な女性が、二人の姿を認めてロビーを小走りに近づいてきた。

女性はデレクに、続いてサフィアに向かってうなずいた。「ドクター・バダウィからあなた方を直接お連れするようにとの指示を受けています」

女性が背中を向ける前に、デレクは相手の目に恐怖の色が浮かんでいることに気づいた。上司からの指示にびくびくしているだけなのかもしれないが、ほかにも理由があるような気がする。何か異変が起きたのではないかと思い、デレクは急いで女性の後を追った。

女性の案内で階段を下りると、その先は遺体安置所内のさっきとは別の一角に通じていた。ベンチの置かれた観察室からは病理検査室が見渡せる。窓の向こうの部屋の中央にはステンレス製のテーブルが一つあり、その上にはハロゲンランプが吊るされていた。この遺体安置所と先ほどの病院は、いずれもカイロ大学の医学部と提携している。ここは学生たちが実際の検死解剖を見学する実習用の部屋なのだろう。

しかし、現在の見学者はデレクとサフィア、それに付き添いの女性の三人だけだ。病理検査室の中では数人の医師や看護師がテーブルのまわりに集まっていた。全員が手術着姿で、顔は紙製のマスクで隠れている。バダウィがデレクたちの到着に気づいて手を振り、ワイヤレスのマイクをマスクの上から口元に近づけた。観察用の窓の上に設置された小さなスピーカーから、検死官の声が聞こえてきた。

「これが何を意味するのかよくわからないのだが、被験体の脳を摘出して保存する前に、君たちにも我々が見つけたものを確認してもらいたいと思ったのだ。あと、こちらの判断でこの模様は映像に撮影させてもらっている」

「何を見つけたんですか?」デレクは少し声を張り上げて訊ねた。付き添いの女性が窓の隣のインターコムを指差す。デレクはそこに歩み寄り、質問を繰り返した。

バダウィが手を振り、ほかの作業者たちにテーブルから離れるように指示した。六十歳の考古学者の裸の遺体が、ハロゲンランプの光に照らされて横たわっている。小さなタオルで局部を隠してあるだけだ。もう一枚の濡れた手術用タオルが頭頂部を覆っていた。テーブルは遺体の頭部が窓の方を向くような角度になっている。

「君の依頼通り、脳脊髄液のサンプルはすでに採取した」バダウィが説明した。「脳を摘出するための作業を開始したところだ」

検死官がタオルを外すと、すでに頭皮は剝がされていて、頭蓋骨に円形の切れ目が入っている。バダウィが頭蓋骨の一部を取り外した。最初に脳を露出させた後、いったん元に戻しておいたに違いない。

デレクはサフィアを横目で確認しながら、このまま見続けていても平気なのだろうかと様子をうかがった。サフィアは両手を腰の横でしっかりと握り締め、ややこわばった姿勢で立っているものの、その場を動こうとはしない。

バダウィが頭蓋骨の一部を脇に置き、テーブルから離れた。灰色がかったピンク色をした二つの脳葉が、垂れ下がった髄膜組織の中でランプの光を浴びて輝いている。

師事する教授の才能の源がこうして人目にさらされているのを見て、デレクは不思議な思いにとらわれた。最新の科学論文からサッカーのワールドカップでの優勝候補国に至るまで、ありとあらゆる話題を夜が更けても教授と話し込んでいたことを思い出す。教授は傷ついたクマのような大きな笑い声と激しい気性の持ち主だった。その一方で思いのほか優しい一面を見せることもあり、妻と二人の子供への愛は計り知れないほど深く、決して揺らぐことがなかった。

〈それがすべて消えてしまった……〉

スピーカーから聞こえるバダウィの甲高い声に、デレクは我に返った。最初の部分を聞き逃してしまったらしい。「――のがこれだ。それがなければこの現象に気づくことはなかったかもしれない」

〈この現象だって？〉

バダウィが医師たちの一人に合図を送った。指示を受けた男性が手術用のハロゲンランプのスイッチを切り、さらに病理検査室の照明も落とす。何度かまばたきを繰り返してから、デレクはようやく自分の目に映っているものを理解できた。

サフィアが息をのんだ。彼女にも見えているのだ。

暗がりの中、切り取られた恩師の頭蓋骨の内部で、脳と髄膜組織がぼんやりとした光を発していた。朝焼けの空を思わせる、ピンクがかった色合いだ。

「さっきはもっと明るかった」バダウィが説明した。「すでに弱まりつつあるようだ」

「原因は何なの？」サフィアが発した質問は、デレクの頭の中に浮かんだ疑問を代弁していた。

デレクは懸命に理解しようとした。サフィアとの先ほどの会話を思い返す。自らの肉体をミイラ化する目的の一つは、奇跡を保存することのできる腐敗しない入れ物を、すなわち不滅の器を作ること。

〈僕が目にしているのはそれなのだろうか？〉

サフィアがデレクの方を見た。「検査はこれで終わり。あの遺体をしっかり密閉する必要がある。大至急ロンドンに移送できるように準備をしてちょうだい」

サフィアの突然の態度の変化に、デレクはすぐには反応できなかった。彼女の声からも切迫感がにじみ出ている。「でも、マッケイブ教授の遺体は明日にならないと運び出せないんですよ」

「コネがあるから大丈夫」サフィアが自信ありげに答えた。

「そうだとしても」デレクは注意を促した。「ここで何が起きているのかはわかりませんが、僕が今まで目にしたことのないような事態です。もっと助けが必要です」

サフィアは扉の方に向かい始めた。「心当たりがあるの」

「誰ですか?」

「ちょっとした貸しがある昔の友達」

2

五月三十日　東部夏時間午前十一時四十五分
ワシントンＤＣ

ペインター・クロウは自らの机を前にして座り、過去から現れた蜃気楼を見る思いだった。

サフィア・アル＝マーズの顔がモニターの画面いっぱいに映っている。最後に彼女と会ったのは十年近く前のことで、アラビアの「空虚な一角」の異名を取るルブアルハリ砂漠の灼熱の大地においてだった。懐かしい感情が次々によみがえり、ペインターの心をざわつかせる。サフィアの笑みを見ると、心がさらに揺さぶられる。その瞳の輝きには喜びが宿っている。彼女もこうして再会できたのがうれしいのだ。

二人が出会ったのはペインターがシグマフォースの一隊員だった頃で、当時まだ創設間もない組織の司令官を務めていたのはペインターのかつての師とでも言うべき存在のショーン・マクナイトだった。シグマフォースはＤＡＲＰＡ（国防高等研究計画局）の傘(さん)下(か)にある秘密組織で、元特殊部隊の兵士たちによって構成されており、隊員たちはＤＡＲＰＡの実戦部隊として活動するために様々な科学分野の再訓練を受けている。

十年の月日を経る間に、ペインターはシグマの司令官に昇格した——変わったのはそれだけではない。

サフィアが耳に手を伸ばし、黒髪をかき上げた。「前とは違うわね」指先で髪に触れたまま、サフィアがつぶやく。

ペインターも自分の髪の同じ部分に触れた。過去の任務中に経験した大きな出来事の影響で、そのあたりの髪だけが真っ白になっている。艶のある黒髪の中にあって、そこだけが白い羽根を挿しているかのようにくっきりと目立つ。もっとも、そのおかげで先住民のピクォート族の血を引く容貌(ようぼう)が引き立っていると言えなくもない。

ペインターは片方の眉を吊り上げた。「それ以外にも何本かしわが増えているはずだ」

ペインターが手を下ろす前に、サフィアはもう一つの変化を指摘した。「それって、もしかすると結婚指輪？」

ペインターは笑みを浮かべながら、薬指にはめたゴールドの指輪を回した。「見ての通りだ。ようやく結婚を承諾してくれる人が現れたのさ」

「あなたと結婚できるなんて、運のいい女性ね」

「いいや、運がいいのは私の方だ」ペインターは手を髪から離し、相手の顔を見据えた。「オマハは元気にしているのか?」

　夫の名前を耳にすると、サフィアはため息をつき、どこかあきらめたような様子で目を見開いた。アメリカ人考古学者のドクター・オマハ・ダンは、不思議なことにこの聡明な女性の心を見事に射止めた。

「弟のダニーと一緒に、インドで発掘作業を行なっているところ。向こうに出かけてもう一カ月になる。連絡を取ろうとしているんだけれど、いつものように電波がまともに届かないような場所にこもっているから」

「そうか、だから私に連絡を入れたんだな」ペインターは傷ついた風を装って返した。「君にとって私はいつも二番手の存在ということだ」

「今回ばかりはそうじゃないの」サフィアの態度がより真剣みを帯びたものになり、その表情にも不安の色が濃くなる。前置きの話を終えると、サフィアは突然の電話の理由を切り出した。「あなたの助けが必要なの」

「もちろん、何でも言ってくれ」ペインターは椅子に座り直した。「何かあったのか?」

　サフィアが視線を下に向けた。どこから話を始めたらいいものかと、迷っているのだろう。「あなたが知っているかどうか、わからないんだけれど、大英博物館はスーダン北部での発掘プロジェクトを主導しているの」

ペインターは顎をさすった。〈聞き覚えがあるような気がするが、なぜだ？〉……その時、ペインターは思い当たった。「何年か前にちょっとした事件が起きなかったか？」

サフィアがうなずいた。「当初派遣された調査団の一つが砂漠で消息を絶ったの」

具体的な話を聞き、ペインターはその件に関して情報機関から報告書を受け取ったことを思い出した。「調査団はその地域を根城にしている反乱軍と遭遇し、不幸な最期を遂げたのだろうとの見解に落ち着いたように記憶している」

サフィアが眉をひそめた。「私たちみんなもそう思っていた。ところが十日ほど前のこと、調査団を率いていたハロルド・マッケイブ教授が砂漠の真ん中から姿を現したの。彼は病院に運ばれる前に亡くなったわ。現地当局が指紋から身元を特定するまでに一週間近くもかかってしまった。実を言うと、私も二日前にエジプトから戻ったばかり。教授は大切な友人だったから、遺体をロンドンまで運ぶのに付き添ってあげたいと思って」

「気の毒なことだったな」

サフィアがうつむいた。「エジプトまで赴いたのには別の理由もあって、ハロルドの息子をはじめ調査団に加わったほかの人たちの運命に関する手がかりが見つかるかもしれないと思ったから」

「見つかったのか？」

サフィアがため息をつく。「いいえ。それどころか、さらに多くの謎が明らかになるばかり。ハロルドの遺体は説明のつかないような状態だった。私に同行した博物館の専門家の意見によると、ハロルドには死後の肉体の保存を意図したある種のミイラ化の処理が施されていたかもしれないということなの」

身の毛もよだつような考えに、ペインターは顔をしかめた。頭の中にいくつもの疑問が浮かび上がるものの、サフィアの話の腰を折らないことにする。

「採取した組織のサンプルを使って、何が起きたのかを調べるための最終的な検査を行なっているところ。その工程で使用された植物や薬草の種類を特定できれば、ハロルドがどこからやってきたのか、これまでどこに監禁されていたのか、その場所を突き止める助けになるかもしれないでしょ」

〈賢い考え方だ〉ペインターは思った。

「でも、検死解剖の際のある現象が気になったの。ハロルドの脳と中枢神経系の組織に奇妙な変化が見られたのよ」

「奇妙な、というのはどういう意味だ?」

「あなたの目で見て確かめて」サフィアが自分のコンピューターのキーを叩いた。「ファイルをそっちに送る。約四十八時間前にカイロの遺体安置所の職員が撮影した映像よ」

ダウンロードが終わると、ペインターはすぐに映像ファイルを開いた。画面上には、ステンレス製のテーブルのまわりで騒ぎが持ち上がっているらしい様子が表示されている。

音声は入っていないが、音のない映像だけでもその場にいる人たちが何かに動揺しているのを見て取れる。検死官と思われる人物が手を振って全員にテーブルから離れるように指示すると、カメラマンに対してもっと近寄るように合図した。映像が激しく揺れた後、テーブルの上にシーツをかけて寝かされた人物が映し出される。頭蓋骨は切断され、脳が露出している。不意に室内が暗くなると、騒ぎの原因がすぐに明らかになった。

ペインターは映像を凝視した。「目の錯覚だろうか？　頭蓋骨の内部が光っているように見えるんだが」

「その通りなの」サフィアが断言した。「私もこの目で確認した。ただし、私が遺体安置所の病理検査室に着いた頃には、すでに光は弱くなりつつあったけれど」

映像が終わると、ペインターはサフィアに注意を戻した。「何が今の現象を引き起こしたのか、わかっているのか？」

「まだわからない。組織と脳脊髄液の検査中なの。でも、ある種の生物学的あるいは化学的な物質が原因で、ハロルドがそれを偶然に浴びたか、あるいは意図的に浴びせられたせいではないかと考えているところ。正体が何であれ、その発生源を見つけ出すことが今では急務になっている」

「なぜだ？」

「理由は二つ。一つ目は、私たちの研究室に送ってくれるはずの報告書が届かないから、催促しようと思って今朝検死官のドクター・バダウィに電話を入れた。そうしたら、彼を含めた検死解剖に立ち会ったチーム全員が体調に異変を来していると聞かされたの。高熱、嘔吐、筋肉の震えといった症状」

ペインターはサフィアの説明中に出てきた時間の経過を振り返った。「わずか四十八時間でそこまでの症状が出ているのか？」

「最初の症状――激しい高熱は、彼らがハロルドの頭蓋骨を開いてから八時間後に現れている。今では医師たちの家族の間にも同じような初期症状が見られているの。すでに隔離のための措置が進められているけれど、現時点ではどれだけの人数が感染したのかまったくつかめない状態ね」

ペインターは何度かカイロを訪れたことがあった。人があふれ返って混沌としたあの都市を封鎖するのはかなり難しいだろう。パニックが広まったりすれば手に負えなくなる。

ペインターはそれよりも身近な不安に思い当たった。「サフィア、君自身はどうなんだ？」

「私は大丈夫。検死解剖が実施されていた時、病理検査室の外にいたから。でも、ハロルドの体の奇妙な状態を目にしてすぐ、遺体と組織サンプルを厳重に密閉するよう指示を出したの」

「遺体がロンドンに到着した後は？」

サフィアの表情が曇った。「慎重を期したつもりだけれど、危険の程度を正しく認識する前にミスがあった可能性は否定できない。ヒースローの税関から、ハロルドの遺体運搬用の棺（ひつぎ）が完全に密閉されていなかったという報告が入っている。カイロでの作業が不完全だったのか、それとも運搬中に破損したのか」

ペインターは胃を締め付けられるような不快感を覚えた。ヒースロー空港もカイロ空港も国際線の主要なハブ空港だ。そのような場所で汚染が発生すれば、世界規模でのパンデミックを引き起こしかねない。

瞳に浮かぶ恐怖の色から、サフィアもそのリスクを認識していることがうかがえる。「私たちの研究所でハロルドの遺体を扱った二人の技師が、すでに初期症状を示している。その二人と、彼らに接触した全員がすでに隔離されているわ。ロンドンとカイロの公衆衛生機関も、荷物を扱った作業員や空港の職員に対して何らかの症状が出ていないか聞き取り調査を行なっている。その結果の連絡を待っているところだけれど、いくつもの組織が間に入っているから、私に報告が届くとしてもいちばん最後になりそうね」

「こちらから最新情報を得られるかどうか、できるだけのことをやってみる」

ペインターの頭の中にはすでにチェックリストが作成されつつあった。つい最近、疾病が蔓延（まんえん）する過程で空港が果たしうる役割に関して、マサチューセッツ工科大学がまとめたリスク評価報告書を読んだばかりだ。同じ報告書の中でこの危険を示す例として大きく扱われていたのが、二〇〇九年に世界規模で流行して数万人の死者を出したH1N1亜型インフルエンザだった。

サフィアが顔をしかめた。「私が……もっと慎重に対処するべきだった」

相手の瞳に罪悪感がよぎったことに気づき、ペインターは慰めようとした。「状況を考えると、君はできる限りのことをした。すべてをすぐに密閉するという君の即断がなかったら、もっと大勢の人たちに感染していたかもしれない」

小さく首を横に振るサフィアの仕草は、ペインターの言葉を否定しているかのように見えた。「胸騒ぎというか、直感に従って行動しただけ……でも、起きていることを目にした途端、ハロルドがあのようなミイラ化の工程を経た理由に思い当たったの」

過去の経験から、ペインターはサフィアの判断力を信頼していた。物事に関連性を見出す彼女の直感が恐ろしいまでに正しいことは、何度も目の当たりにしたことがある。「どんな理由だ？」

「頭の中にある何かを守るためだと思う。このミイラ化の作業が行なわれたのは、彼の体を未知の物質のためのある種の器に変えるためじゃないかしら。彼の肉体を、特にその死後も保存することで、内部に隠されている何かのための、決して腐敗することのない入れ物にしようとしたのよ」

〈その容器が誤って開けられてしまった〉

ペインターはふと、少し前のサフィアの言葉を思い出した。「さっき君はこの問題の重要性に関して二つの理由があると言っていた。もう一つというのは何だ?」

画面の向こうのサフィアがペインターをまじまじと見つめた。「これは以前にも起きたことがあると思うの」

英国夏時間　午後五時二分
イングランド　ロンドン

サフィアはペインターが今の知らせを理解するまで待ってから説明を続けた。「ハロルドが見つかったと聞いた後、この博物館に保管されている彼の記録や研究をすべて、手書きの日誌も含めてかき集めたの。その中に何らかの手がかりが、過去の文書の中に彼の失踪と突然の帰還の説明になるような何かが埋もれているかもしれないと思ったから」

「何かわかったのか?」

「たぶんだけれど……今になってその重要性に気づいたことがあって」

「何なんだ?」

「まず、ハロルドが何かと人騒がせな人物だったということを理解してもらわないといけない。それはここ大英博物館においても、学界全般においても同じ。考古学者として、特にエジプト学の分野において、彼は定説に異を唱えることを生きがいにしていた。突飛な推測や自らの立場を決して譲ろうとしない姿勢のせいで、彼のことを嫌う人間もいたし、称賛する人間もいた。対立する立場の意見にも進んで耳を傾けるけれど、相手の視野が狭すぎると感じた場合には徹底的に叩くこともあった」

そんな白熱した議論を思い出し、サフィアの口元に思わず笑みが浮かんだ。ハロルドのような人間は見たことがない――唯一の例外と言えるのが息子のローリーで、父親譲りの性格の持ち主だった。二人の意見がぶつかることは珍しくなく、歴史や科学の問題に関して夜遅くまで議論を闘わせることもあった。顔を真っ赤にした激論の最中でも、ハロルドの表情から息子に対する誇らしげな思いが消えることはなかった。その目にはっきりと浮かんでいた。

サフィアの笑みが消え、再び深い悲しみに襲われる。

〈二人とも失ってしまうなんて……〉

サフィアは悲しみをこらえ、代わりに強い決意を胸に抱いた。ローリーがまだ生きている可能性が残っているならば、ハロルドのためにも見つけ出してあげなければならない。この二年間、父と兄が死んだことを頑（かたく）なに受け入れようとしなかったジェーンのためにも。ジェーンがこれほどまで熱心に、ほかのことには目もくれずに研究に没頭しているのは、二人を捜索して真実を知るために必要な準備だと考えているからなのではないか、サフィアにはそんな気がしていた。

ペインターの言葉でサフィアは我に返った。「マッケイブ教授の過去の風変わりな言動と今回のことにはどんな関係があるんだ？」

サフィアは目の前の問題に注意を戻した。「エジプト学のある側面に対して、ハロルドは特に興味を示していたの。その問題に関しては、多くの同僚たちと意見が対立していた。聖書の出エジプト記の話よ」

「出エジプト記？　モーセとか、ユダヤ人がエジプトを逃れたとか、その出エジプト記のことか？」

サフィアはうなずいた。「ほとんどの考古学者はその物語が単なる伝説で、寓話にすぎず、歴史上の出来事ではないと見なしている」

「けれども、マッケイブ教授はそうではなかったんだな？」

「ええ。彼は出エジプト記の話が事実に基づいていて、長い年月を経るうちに誇張されたり神話化されたりした可能性はあるものの、実在の出来事だと信じていた」サフィアの机の上にはハロルドの調査日誌が山積みになっていた。その中には教授の推測や理論のほか、その証拠の一部が残されているが、謎めいた記述も少なくない。「彼が調査団を率いてスーダンに向かった理由の一つには、自らの理論の証拠を発見しようという思いもあったはずだわ」

「どうしてその場所を捜索したんだ?」

「そこがハロルドらしいところ。ほとんどの聖書考古学者はエジプトの東の地を探せば証拠が見つかると考え、シナイ半島に目を向けたけれど、ハロルドは南の地にも証拠があるはずだと信じていたの。ユダヤ人奴隷の小集団がナイル川に沿ってその方角に逃れた可能性もあると考えたのよ」

「彼は具体的に何を探していたんだ?」

「災いがあったことを示す何らかの印を、特にナイル川流域の今では人の住まない地域で発掘されたミイラから見つけ出そうとしていた。その作業のために、古代の病気の研究を専門にしている生物考古学者のドクター・デレク・ランキンに協力を依頼したくらいだもの」

　ペインターが椅子に深く座り直した。「そして二年後の今になって、砂漠から再び姿を現したマッケイブ教授は、何らかの病気を抱えていた一方、生きながらミイラになるという不気味な儀式の犠牲者になっていた。君の考えを聞かせてくれないか?」

「わからないわ」

「しかし、君はカイロでの病気が以前にも、つまり過去にも発生したことがあると言った。古代エジプトの災いのことを指していたんじゃないのか?」

「違うの」サファイアはハロルドの日誌の中の一冊を手に取ってページをめくり、付箋を貼っておいたところを開いた。「調査に向けて出発する前、ハロルドはその地域に何らかの病気や感染症が発生したことを示すような記述がないか、探していた。ここ大英博物館の保管庫で彼が発見したのは、有名な探検家のスタンリーとリヴィングストンの時代にまでさかのぼるものだったの。二人の探検家はそれぞれナイル川の水源を探し求めて、スーダンの南部からさらにその上流へとさかのぼった」

「歴史の授業の記憶が正しければ、リヴィングストンはジャングルで行方不明になり、死んだと考えられたんじゃなかったか？」

「ところが六年後、スタンリーがタンガニーカ湖畔の小さな村で、病気にかかって痩せ衰えたリヴィングストンを発見した」

「しかし、今の話がマッケイブ教授の調査とどう関係してくるんだ？」

「ハロルドはこの二人の探検家に執着するようになったの。アフリカでの有名な出会いよりも、晩年の二人がどうなったのかに関して」

「どういうことだ？　彼らはどうなったんだ？」

「リヴィングストンはその後もアフリカにとどまり、一八七三年に亡くなった。ハロルドがとりわけ関心を抱いていたのは、リヴィングストンと親しかった現地の部族が遺体をミイラにしてからイギリスに返還したという事実」

「リヴィングストンはミイラにされたのか？」

サフィアはこの不思議な共通点を意識しながらうなずいた。「彼の遺体はウェストミンスター寺院に埋葬されている」

「それでスタンリーの方は？」

「彼はイギリスに帰国した後、ウェールズ人女性と結婚し、議員になった。ハロルドが最も興味を示したのは彼の人生のその部分だったの」

「なぜだ？」

「まず理解してもらいたいのは、スタンリーの名声がリヴィングストンの名声と切っても切れない関係にあったということ。そのため、スタンリーはリヴィングストンの遺品に関して相談を受けることが多かった。アフリカで息を引き取った後、リヴィングストンが探検中に収集した遺物の多くはここ大英博物館で保管されることになった。けれども、個人的な思い出の品の中にはリヴィングストンの自宅に残されたものもあった。そうした最後の遺物が大英博物館の手に渡ったのは、十九世紀の終わりに彼の自宅が解体された後のこと。ハロルドの注意を引きつけたのは、そんな遺物のうちの一つの記録だったの」

「それは何だったんだ？」

「病気の子供を救ってくれたお礼として、部族の人間の一人から探検家に贈られた魔除け。エジプトのヒエログリフが刻まれていて、その部族の言い伝えによると、密閉された物体の中に入っているのはナイル川の水で、川の流れが血に変わった時に採取されたものだということみたい」

「血に変わった時だって？」ペインターの声からは懐疑的な思いが聞き取れる。「モーセの時代の話をしているのか？」

サフィアはペインターの疑念を理解できた。最初は自分も同じ反応を示したからだ。「ただの作り話という可能性はあるわ。リヴィングストンはキリスト教の宣教師としても有名で、アフリカの各地でも折に触れて布教活動を行なっていた。だから、キリスト教徒の友人を喜ばせようと考えた部族の人間が、魔除けと聖書を結びつけるような話をでっち上げたのかもしれない。いずれにしても、ヒエログリフが本物だったことから、ハロルドは遺物にエジプトとの関係があるのは間違いないと確信したのよ」

「しかし、そのことを君が重要だと判断したという話はどうなったんだ？　この魔除けとやらと今起きていることは、どのようにつながっているんだ？」

「リヴィングストンの私的な資料の中に描かれていた一枚の絵を除くと、魔除けに関する記述は一つしか見つからなかった。ハロルドが探し出せたものは、という意味だけれど。魔除けに関する呪いについて記されていたの」

「呪いだって？」

「遺物を取得した後、大英博物館では封を開いて中身を調査した。それから数日の間に、作業の関係者全員が発病――」サフィアはこの悲劇に関する唯一の記録を書き写したハロルドの文字を読み上げた。「――その症状はひどい高熱にうなされ、激しい痙攣を伴い、やがて死に至る」

日誌から視線を上げたサフィアは、相手の表情からペインターが理解していることを見て取った。

「カイロの患者の間に報告されている症状と同じみたいだな」ペインターがつぶやいた。

「当時はそれからどうなったんだ？」

「書いてあるのはそれだけ。ハロルドはほかの記録も探そうとしていた。でも、この時の発症で二十二人が亡くなったのに、それを裏付ける証拠はほかに何一つとして見つからなかったの」

「十九世紀の記録だということを考えても、それは信じがたいな。何者かがこの悲劇に関する記録を抹消しようとしていたとすら思えてくる」

「ハロルドも同じことを考えた。でも、やがてスタンリーがその件に関して意見を求められていたことがわかったの。王立協会に呼び出されて、質問を受けていたのよ」

「なぜなんだ？」

「どうやらスタンリーはイギリスに帰国後もリヴィングストンと連絡を取り合っていて、その関係は相手がアフリカで亡くなるまで続いていたみたい」

ペインターの眉間にしわが寄った。「リヴィングストンも死後にミイラにされたという話だったな」

サフィアは片方の眉を吊り上げた。「ただし、彼の死を取り巻く時系列が間違っていなければ」

「どういう意味だ？」

「ハロルドと同じように、リヴィングストンも生前からミイラ化の作業を受けていたとしたら？」サフィアは肩をすくめた。「記録として残っているのは、リヴィングストンの遺体がミイラになった状態でイギリスに到着したということだけ。当時は誰もが当然、彼は死後にミイラになったのだと思ったはず」

「興味をそそられる考え方だな。しかし、君の言う通りだとしても、この線で調べを進めてどこに行き着くんだ？」

「ハロルドと調査団のほかの人たちが消えた場所に行き着くんじゃないかと期待しているの。ハロルドは何かを発見した——この博物館の中でなのか、あるいは現地でなのかはわからないけれど、その発見が彼をこの病気の発生源に導いたとは考えられないかしら。その後で何が起きたのかについては見当もつかない。でも、発生源の捜索が私たちをほかの団員たちのもとに導いてくれるかもしれないわ」

「言うまでもないことだが、今回の病気に関して事態が悪化した場合、発生源を見つけ出すことは重要な意味を持つはずだ」ペインターの鋭い眼差しがサフィアをとらえた。「我々はどんな形で手を貸したらいいんだ？」

「どんな形でもかまわない」サフィアはペインターを一心に見つめ返しながら、心の中の恐怖を言葉に込めようとした。「またいつもの直感だけれど、私たちが見ているのは血塗られた氷山の一角にすぎないような気がするの」

「君の言う通りかもしれないな」

「あと、残り時間が少なくなりつつあるという嫌な予感がする。ハロルドが瀕死の状態で砂漠から姿を現して、もうすぐ二週間になるもの」

ペインターが理解した様子でうなずいた。「つまり、砂漠に残る彼の足跡が日を追うごとに消えつつあるということだ」

「こっちではジェーン——ハロルドの娘さんにお願いして、父親の私的な書簡などが入った箱を探してさらなる手がかりが残っていないか調べてもらっている。一方で、公衆衛生庁からの医師たちが病気の原因の特定に取り組んでいるわ」

ペインターがうなずいた。「君を補佐するためのチームをロンドンに派遣する。あと、ハロルドがどこからやってきたのかを突き止めるために、スーダンにも直接チームを送り込む必要がありそうだ」

サフィアはペインターの頭の中で回転するギアが見えたような気がした。だが、さらに計画を練ろうとした時、彼女のオフィスの扉が開いた。

〈鍵はかけておいたはずなのに……〉

サファイアは椅子に座ったまま扉の方に体を回転させた。学芸員補を務める大学院生のキャロル・ウェンツェルの姿を見て、緊張が和らぐ。「どうかした——?」

見知らぬ男が若い女性を押しのけ、オフィス内に侵入してきた。銃を構え、サファイアの方に向ける。

サファイアは腕を持ち上げたが、間に合わなかった。

銃口が二度、閃光(せんこう)を発した。胸に痛みが広がる。うめき声をあげながら、サファイアは再びコンピューターの方に体をひねった。動揺したペインターの顔が映っている。サファイアは画面のペインターに向かって手を差し出した。助けてくれることを期待するかのように。

背後でより大きな発砲音が鳴り響いた。銃弾が耳をかすめ、手のひらの先にあるモニターを粉砕する。すぐに映像が途切れ、画面が暗くなる——その直後、サファイアの目に映る世界も暗くなった。

3

五月三十日　英国夏時間午後六時二十四分
イングランド　ハートフォードシャー　アッシュウェル

ジェーン・マッケイブは屋根裏部屋に潜む亡霊たちに挑んでいた。ここは家族と暮らしていた家なのに、他人の住居に無断で立ち入っているかのような気分だ。クモの巣だらけの狭苦しい部屋のどこを見ても、今は亡き家族の思い出の品がある。部屋の片隅の朽ちかけた古いたんすの中には、まだ母の服が残っている。別の片隅に放置されているのは兄のローリーがかつて使用していたスポーツ関係の用具だ。ほこりをかぶったクリケットのバットや、半ば空気の抜けたサッカーボール、さらには小学校時代に着ていたぼろぼろのラグビージャージまである。

けれども、ひときわ存在感を放っている亡霊の影からは、生前のみならず死後もなお、誰一人として逃れることができずにいる。父がこの空間を支配していた。この屋根裏部屋に押し込まれているのは資料が詰まった大量の箱で、その中には父が大学生だった頃のものまで含まれている。そのほかにも本や調査日誌が山積みになっていた。

　ドクター・アル＝マーズの要請を受けて、ジェーンはすでに汚れのいちばん少ない箱の仕分けを進めていた。父が砂漠で行方不明になる前の二、三年間の資料類だ。下ではそうした箱を受け取ったデレク・ランキンが、キッチンで中身を広げながら父と兄の運命につながる手がかりを探している。

　当てのない作業としか思えないが、一人でじっと座ったまま、ようやく判明した父の死と、その遺体の奇妙な状態に向き合おうとするよりはましだ。

〈動き続けている方がいい〉

　ジェーンは背中を伸ばして凝りをほぐしながら、屋根裏部屋の小さな窓の向こうに見えるアッシュウェルの村を眺めた。のどかな町並みの中には、中世風の質素な建物と、藁葺き屋根に漆喰と木材を組み合わせた壁を持つ家屋が混在している。高いところから見渡しているので、十四世紀に建造された教区教会の正方形の鐘楼も視界に入る。その方角からかすかに音楽の調べが聞こえてきた。毎年開催されるアッシュウェル音楽祭が十日目を迎えている。最終日の今夜は聖メアリー教会で「聖歌隊の夕べの祈り」と呼ばれる盛大な野外劇が行なわれる予定だ。

　ジェーンは教会の古い鐘楼を見つめた。銃眼を備えた壁面から上に伸び、とがった鉛色の先端部分が天を指し示している。九歳の時、父に連れられてあの教会の中に入り、壁に刻まれた中世の文字を見せてもらったことを思い出す。ラテン語や初期英語の殴り書きは、十四世紀にこの村を襲った黒死病の災厄について記述したものだ。子供の頃、刻まれた文字の上に紙を当て、木炭でこすって複写したことがあった。そんな作業をしながら、はるか昔に亡くなった書き手に対して不思議な親近感を抱いたものだ。いろいろな意味で、その時の経験が父と同じ道を歩んで考古学を志そうと考えるきっかけになったのかもしれない。

ジェーンは窓から顔をそむけ、音楽祭の会場から流れてくる陽気な調べを遮断(しゃだん)し、父の面影が色濃く残る屋根裏部屋を見回した。あの教会の柱の側面から写し取ったある一文を思い出す。その部分の刻み文字は黒死病とは関係のない内容だったが、今のこの瞬間を的確に表現しているように感じられる。

「スペルビア・プレキディト・ファルム」ジェーンは壁に彫られていたラテン語を思い浮かべながら口ずさんだ。

傲慢(ごうまん)は破滅に先立つ。

ジェーンは父のことを愛していたが、欠点が見えないわけではなかった。父は頑固で、こうだと信じたら決して譲らず、間違いなく傲慢という罪を背負っていた。父を砂漠に駆り立てた要因には、知識への探求心だけではなく、そんなおごり高ぶった性格もあった。

聖書の出エジプト記の裏には事実が隠れているという父の立場は、通説に逆らうもので、同僚たちの嘲笑(ちょうしょう)と批判の的になった。表向きは自信に満ちた態度を取っていた父だが、実はそうした侮蔑(ぶべつ)を気に病んでいたことをジェーンは知っている。父は自説の正しさを証明してみせると意気込んでいた——歴史のために、同時に自らのプライドのために。

〈そのせいであんなことに——しかも、ローリーも道連れにして〉

ほんの一瞬、怒りが悲しみを上回り、ジェーンは拳を握り締めた。けれども、その根底にはもっと深い何かが、この二年間にわたって彼女の心を苦しめ続けた何かがある。罪悪感だ。ジェーンがこの家をほとんど訪れることなく、空き家のまま、家具にもシートをかぶせて放置していた理由の一つはそこにある。アッシュウェルからロンドンまで通うのは列車で一時間もかからないのに、ジェーンはロンドンの中心部に部屋を借りている。その方が大学に近くて便利だからと自分に言い聞かせているものの、本当の理由が別にあるのは自分でもわかっている。ここに戻ることがつらくて耐えられないからだ。アッシュウェルを訪れるのは必要に迫られた時だけ。ドクター・アル＝マーズから依頼を受けた今のような。

下のキッチンから大声が聞こえた。「どうやら見つけたみたいだ！」

亡霊から逃れられることにほっとしながら、ジェーンは屋根裏部屋の暗がりを横切り、階下に通じる落とし戸から差し込む光に向かった。梯子(はしご)を伝って二階の廊下に戻ると、閉ざされたままの寝室の扉の前を通り、一階への階段を下りる。

応接間を抜けて小さなキッチンに入ったジェーンは、デレクがすべてのカーテンを開けていることに気づいた。薄暗い屋根裏部屋にこもっていた後なので、太陽の光が目にまぶしい。ジェーンは立ち止まり、まばたきしながら目を慣らした。明るさが今の状況にはふさわしくない陽気な雰囲気を醸し出している。

目の前のキッチンのテーブルについたデレクは、屋根裏部屋から下ろした箱に囲まれていた。肘の脇に積まれているのは本や日誌で、ほかにも何枚もの紙が散らばっている。デレクは上着を脱ぎ、シャツの袖をまくり上げていた。

デレクはジェーンよりも六歳年上だ。父はこの男性に目をかけ、大学在籍中は指導に当たり、ついには砂漠にまで誘い込むようになった。多くの人と同じく、デレクも父の魅力に抗うことはできなかった。やがてこの家の書斎で多くの時間を過ごすようになり、時には泊まり込んでソファーで眠ることもあった。

その当時、特に母の闘病中は、ジェーンは他人の存在が気にならなかった。デレクは気さくな人で、誰もいない時には話し相手になってくれた。あいにく、ローリーが同じ思いを抱くことはなかった。兄は家族の間に若い学生が入り込むと、いつも露骨に嫌な顔を見せた。兄がデレクのことを競争相手と見なしていたのは間違いない。どちらが父の注目を集めるのか。それよりも重要なのは、どちらが父と功績を分かち合うのか。

今、キッチンの椅子に座るデレクは背中を丸め、革綴じの書物と思われるものをのぞき込んでいる。革のひび割れから推測する限りでは、父が書き記したものよりもはるかに年代が古そうだ。テーブルに近づいたジェーンは、デレクの顎と頰に濃い色の無精ひげが伸びていることに気づいた。エジプトから帰国して以来、二人ともまともに睡眠を取ることができずにいる。

「何を見つけたの?」ジェーンは訊ねた。

顔を向けたデレクが大きな笑みを浮かべた。小麦色の顔が輝き、日焼けによってできた小さなしわとほうれい線がいっそう引き立って見える。デレクは厚い書物を手で持ち上げた。「君のお父さんはこれをグラスゴーの図書館から失敬したらしい」

「グラスゴーの?」父がスコットランドを何度か訪れた後、スーダンに注目するようになったことを思い出し、ジェーンは眉をひそめた。

「見てごらん」デレクが促した。

ジェーンが肩越しにのぞき込むと、デレクは目印代わりに紙を挟んであったページを開いた。さらに顔を近づけると、かすかにコロンのにおいがする。それとも、シャンプーだろうか。いずれにしても、その香りのおかげで屋根裏部屋のカビくささが鼻から一掃されていく。

「管理用のタグによると」デレクが説明を始めた。「これはグラスゴー大学のリヴィングストン文書館の蔵書だ。そこには探検家による文書の大部分が保管されている。この本には彼の書簡が収められていて、アフリカ南部のザンベジ川を探検した頃の初期のものから、ナイル川の水源を追い求めた後年のものまで網羅されている。君のお父さんが目印を付けていたのは、リヴィングストンからヘンリー・モートン・スタンリーに宛てた手紙が含まれている部分だ。スタンリーがアフリカの奥地でリヴィングストンを発見したことはよく知られているよね」

好奇心をそそられ、ジェーンは椅子を引いてデレクの隣に座った。「手紙には何て書いてあるの？　どうして父はそんなにも関心を抱いたの？」

デレクは肩をすくめた。「書いてあることの大部分は他愛のない内容で、古い友人同士が互いに相手のことを気遣っているようにしか思えないけど、この目印の付いた部分をよく見ると、リヴィングストンによる生物学的および解剖学的なスケッチが数ページにわたって含まれている。君のお父さんはその中でも特にこのページが気になったようだ。僕の目を引いたのはこの小さな虫の学名なんだ。見てごらん」

ジェーンはデレクに肩を寄せながら、甲虫と思われるスケッチを観察した。

リヴィングストンの手によって細部まで見事に描かれている。スケッチには羽を閉じた姿と開いた姿の二つがある。ジェーンは眉間にしわを寄せながら学名を読み上げた。「アテウチュス・サケル。わからない。どうしてこの甲虫が重要なの？」

「なぜなら、この学名をつけたのがあのチャールズ・ダーウィンだったからさ」デレクはジェーンに向かって眉を吊り上げて見せた。「彼はこの生き物を『エジプトの神聖なる甲虫』とも呼んだ」

ジェーンは思い当たった。「スカラベのことね」

「現在では学名スカラバエウス・サケルとして分類され、ヒジリタマオシコガネと呼ばれている」デレクが説明した。

父がなぜ関心を抱いたのか、ジェーンには察しがつき始めていた。古代エジプト人がこの糞食性の甲虫を崇拝していたのは、糞を球状に丸める習性があるためだ。彼らはその行為が、太陽神ラーの一形態で日の出を表す神ケプリの務め――空に太陽を転がして日々の運行を司(つかさど)ることに似ていると見なした。スカラベをかたどった模様はエジプトの美術や文書に広く見ることができる。

ジェーンは古い書物に顔を近づけた。「リヴィングストンに贈られた魔除けにまつわる歴史について父が調査していたのなら、探検家のメモや日記の中に出てくるエジプト関連の記述に興味をひかれたのもうなずける」ジェーンは椅子に深く座り直した。「でも、どうしてグラスゴーからこの書物を盗み出したりしたの？　そんな不法行為をするなんて父らしくない」

「そこまではわからないな。ほかにも目印の付けられたページがある。君のお父さんはスケッチが描いてあるページを特に注目していたみたいだね」デレクは本を閉じ、調査日誌を手元に引き寄せた。「不思議なのは、君のお父さんはスーダンに向けて発つ何カ月も前から、あの魔除けに魅入られていたらしいことだ。でも、それに関する話を僕ににおわすことすらなかった。スーダンでの発掘作業で回収されたミイラから病気の何らかのパターンを探すようにという指示があっただけだった」

「パターンのようなものは見つかったの？」

「いいや」デレクがため息をついた。「君のお父さんの期待を裏切ってしまったんじゃないかって思うよ」

ジェーンはデレクの肘に手を触れた。「あなたのせいじゃない。父がいつも望んでいたのは……いいえ、必要としていたのは、出エジプト記に関する自説の裏付けになる証拠ばかり。ほかのことには目もくれなかったもの」

デレクはまだ落胆の表情を浮かべながら日誌のページを開いた。「君のお父さんは魔除けについて詳細な記述を残している。原因不明の死者が数多く出た後、博物館は魔除けを破壊して焼却処分にしてしまった。でも、お父さんは遺物の木炭画のほか、底に彫られていたヒエログリフを書き写したものも探し当てた。そのことが日誌に記されている」

デレクが見せてくれたページには、父の几帳面（きちょうめん）な文字が書かれていた。ページのいちばん上には、元の木炭画の縮小コピーがテープで留めてある。

「香油入れのアリュバロスみたい」ジェーンは指摘した。「頭が二つある。一方はライオン、もう一方はエジプトの女性の横顔かしら。変わった形ね」

「手書きの説明文によると、遺物はエジプトのファイアンス焼きで、青緑色の釉薬（うわぐすり）が塗られていたらしい」

「なるほど……それはもっともね。容器が液体を収めるためのものだとしたらなおさらだわ」エジプトのファイアンス焼きは初期の陶器の一種で、石英、珪素、粘土を混ぜたものだ。窯で焼かれると見た目は陶器よりもガラスに近くなる。「大きさはどのくらいだったの？」

「記録によると、高さが約十五センチで、容量は約〇・五リットル。博物館は中身を調べるために、かたい樹脂の塊でしっかりと固定してあった石の栓を壊さなければならなかったそうだ」

「つまり、アリュバロスは密閉されていた」

デレクがうなずいた。「あと、ページのいちばん下を見てほしい。魔除けの底に彫ってあったヒエログリフを君のお父さんが書き写してくれている」

本を調べるまでもなく記号がわかったジェーンは、声に出して読み上げた。「イテル」

「エジプト語で『川』の意味だ」

「『ナイル川』の意味でもある」ジェーンは額を指でさすった。「部族の人がリヴィングストンにアリュバロスを贈った時に伝えた話を裏付けているというわけね」

「水はナイル川から取ったという話だね」

「川の水が血に変わった時の」ジェーンはデレクに念を押した。「エジプトを襲ったモーセの十の災いの一つ目だわ」

「それに関してだけど、これを見てほしい」デレクがめくった次のページには、父の手で十の災いのリストが記されていた。

1　水が血に変わる災い
2　カエルが地にあふれる災い
3　ブヨが大量発生する災い
4　アブが大量発生する災い
5　疫病で家畜が死ぬ災い
6　腫れ物が生じる災い
7　雷が鳴り雹が降る災い
8　イナゴが襲来する災い
9　三日間の暗闇が続く災い
10　長子が皆殺しにされる災い

出来事は聖書中の時系列に従って書かれているが、何らかの理由で父は七番目の「雷が鳴り雹が降る災い」を丸で囲っていた。

ジェーンの眉間の深いしわが、デレクの目に留まったようだ。「これを見て何かわかることは？」

「さっぱりわからない」

家の固定電話の呼び出し音に、二人ともびくっとした。

ジェーンは顔をしかめ、いらだちを覚えながら立ち上がった。きっとドクター・アル＝マーズが答えはまだかとせっつくために電話をかけてきたに違いない。けれども、これまでに探し出せたのはさらなる謎ばかりだ。ジェーンはキッチンのカウンターの上にある古い電話に歩み寄り、受話器を手に取った。

ジェーンが応答するより先に、あわてた様子の声が飛び込んできた。「ジェーン・マッケイブか？」

「ええ。どなたですか？」

「私の名前はペインター・クロウ」早口のその声は、明らかにアメリカ人と思われる。「サフィア・アル＝マーズの友人だ。今から一時間と少し前に、何者かが博物館で彼女を襲撃した」

「何ですって？　どうやって？」ジェーンはその知らせをすぐには理解できなかった。

「ほかの人たちは殺されている。これが君のお父さんに関連しているとしたら、次の目標は君かもしれない。どこか安全な場所に逃げる必要がある」

「でも、いったい何――?」

「いいから行くんだ。警察署を探せ」

「この村には警察署がないの」

警察署は隣町のレッチワースかロイストンまで行かないとない。しかも、ジェーンは車を持っていない。ここまではデレクと一緒に列車で来たのだ。

「それなら、人がいる場所に行け」電話の相手が指示した。「まわりに大勢の人がいれば、襲われにくくなるはずだ。そちらには人を派遣してある」

テーブル脇でデレクが立ち上がった。「何かあったのか?」

ジェーンは目を見開いたままデレクを見つめた。必死に考えを巡らせながら、電話の相手に答える。「近く……すぐそばにパブがある。『ブッシェル・アンド・ストライク』という名前」

ジェーンは腕時計を確認した。午後七時を回っているから、店はかなりにぎわっているはずだ。

「そこに行け!」相手が促した。「今すぐに!」

電話が切れた。

ジェーンは深呼吸をしながらパニックを抑えつけようとした。

〈父に関しての今の話が正しいとしたら……〉

ジェーンはテーブルを指差した。「デレク、父の日誌と、そのグラスゴーからの書物と、あとあなたが重要だと思うものを荷物にまとめて」

「何があったんだ？」

ジェーンは急いでテーブルに戻り、デレクとともに研究資料を彼のメッセンジャーバッグに詰め込んだ。「とんでもないことに巻き込まれたみたい」

午後七時十七分

デレクはジェーンのために玄関の扉を手で押さえてやりながら、何がどうなっているのか理解に苦しんでいた。何もかもがありえないことに思える。

外に出たジェーンがポーチで立ち止まった。その視線は雑草の生い茂った前庭と、低い煉瓦塀の先の狭い通りに向けられている。太陽はまだ沈んでいないが、地平線の近くに傾いていて、道路は暗い影に包まれていた。

「何が起きているんだ？」デレクは重ねて問いただした。「誰が君を襲うっていうんだよ？」

　明らかな脅威が存在しないことを確認してから、ジェーンはガーディナー・レーンに通じる小さな鉄製の門に向かった。「わからない。誰も来ないかもしれない。博物館でドクター・アル＝マーズやほかの人たちを襲ったのと同じ人が来るのかもしれない」

　デレクはバッグのストラップを肩にしっかりと掛け直すと、門から通りに出たジェーンの後を追った。博物館の友人や同僚の安否が気になるが、だからこそジェーンを守らなければと決意を新たにする。

「電話をかけてきた人の言葉は信用できるのか？」デレクは訊ねた。

　振り返ったジェーンも同じ疑問を抱いたのか、答えを返すまでに一瞬の間があった。「たぶん……できると思う。なるべく大勢の人がいる場所に向かうように提案してきた。罠に追い込もうとしている人だったら、そんなことは言わないでしょ」

〈確かにそうだな〉

「それに何よりも」ジェーンが続けた。「ビールを一パイント飲みたい気分だし。二パイントでもいいけど。気持ちを落ち着かせないと」

　ジェーンが浮かべた小さな笑みを見て、デレクも頬が緩んだ。

「薬の代わりに飲むんだったら」デレクは申し出た。「一杯目は僕のおごりだ。何しろ僕はドクターだからね」

ジェーンが横目でにらんだ。「ドクターはドクターでも、考古学のドクターでしょ」

「生物考古学だよ」デレクは訂正した。「だから医者のドクターにかなり近いのさ」

ジェーンは目を見開きながら手を前に振った。「だったら処方箋をお願いね、先生」

それほど歩かないうちに、二人は地元のパブの裏手にあるテラス席に通じる路地にたどり着いた。ミル・ストリートを挟んでブッシェル・アンド・ストライクの向かい側には、聖メアリー教会の大きな建物とそれを取り巻く緑地がある。パブの建物の先には空に向かって伸びる教会の鐘楼の上半分が見えていて、とがった鉛色の先端部分が沈みかけた夕日を浴びて輝いていた。

その手前のパブのテラス席に目を移すと、すでに夜の帳が下りかけていた。テーブルはほとんど埋まっているが、客の姿はぼんやりとした影にしか見えない。パブの裏手の扉は開いていて、建物の中から客のざわめきが漏れてくる。

いつものにぎやかさと時折聞こえる笑い声のおかげで、正体不明の脅威に対するデレクの恐怖がいくらか和らいだ。ジェーンの父親とは夜に何度もブッシェル・アンド・ストライクに足を運んだことがある。閉店まで店に居座り、ふらつきながら一緒に家まで戻ったことも一度や二度ではない。

ここを訪れると、故郷に帰ってきたような気分になる。

通りを挟んで向かい側にある教会から聞こえてきた女性の歌声で、デレクはアッシュウェル音楽祭の最終日の夜だということを思い出した。

パブがこんなにも混雑しているのも当然だ。

〈だけど、状況を考えればその方がありがたいのかもしれない〉

陽気な雰囲気に誘われるかのように、デレクとジェーンは路地を小走りに急ぎ、裏のテラス席の周囲に張り巡らされた柵の間のゲートから中に入った。謎の襲撃者から邪魔されることなくパブの裏口を通り抜け、注文した一パイントのギネス二杯を前にしてカウンター席に座る。ジェーンに気づいた地元の人たちがお悔やみの言葉を伝えにやってきた。彼女の父親の不可解な発見と死の知らせはすべての主要紙で報じられていたから、ここの住民たちの間では大きな話題になっていたに違いない。

ジェーンは背中を丸めてグラスに口をつけている。注目され、何度も父親の死の話を蒸し返され、居心地悪く思っているのは明らかだった。決して失礼な応対をしているわけではないが、こわばった作り笑いを浮かべているし、父親の昔話にも機械的にうなずき返しているだけだ。少しはそっとしておいてほしいということを伝えるために、デレクはジェーンに体を寄せて彼女を守ってやった。

同時に、建物の正面の入口も監視していた。新しい客が入ってくるたびに警戒の目を向けるうちに、音楽祭のせいで地元以外の人間が大勢いることに気づく。それでも、四十五分が経過する頃には、電話をかけてきた相手が勘違いをしたか、あるいは過剰に心配していただけなのではないかと疑い始めていた。

その時、一人の男性が取り乱した様子で正面の入口から飛び込んできた。

「火事だ！」男性は店内に向かって叫び、外を指差した。

その直後、裏のテラス席にいた客たちも、同じ知らせを叫びながら店の中になだれ込んできた。混雑していたパブの店内から、客がいっせいにミル・ストリートに走り出る。ジェーンとデレクもその後を追った。ざわめき立った人の波にもまれ、押されたり引っ張られたりするうちに、デレクはジェーンとはぐれてしまった。

「ジェーン！」大声で呼びかける。

すでに外はとっぷりと日が暮れ、気温もかなり下がっている。デレクはつまずきながらも暗い通りの真ん中に出て、周囲を見回した。一ブロックほど離れたところで炎が空に向かって伸び、太い黒煙の渦を照らし出している。

〈まさか……〉

ようやく数メートル離れたところにいるジェーンを見つけた。こちらに背中を向けて立っている。デレクは人混みをかき分け、肘で押しのけながらジェーンのもとに向かい、腕を彼女の体に回した。その表情は見ている方がぞっとするほどうつろだ。彼女も火元がどこなのか気づいているに違いない。

「私たちの家だわ」ジェーンがつぶやいた。

デレクはジェーンをしっかりと抱き寄せた。

「誰かが火をつけたのよ」

デレクはあたりを見回した。誰もかもが怪しく見える。燃え上がる炎が通りと集まった群衆に不気味な光を投げかけていた。村の中に響き渡る消防車のサイレンの音が、恐怖と焦燥に拍車をかける。

「ここを離れないといけない」デレクは注意を促しながらジェーンを引き戻し、移動しようとした。

誰かがあの家に放火したのだとすれば、その目的はジェーンの父親の研究資料を破壊することだったに違いない。肩に掛けたバッグの重さが不意に何倍にも感じられる。中身の重要性がますます高まったものの、デレクにはそれよりもはるかに気にかかることがあった。敵がマッケイブ教授の生涯と研究に関連するすべてを抹消しようと考えているなら ば、そのリストの上位に記されているはずのターゲットがまだ一つ残っている。

教授の娘だ。

デレクはジェーンの体をしっかりとつかみ、炎に背を向けさせた。「僕たちがしなければならないのは——」

何者かがデレクの肩をつかみ、脇に突き飛ばした。不意を突かれたデレクの体が数歩よろめく。大男がジェーンのことを見下ろしていた。男のいかつい顔と巨体は、まるで悪夢の中から飛び出してきたかのようだ。

それでも、デレクは引き下がろうとしなかった。ジェーンの身を守ろうと、大男に飛びかかる——だが、顔面に強烈なパンチをお見舞いされた。頭が後方にがくんと傾き、骨の折れる音とともに痛みが走り、両目に光がちらつく。

デレクは通りに倒れ込んだ。

薄れゆく意識の中で、デレクはジェーンが連れ去られるのを見つめることしかできなかった。

〈やめろ……〉

4

五月三十日　東部夏時間午後三時五十四分
ワシントンDC

キャスリン・ブライアントはこんなにもうろたえた様子の司令官を見たことがなかった。彼女のオフィスからはシグマフォースの地下司令部の中枢に当たる通信室を見渡すことができる。窓の向こうではクロウ司令官が隣の室内を落ち着きなく歩き回っていた。U字型に配置された通信機器とコンピューターのモニターの列の発する光が、どうすることもできないペインターを嘲笑うかのように照らし出している。

「あの調子で歩いていたら床に穴が開いて下の階に通じちまうぞ」キャットの夫が指摘した。「次に出すコーヒーの中にそっと鎮静剤を入れておいた方がいいんじゃないのか」

「ジョークのつもりでしょうけどね、モンク、本気でそれを考えるべき時が来るかもしれないわ」

キャットは顎の小さな傷跡を指でさすった。これは不安を感じている時の癖だ。世界各地の様々な情報機関から入ってくる連絡に対応したり、組織間のやり取りを監視したりする以上の作業をしたいという自らの願望の現れでもある。しかし、司令官を補佐する副官としての自身の立場はわきまえている。キャットは海軍情報局からシグマに引き抜かれた経歴の持ち主で、その専門知識に関しては世界の誰にも引けを取らない。

「カイロからのその後の情報は？」モンクが訊ねた。

「お先真っ暗な知らせばかり」

キャットは夫の方にちらりと視線を向けた。モンク・コッカリスは彼女よりも身長が数センチ低く、ブルドッグを思わせるような体型をしている。髪の毛を剃り上げていることと、および以前に折れてねじ曲がった鼻を放置していることが、その印象をなおさら強めている。今回の件が持ち上がった四時間前、司令部内のジムにいたところを呼び出されたモンクは、スニーカー、スウェットパンツ、胸元にグリーンベレーの記章——交差した二本の矢と一本の剣——をあしらった迷彩柄のTシャツ姿のままだ。特殊部隊に所属していた過去は一目でわかるものの、多くの人はそのボクサーのような外見の下に隠された知性に気づかない。

シグマは医学および生物工学におけるモンクの専門知識を高く評価するようになった——それはＤＡＲＰＡも同じだ。ただし、ＤＡＲＰＡにとってのモンクは専属の実験用モルモットとしての意味合いの方が大きい。モンクは過去の任務中に左手の手首から先を失ったものの、その後はＤＡＲＰＡが製造した義手を使用しており、技術の進歩のおかげで新しいものほど性能が向上している。現在装着している義手は脳に埋め込んだチップとつながっているため、今まで以上に繊細な指の動きを再現できる。

モンクが手首と義手の接続箇所をいじった。完成間もない最新の義手にまだ慣れていないのだろう。「キャット、『お先真っ暗な』というのは具体的にどういう意味だ？」

「現在、カイロは混乱の極みにあるということ」

「隔離に関してはどうなんだ？」

キャットは鼻を鳴らした。「今回の疫病が発生する以前から、カイロの医療インフラは穴だらけの状態だった。緊急対応に関してもそれといい勝負。状況がさらに悪化したら、山火事を水鉄砲で消そうとするような事態になる」

「イギリスの方の患者に関しては？」

「これまでのところ――」

キャットのコンピューターの画面上に赤いバナーの情報が表示された。アメリカ疾病予防管理センター（ＣＤＣ）から関係各組織に宛てた速報だ。キャットは素早く目を通した。

キャットの体に緊張が走ったことに、モンクも気づいたようだ。「いい知らせじゃなさそうだな」

「ええ。カイロおよびロンドンの空港関係者数名が高熱を発したとの報告が入っている」キャットはモンクの顔を見た。「その中には英国航空の客室乗務員も一名、含まれているわ」

「問題が拡散しつつあるわけか」

「まだきちんとした確認が取れていない段階。エジプトの遺体安置所のスタッフが発症したのと同じ病気だと断言するのは時期尚早だけれど、このまま手をこまねいて待っているわけにもいかない。国内および国外の複数の保健機関と連携して対応に当たる必要があるということね」

キャットは首を左右に振った。そのような対策チームを編成する場合、各国での手続きやお役所主義的な対応が大きな妨げになる。ふと気づくと、指が再び顎の傷跡をさすっている。キャットは落ち着きのない指先をコンピューターのキーボード上に戻した。

窓の向こうに目を向けると、隣の部屋の端までたどり着いて戻ってきていたペインターが、再び歩き始めたところだった。司令官がこのシグマの司令部を飛び出して自らロンドンに向かいたいと思っていることは、キャットにもわかっていた。シグマの本部はスミソニアン・キャッスルの地下にある第二次世界大戦時代の古い掩蔽壕の内部に建設された。この立地のおかげで、シグマはアメリカの権力の中枢にも、国内有数の科学機関や研究所にも、容易にアクセスできる。けれども、今のペインターの思いが別のところにあるのは明らかだった。司令官は地上に飛び出し、現地に赴き、大英博物館の襲撃に関与した人物の捜索を自らが率いたいと考えている。

昔の任務ファイルに目を通したキャットは、司令官とサフィア・アル＝マーズとの過去の関係を知っていた。あの女性は司令官にとって大切な存在だったのだ。そんな考えが聞こえたかのように、ペインターが一台のコンピューターに近づき、ドクター・アル＝マーズとの電話会議の模様を録画した映像を再生した。

キャットもすでに四回、その映像を見ていた。オフィスに飛び込んできた覆面姿の男に襲われるサフィアの姿が映っている。男が使用した武器はパーマー・キャプチャーの麻酔銃だと判明した。羽根の付いた二本の矢が、サフィアの胸に命中する。その後、男は拳銃でコンピューターの画面を撃ち抜いた。同じ拳銃は博物館のスタッフ二名を射殺する際にも使用されており、そのうちの一人は画面に一瞬だけ映っていた学芸員補の若い女性だった。

警備員が駆けつけた時、サフィアの姿は消えていた。

通信室のペインターが映像を静止させた。画面に手のひらを向けた、映像が途切れる直前のサフィアの姿が表示されている。

「連中が彼女を殺したいと考えていたなら、そういう結果になっていたはずだ」モンクがつぶやいた。「彼女から何かを手に入れる必要があったのは間違いない」

「でも、手に入れた後はどうなるわけ？」キャットは訊ねた。

モンクが顔をしかめた。「そういう事態になる前に、俺たちが彼女を発見できると期待しようじゃないか」

キャットはモニターの画面上の時計を確認した。「グレイはもうここに着いているはずじゃないの？　ロンドンへのジェット機は三十五分後に離陸予定だけれど」

モンクは肩をすくめた。「あいつは親父さんと弟と一緒に病院にいる。空港で落ち合おうと言っていた」

「お父様の容体はどうなの？」

「あまりよくない」モンクは義手の方の手のひらで剃り上げた頭頂部をさすった。「だけど、本当に厄介なのは弟の方なのさ」

午後四時十四分

〈一難去ってまた一難、っていうやつだな……〉

グレイソン・ピアース隊長は父のベッド脇に座っていた。ホーリークロス病院での長時間の検査を終えて高度介護施設に戻り、父を寝かしつけようとしているところだ。救急車によるここまでの移動だけでも、年老いた父にはかなりこたえたようだ。

看護師が父の体にシーツをかける様子を見ながら、グレイはかつて家族内に君臨していた気性の激しいテキサスの油田労働者の面影を探した。父は頑なな性格で、人に頼ることを忌み嫌っており、それは事故で片脚の膝から下を切断した後も変わらなかった。二人とも頑固者で、相手に譲ることはプライドが許さなかったため、生まれてからこの方、グレイは何かにつけて父と衝突した。その対立が原因で、グレイは家を飛び出して陸軍に入隊し、その後はレンジャー部隊の所属になり、今はシグマフォースの一員になっている。

椅子に座ったまま、グレイは父の顔に刻まれたしわを眺めた。血色が悪く、目が落ち窪んでいることに気づく。看護師が枕を軽く叩いて形を整えようとすると、父が聞こえよがしに大きなため息をついた。いつもなら大きく吐き出す息に合わせて、そこまでの世話はいらんと罵（ののし）る悪態が口をついて出ているところだ。ジャクソン・ピアースを子供扱いするなと、一喝していただろう。ところが、あきらめたかのようなため息とともに、父の胸がしぼんだ。文句を言えないほどまでに疲れ切っているのだ。

グレイは父の代わりに声をあげ、看護師を追い払った。「それくらいでいい。父はあれこれ世話を焼かれるのが好きじゃないから」

若い女性看護師はベッドから離れ、グレイの方を向いた。「まだ中心静脈カテーテルの洗浄がすんでいません」

「一、二分でいいから待ってくれないか？」グレイは腕時計を確認した。

〈それくらいしか時間は残されていない〉

行かなければならないという思いがグレイの気持ちをせかしていた。すぐにでも空港に向かう必要がある。グレイは扉の方に視線を移した。

〈ケニーはどこだ？〉

弟はホーリークロスから戻る途中でどこかに寄り道したに違いない。最後の自由時間を少しでも長く満喫しようとしているのだろう。グレイが留守にする間、兄弟が呼ぶところの「親父の面倒」はケニーが引き受けなくてはならない。時がたつにつれて、二人にのしかかるその負担は重くなる一方のように感じられる。

いらだちを覚えながら、グレイは新しい部屋を見回した。個室ではあるものの、ほめ言葉としては「質素な」くらいしか思いつかない。クローゼット、ベッドを隠せるカーテン、ローラー付きの小さなナイトテーブルがあるくらいだ。これから六週間、父はこの部屋で生活することになる。

先月のこと、足を滑らせて転んだ父は、膝下の切断面に深い切り傷を負ってしまった。緊急治療室に運ばれて簡単な手術を受けた後、経過は順調に思えたが、微熱がなかなか下がらなかった。診察の結果、二次的な骨髄炎と軽度の敗血症だと判明した。高齢の患者には珍しくない合併症だ。二度目の手術としばらくの入院生活の後、父はここに移ることになった。これから六週間にわたたって、点滴での抗生物質の投与による治療が予定されている。

〈それが全員にとっていいことなのかもしれない〉グレイはやましさを感じながらも思った。〈少なくともここならば、俺がいない時にも二十四時間父のことを見守ってくれる人がいる〉

きちんと働いてくれる時でも、ケニーは信頼のおける介護者だとは言いがたい。

ベッドからかすれた声が聞こえた。「もう準備はできている」

グレイは父に注意を戻した。「ここにいなければいけないんだよ、父さん。医者の指示だからね」

このところ、父は現状をどうにか認識できている程度だ。最初は単なる物忘れ――鍵をなくす、同じ質問を繰り返す、方角がわからなくなる、といった症状として始まり、やがてアルツハイマー病と診断された。人に頼ることを嫌う父にとって、これはさらなる大きな打撃だった。二年前、グレイは思い切って実験的な治療を試し、ある研究所から密かに入手した進行性神経障害に見込みがあるという薬を使用した。それは思いのほか効き目があった。数回に及ぶＰＥＴスキャンの結果、脳に新たなアミロイド沈着は見られず、臨床的には父の病気の進行が止まったと思われたのだ。

残念ながら、その治療法では損傷を回復させることができなかった――薬は諸刃の剣でもあった。父はある程度までなら理路整然としていて、意思の疎通ができる一方で、病気によって蝕まれる前の状態に戻ることはなかった。決して晴れることのない霧に包まれたまま、宙ぶらりんの状態に留め置かれてしまったのだ。

父が再び口を開いた。さっきよりも断固とした口調だ。「おまえの母さんに会いたい」

グレイは大きく息を吸い込んだ。母は数年前に亡くなっている。グレイはこの悲劇を父に何度となく説明し、父も一応はそのことを理解した。悲しみを表したり、母の思い出話をしたりすることもある。グレイはそんな時間を大切にしてきた。しかし、今のように疲れていたりストレスがたまっていたりすると、父は時の流れを認識できなくなってしまう。

グレイは父の肩に手を伸ばした。この妄想に浸らせてあげるべきか、それとも厳しい現実を再び説明するべきか、決めかねている自分がいる。グレイは自分と同じ淡い青色をした父の目を見つめた。すると、父の瞳の奥からは迷いのない決意が見つめ返していた。

「父さん……？」

「もう準備はできている」父はその言葉をはっきりと繰り返した。「私は……ハリエットがいないと寂しくてたまらない。もう一度、ハリエットに会いたい」

グレイは一瞬言葉を失い、動きが止まった。父はいつも世の中に対して怒りを抱えていた。侮辱されたと思えば声を荒らげ、強情な息子に対しても容赦しなかった。自分を育てた厳格な父とすべてをあきらめた今の言葉が、グレイの頭の中ではどうしても結びつかなかった。

グレイが答えを返すより先に、つむじ風のような勢いでケニーが病室に入ってきた。血がつながっていることは一目瞭然だ。兄と弟は身長がほぼ同じで、二人とも濃い黒髪とウェールズ系の赤みがかった顔色をしている。ただし、グレイは体をいじめ抜いている一方で、ケニーは立派なビール腹を抱えている。昼間はソフトウェア会社で机に座りっ放し、夜はパーティー三昧(ざんまい)という生活を送ってきた結果だ。

ケニーはセブン-イレブンのロゴの入ったビニール袋を掲げて見せた。「父さんに雑誌を買ってきたよ。『スポーツ・イラストレイテッド』に『ゴルフダイジェスト』、あとスナック類も。ポテトチップにキャンディーバーだ」

ケニーはベッド脇に椅子をもう一脚持ってくると、あたかもフルマラソンを完走したばかりのようにどさりと座り込んだ。グレイは弟の呼気からかすかにウイスキーの香りが漂っていることに気づいた。どうやら弟がコンビニで購入したのは雑誌や軽食だけではなかったようだ。

ケニーが扉を指差した。「グレイ、もう出かけても大丈夫だ。ここからは任せてくれ。父さんがきちんと世話をしてもらえるように、僕が見ておくから」その声にわずかながら非難の響きが込められる。「だって、誰かがいなくちゃいけないんだからさ」

グレイは歯を食いしばった。ケニーは兄が政府関係の仕事に就いていることは理解しているものの、シグマフォースの存在について、あるいはグレイの極秘の活動の重要性について、知ることのできる立場にあるわけではない。そもそも、ケニーは兄に対してそれほど興味を持っているわけでもない。

その場を離れようと立ち上がったグレイに対して、父が険しい眼差しを向けながら、小さく首を横に振った。その仕草が意味するところは明らかだ。少し前に話した内容を弟の前で口にしてほしくないのだ。どうやらつらい告白はグレイだけに向けたものらしい。

〈わかったよ……秘密が一つ増えただけだ〉

グレイはベッドに歩み寄り、父と別れのハグを交わした。上半身を斜めに起こしたベッドの角度のせいと、父と長男の間でおおっぴらに愛情表現をすることがまれなせいで、ぎこちないものになってしまう。

それでも、父は片腕を離し、グレイの背中をぽんと叩いた。「悪いやつをやっつけてやれ」

「もちろんさ」かつて事件の巻き添えになった経験から、父はグレイの仕事の本当の姿を知っている。「戻ったら会いにくるから」

グレイは体を起こし、ベッドに背を向けた。来たるべき任務に備えて気持ちが切り替わるのを感じる。陸軍のレンジャー部隊の一員として過ごした年月のおかげで、瞬時のうちに停止状態からトップスピードに移ることができる。迫りくる迫撃砲の甲高い音を耳にして寝床から飛び出す時でも、狙撃手の発砲音と同時に身を隠す時でも。兵士たる者、行動に移るべき時には行動を起こさなければならない。

今がその時だ。

扉に向かって歩きかけたグレイを父が呼び止めた。驚くほど力強く、昔の父を彷彿させる声だ。「約束だぞ」

グレイは眉間にしわを寄せながら振り返った。「約束って、何の?」

まばたきをするのに合わせて、父の視線が泳ぐ。父はベッドに片肘を突いて半身を起こしていたが、このちょっとした動作でも体が震えるほどの負担になってしまっている。父の体がベッドに倒れると、その顔には見慣れた困惑の表情が浮かんでいた。

「父さん?」グレイは訊ねた。

片手が弱々しく持ち上がり、早く行くように促す。

ケニーのしかめっ面がそれに追い打ちをかけた。「勘弁してくれよ、兄さん。行くなら早く行けって。父さんを少しは休ませてあげないと。何をぐずぐずしているんだよ」

グレイは握り締めた拳を叩きつける相手がないか探した。だが、そのまま回れ右をして、大股で扉を抜ける。施設の建物の外に出ると、何度か深呼吸を繰り返しながら、停めてあるヤマハのV-Maxに向かった。一メートル八十センチの体をバイクの座席に預け、ヘルメットを頭にかぶると、エンジンをかけて乾いた音を響かせる。

グレイは心の中のもやもやを爆発させる代わりに、大きなエンジン音をとどろかせた。骨までも揺さぶるような振動を感じながら、バイクを発進させる。駐車場の出口で車体を大きく傾けながら急ハンドルを切り、表通りに出ると加速していく。

それでも、父の最後の言葉がどこまでも追いかけてくる。

〈約束だぞ〉

それが何を意味するのかはわからない。罪悪感が心を苦しめる。父のそばを離れつつあるから、同時に心の底では離れることができてほっとしているから。父の病状が一進一退を繰り返す中で実体を持たない悪魔と格闘しながら何カ月も過ごした後、グレイは本当の戦いに挑むことのできる相手を、両手でしっかりとつかむことのできる何かを必要としていた。

そのことに意識を集中させながら、シグマの司令部を呼び出してキャットに連絡を入れる。「空港に向かっているところだ。十五分後に到着の予定」

ヘルメットの中でキャットの声が答えた。「モンクが先に着いているはず。任務ファイルは彼が持っているから、移動の機内で目を通しておいて」

グレイはすでに司令官から要点を聞かされていた。ペインターはこの件に個人的な利害関係があり、ロンドンではグレイが作戦を主導するようにという要請だった。

「現地の状況はどうなっているんだ？」グレイは質問した。

「大英博物館は閉鎖されている。あいにく職員棟の防犯カメラには侵入者の姿が映っていなかった。現在、警察が付近で聞き込みを行なって目撃者を探しているところ」

「狙われていると思われるほかの人物に関しては?」

「ジェーン・マッケイブのことね。依然として現地からは何の知らせもないわ」

グレイはバイクの速度をさらに上げた。事態は刻一刻と深刻の度合いを増しつつある。しかし、ロンドン西部のイーリング区にあるノーソルト空軍基地への到着は夜明けまで待たなければならない。

その遅れへの対応策として、ペインターはすでに大西洋の向こう側にいた二人の隊員をイギリスに派遣した。一人はドイツのライプツィヒに休暇で滞在中、もう一人はモロッコのマラケシュで中東から盗まれた古美術品の不正取引を調査中だった。

とてもお似合いとは言えない二人だが、必要に迫られればこんな奇妙な組み合わせもやむをえない。

あの二人の行く手を邪魔する者は、神に助けを求めたくなるだろう。

〈もっとも、その前に二人が互いに殺し合ったりしなければ、の話だが〉

5

五月三十日　英国夏時間午後九時二十二分
イングランド　ハートフォードシャー　アッシュウェル

〈こいつがここまでの馬鹿だったとは……〉

セイチャンはジョー・コワルスキの手首をつかみ、親指の付け根の神経が集まっているところに指を食い込ませた。大男は悲鳴をあげ、ようやくジェーン・マッケイブの腕を離した。

若い女性が一歩後ずさりした。セイチャンは相手が逃げ出そうとする前に行く手をふさいだ。左右の手のひらを見せ、敵意がないことを示す。「ミズ・マッケイブ、悪かったわね。怖がらせるつもりはなかったんだけど」

ジェーンは二人の襲撃者を唖然（あぜん）として見つめるばかりだ。周囲には大勢の人がいるものの、誰一人としてこの小競り合いには気づいていないようだ。ほとんどの注意が夜空に伸びる炎に向けられているから当然だろう。

暗い村にサイレンの音が響き渡る中、セイチャンは事情を説明した。「私たちはペインター・クロウによって送り込まれた。あんたたちを安全なところに連れていくために」

ジェーンが痛めた前腕部をさすった。怯えた表情から察するに、安心させようと試みたセイチャンの言葉はまったく効き目がなかったようだ。相手の視線がコワルスキに向けられる。大男はどう見てもステロイド中毒のラインバッカーだ。膝丈の黒いレザーのダスターコートをもってしても、二メートル近い体軀にたっぷり付いた筋肉を隠し切れていない。さらに具合の悪いことに、その顔には地形図の模様を思わせるような傷跡、太い眉、分厚い唇が、つぶれた鼻を中心にして集まっていて、そのすべてが角張った顎の上に載っかっている。

コワルスキが気まずそうな表情を浮かべた。「悪かったな」そう言いながら、グローブのような大きな手を振る。「通りに立つ君が見えたんだ。男が君を襲おうとしていると思ったもんだから」

ジェーンが肩越しに振り返った。「デレク……」

その声に呼び寄せられたかのように、背の高いひょろっとした人影が群衆の間を縫って姿を現した。折れた鼻から血が二本の筋となって滴っている。両目はすでに腫れ上がりかけていた。ジェーンの方に駆け寄るその様子から、なおも彼女を守ろうという意思がうかがえる。

　セイチャンは男性がジェーンに近づくのを妨げなかった。任務指示書にあった写真から、ドクター・デレク・ランキンの顔はすぐに認識できた。しかし、いきなり突っ込んでいったコワルスキの頭からは、その写真のことなどすっかり抜け落ちていたに違いない。

　デレクはもう一度勝負を挑もうとするかのようにコワルスキをにらみつけたが、横目でジェーンを確認した。「大丈夫かい？」怪我のせいで鼻にかかった声になっている。

　ジェーンがうなずいた。

　セイチャンは二人に歩み寄った。「誤解があったみたいね」

　その時ようやく、生物考古学者がもう一人の女性の存在に気づいた。セイチャンのことを二度見する。そうした反応はセイチャンにとって慣れっこになっていた。ヨーロッパとアジアの血が混じった容貌――長い黒髪、アーモンド色の肌、高い頬骨、エメラルドグリーンの瞳が人目を引くことはわかっているし、過去にはその魅力がターゲットを垂らし込むのに役立った。シグマによって壊滅させられたテロ組織「ギルド」の暗殺者として暗躍していた頃の話だ。細身で筋肉質の体型は、黒のジーンズ、レザーのブーツ、濃い赤のブラウスとその上に羽織ったゆったりしたデニムのジャケットという控え目ないでたちの下に隠れている。

　デレクがセイチャンとコワルスキを交互に見た。「君たちは……いったい何者だ？」

ジェーンがその質問に答えた。まだ警戒を緩めていない様子だ。「電話をかけてきた男性によって送り込まれた人たち」

「そうは見えないかもしれないけど」セイチャンは二人に言い聞かせた。「あんたたちを助けにきたということ」

その証拠として、セイチャンはペインター・クロウから送られた写真を取り出した。ジェーンに向かって差し出す。若い女性は写真を受け取り、街灯の方に少し体を寄せた。デレクも肩越しにのぞき込む。クロウとサフィア・アル＝マーズが並んでいる写真だ。二人とも今よりも若く、カメラに向かって笑みを浮かべ、背景にはオマーンの砂漠と月明かりを反射して輝く大きな湖が写っている。

「それが私たちのボス」セイチャンは説明した。「何年か前にドクター・アル＝マーズを助けたことがある」

デレクが顔を上げた。「この人の写真はサフィアのオフィスで見たことがある。どんな経緯で出会ったのかについて、話してくれたことも……でも、何らかの事情で本当のことは半分も話せないといった印象だったけれど」

デレクの目から疑いの色が徐々に薄れていく。

「つまり、この人たちを信用してもいいということなの？」ジェーンがデレクに訊ねた。

デレクは炎と煙の渦の方に体をひねった。「選択の余地があるわけでもなさそうだし」

そう言いながらもおそるおそる鼻に触り、コワルスキをにらんだ。「でも、一つ言わせてもらうと、次から挨拶は言葉でしてもらえるとうれしいね」

ジェーンが両腕を組んだ。その表情が怒りで険しくなる。どうやら過ちを簡単に水に流すつもりはなさそうだ。「私はそんな――」

セイチャンは前方に飛び込み、横からジェーンに体当たりした。鳴り響くサイレンの音を切り裂いて、一発の銃声がとどろく。バンコクやプノンペンで路上生活を余儀なくされた子供時代に身に着けた生存本能から、常に周囲の状況への警戒を怠らないセイチャンは、人影が自分たちの方に向かって片腕を持ち上げたことに気づいていた。武器の存在を確認するよりも早く、その脅威に対してとっさに反応したのだ。

ジェーンがバランスを崩しかけたが、セイチャンは相手の腰に腕を回して転倒を防いだ。「姿勢を低くしたまま」体を回転させながらそう警告し、ジャケットの下のショルダーホルスターからシグ・ザウエルを抜く。

セイチャンは銃口を敵に向けたが、銃声に反応した群衆が混乱して押し寄せた中に紛れて、暗殺者は姿をくらましてしまった。

すぐ横ではコワルスキがデレクを押し倒し、その巨体を盾にして守ろうとしていた。大男もダスターコートの下に隠し持っていた武器を手にしている。銃身の短いショットガンに似ているが、あれは国土安全保障先端研究計画局が開発した「ピエイザー」と呼ばれる新しい武器だ。通常のショットガンの場合、12ゲージの散弾の中にはペレットが詰まっているが、ピエイザーの弾薬の中にあるのは圧電結晶で、内蔵のバッテリーによって常に帯電した状態にある。散弾は発射されると破裂し、一つ一つがテーザー銃に等しい電圧を帯びた結晶の粒をまき散らす。非殺傷性のこの武器は射程が約五十メートルで、群衆を鎮圧しなければならない状況には最適とされる。

しかし、珍しく自制心を働かせたコワルスキは、武器の使用を控えた。

〈その調子……路上でこれ以上のパニックを発生させるわけにはいかない……少なくとも、今のところは〉

セイチャンはジェーンを連れて最後に暗殺者の姿を確認した地点とは反対方向に進み、コワルスキとデレクにも指示して移動を開始した。群衆の中にほかの暗殺者が紛れていないか、監視の目を光らせ続ける。あいにくなことに、襲撃者から逃れようとした結果、車からは離れることになってしまった。数分前、セイチャンとコワルスキが村に到着した時には、すでに炎が夜空に向かって渦を巻いていた。そのため、ブッシェル・アンド・ストライクまでたどり着くには、車を降りて野次馬の波に逆らいながら歩かざるをえなかったのだ。

「どこに向かっているんだ？」デレクが訊ねた。

「どこか安全なところ」セイチャンは周囲を見回した。「ここにいては人目につきすぎる」

ジェーンが石塀の向こう側を指差した。古い石造りの教会の扉が開け放たれていて、その前には白いローブ姿の人々が集まっている。「今夜は『聖歌隊の夕べの祈り』の日」

セイチャンは理解できずに眉をひそめた。

「つまり、あの中は人でいっぱいだということさ」デレクが説明した。

〈なるほどね〉

セイチャンは武器をジャケットの下に隠し、先頭に立ってその方向に進んだ。「教会の裏口はあるの？」正体不明の追っ手を振り切る可能性に頭を巡らせながら訊ねる。

「北側の出口から外に出られる」ジェーンが息を切らしながら答えた。「教会の裏手の墓地に通じているの」

「夜の墓地かよ」隣でコワルスキが不満をこぼした。「まあ、少なくとも連中が俺たちの死体を埋める時間の節約にはなるな」

セイチャンはコワルスキを無視して石塀の間の門を抜け、教会の前庭を横切った。「墓地の先には何があるわけ？」ジェーンに訊ねる。

「ほとんどは緑地。カム川の水源になるいくつもの泉を中心にして広がっているの」

ジェーンが前方を指し示した。「でも、その湿地帯を抜けた五百メートルほど先にはステーション・ロードがある。そこまで行けばタクシーを拾えるわ。鉄道の駅まで車なら数分しかかからない」

セイチャンはうなずいた。

〈悪くない計画だ〉

デレクが腕時計を確認した。「一時間もしないうちにロンドンのキングス・クロス行きの次の列車が出るはずだ」

〈ますます好都合〉

セイチャンは歩を速めた。「その列車に乗り遅れないように」

一行の行く手にはローブ姿の聖歌隊員たちが、不安と興奮の入り混じった表情を浮かべながら大声で話をしていた。開け放たれた扉から南側のポーチに漏れるランプの明かりで、彼らの姿が浮かび上がっている。音楽家たちが今夜の式典のための準備をしているらしく、教会の中からはパイプオルガンの荘厳な音色が聞こえてくる。夕べの祈りが予定通りに開催されるのかどうか、全員が気をもんでいるに違いない。消防車の甲高いサイレンの音に負けじと声を張り上げて歌うことは、聖歌隊にとって容易ではないはずだ。

ポーチに達したセイチャンは、ほかの三人に対して人混みの間を抜け、鉄で補強した扉をくぐり、教会内に入るように促した。自らも慎重に進み、建物内部の造りを観察する。左手のアーチ状の入口は鐘楼に通じている。右手の身廊（しんろう）の先には幅の広い祭壇があり、その上でろうそくの炎に照らされているのは鉄製の十字架にはりつけにされたキリスト像だ。身廊の側には大勢の人たちがいて、そのほとんどは聖歌隊席のまわりと巨大なパイプオルガンの基部に集まっている。

差し迫った脅威は確認できなかったため、セイチャンは目的地に意識を集中させた。建物を挟んだ向かい側には入口と同じような中世風の造りの扉があり、出口の向こうには夜の闇が見える。

〈あそこが北側の出口に違いない〉

ジェーンが前方を指差し、その予想が正しいことを伝えた。「あそこよ」

セイチャンは出口に向かいかけたが、どよめきを聞きつけて後方に注意を戻した。入口の外に集まった群衆の怒りの叫び声が、すぐに耳障りなエンジン音によってかき消される。人々があわてて二手に分かれ、入口に通じる道を空けて両側に飛びのく。轟音とともに黒っぽい影が突進してきた。バイクが一台、乗っているのはヘルメットをかぶった二人。背中を丸めた運転手の肩越しには、バイクの後ろにまたがる人物が拳銃を構えているのが見える。

広いポーチを高速で横切りながら近づいてくるバイクを前にして、セイチャンは体を反転させると鐘楼の入口を指差した。その先には螺旋階段が見える。

「コワルスキ、二人を連れてあの階段を上って」

コワルスキはうなずいて走り出したが、すぐに振り返って訊ねた。「そっちは何を――

――？」

セイチャンは反対側に向き直り、いちばん近くの信者席に頭から飛び込んだ。体をひねって肩から着地し、床を転がりながら体勢を立て直す。厚い木製の座席の陰に隠れながらシグ・ザウエルの銃口を扉に向けると同時に、アーチ状の入口からバイクが教会内に飛び込んできた。身廊内に響き渡るエンジンのうなりは、排気ガスと回転音から成る悪魔の合唱のようだ。運転手が急ブレーキをかけると、石の床とこすれたタイヤから煙が上がる。

後ろにまたがる人物が鐘楼の入口の方を指差した。

〈コワルスキの姿に気づいたに違いない〉

銃を持つ男がバイクの後部から飛び降りた。獲物を徒歩で追い詰めようと目論んでいるのだろう。セイチャンはシグ・ザウエルの狙いをヘルメットと首筋の境目に定め、引き金を引いた。鋭い銃声がうなるようなエンジン音を切り裂く。男が背中をそらすと同時に、喉元から血しぶきがあがる。床に倒れた男のヘルメットが、音を立てながら石の上を転がっていく。

狙いを定め直すより先に、運転手がシートに座ったまま体を反転させた。膝のホルスターに収めたアサルトライフルを抜き、銃声の聞こえた方角に向かって乱射する。セイチャンはかろうじて攻撃をかわすことができた。銃弾が古い木にめり込み、えぐられた信者席の破片が飛び散る。座席の下から様子をうかがったセイチャンは、運転手がバイクから降り、その車体を盾代わりにしながら鐘楼の入口へ移動していることに気づいた。

信者席の下から相手の足を狙って発砲したものの、男は無事に階段までたどり着いてしまった。小声で毒づきながらも、セイチャンは相手の技量を認めざるをえなかった。

〈厳しい状況下でも対応する……素人ではあそこまでできない〉

最悪の事態に備えつつ、セイチャンは隠れていた場所から走り出し、鐘楼の入口に銃口を向けた。その姿勢を保ったまま床を横切り、入口の先でほんのわずかにでも動く影がないか警戒する。しかし、階段までたどり着くより先に、新たな音が聞こえてきた。

悲鳴のようなエンジンの轟音が、次第に大きくなる。

セイチャンは音源の方に体をひねった。ポーチの向こう側にある教会の前庭を、複数の黒っぽい影が高速で横切り、扉の方に向かってくる。

〈応援がやってくる……ただし、味方ではない〉

すべてを一人で対応するのは無理だと悟り、セイチャンは鐘楼の方に視線を戻した。姿を消した暗殺者は任務の完遂を目指し、獲物を追跡しているに違いない。現時点ではそちらに対応している余裕はない。全員が無事に逃げ延びたいのならば、自分はここで新手のライダーたちに対処しなければならない。

間近に迫った襲撃に備えつつ、セイチャンは無言の祈りを上に向かって捧げた。

〈コワルスキ、馬鹿な真似をしないでよ〉

午後九時四十四分

下から聞こえる銃声でパニックに陥ってしまうのを防ごうと、ジェーンは手のひらで壁に触れながら鐘楼の螺旋階段を上っていた。頑丈な壁の存在が気持ちを落ち着かせてくれる。鐘楼はこのあたりで切り出された石灰岩からできている。何百年間にもわたって風雨にさらされたせいで表面は摩耗（まもう）してしまっているものの、まだしっかりとそびえている。ジェーンはその事実から力を得ることができた。

やわらかい石灰岩に刻まれた中世の銘文も指先で感じ取ることができる。かつてこの地に信念のある人たちが、疫病や戦争や飢饉に直面しても屈することのなかった村人たちが暮らしていた証だ。

〈私も気持ちを強く持たないと〉

別の銘文に指先が触れたジェーンは、父のことを、子供の頃ここに連れてきてもらったことを思い出した。今夜の襲撃者たちがこの世から父の記憶までも消し去るようなことがあってはならない。炎をもってしても、銃をもってしても。最期の時を迎えるまで、戦い抜くつもりだ。

父のためだけでなく、ローリーのためにも。

〈兄が生きているという望みが少しでも残っている限りは、見つけ出すまで絶対にあきらめない〉

ジェーンは足を速めた。

先頭に立って上っているのはデレクで、後ろからついてくるのはコワルスキとかいう名前の大柄なアメリカ人だ。

「この階段はどこに通じているんだ？」大男が訊ねた。

「鐘室よ」ジェーンは答えた。「この塔の鐘があるところ」

ジェーンは顔を上に向けた。一世紀以上にわたって十五分おきに鳴り続けている鐘の音は、村の暮らしの一部になっている。ただし、近頃では騒音への苦情が寄せられるため、夜間には鐘の響きを抑える配慮がなされている。ジェーンはそのことに言いようのない悲しみを覚えた。歴史そのものが封じ込められているように思えたからだ。

不意に下から新たな音が――はるかに現代的な音が割り込んできた。複数のエンジン音が三人のもとまで伝わってくる。あたかも悪魔が階段を上って追いかけてくるかのようだ。アメリカ人の大男は小首をかしげ、階段の途中でためらいを見せた。その顔には相棒を気遣う表情が浮かんでいる。

「どうする？」デレクが質問した。

コワルスキはうめき声をあげながら武器を振った。「先に進め。いちばん上まで行くんだ。そこに立てこもる。しばらくの間は安全――」

遠くから聞こえるエンジン音を一発の銃声がかき消した。

コワルスキが顔をしかめ、首をすくめた。銃弾が頭のすぐ近くの壁に当たって火花を散らし、石灰岩の破片が大男の顔に降り注ぐ。「走れ！」そう叫ぶと、コワルスキが二人に向かって突進してきた。

ジェーンは上に向き直り、デレクとともに走った。

大きな発砲音にジェーンはびくっとした。コワルスキが後方に向かってショットガンを放ったのだ。散弾――ではなく、短くて太い武器に込められていた何かが飛び散ると、壁に当たって跳ね返り、まばゆい青色の火花を散らしながら落下していく。

驚いたジェーンは階段を踏み外しそうになった。

デレクが腕をつかんで支えてくれた。「しっかりしろ、ジェーン」

「いったい何――？」

「わからないし、知りたいとも思わない。先を急ごう」

階段を駆け上がる間、デレクはしっかりと腕を握ってくれている。不安に満ちた表情から、彼が気にかけているのは一つのことだけだとわかる。顔つきにはっきりと表れている。デレクは自らの命を心配しているのではない――ジェーンの命だけを気遣っているのだ。

デレクの思いにこたえなければと思い、ジェーンはさらに足を速めて階段を上った。はるか下から聞こえる悲鳴のようなエンジン音が小さくなった。階段内に聞こえるのは自分たちの怯えた息遣いだけだ。静けさが続く中、ジェーンの不安が募る。

何がどうなっているのかと思いながら、下に視線を向ける。

突然の静寂はいい知らせなのだろうか、それとも悪い知らせなのだろうか？

午後九時五十分

セイチャンは盗んだバイクのハンドルにくっつきそうなほど低い姿勢になり、暗い草地を疾走していた。ヘッドライトを消しているのは、後を追うバイクも同じだ。

敵のバイクの一団が教会の南側のポーチに向かってくるのを見た時、セイチャンは射殺した男からヘルメットを奪い取り、頭からかぶって自らの容貌を隠すと、乗り捨てられたバイクにまたがった。まだエンジンが温かかったため、すぐにスロットルを全開にして、教会の北側の出口に向かってバイクを走らせた。開け放たれた扉に達すると、バイクをスキッドさせながら出口の外の暗がりに飛び出した。体を反転させると、三台のバイクのうちの一台目が教会内に進入したところだった。

薄暗い戸口に半ば隠れた位置から、セイチャンは大きく手を振り、低い声でわめいた。ヘルメットが声の特徴を隠してくれること、および敵が英語を話せることを期待しての作戦だ。少なくとも、床の上で死んでいた男は白人だった。

「こっちだ！」セイチャンは叫んだ。「やつらはこっちに逃げた！」

その言葉とともに夜に向かって走り、ほかのバイクを誘い出したのだった。

教会の裏手の真っ暗な敷地内を走りながら、敵のバイクが後ろからついてきているか、バックミラーを確認する。セイチャンは安堵（あんど）のため息を漏らした。

三台のバイクがヘッドライトを消した状態で、後方の草地を左右に連なって走行している。

その背後に見える教会のタイル屋根の向こうでは、赤々と燃える炎が夜空を染めていた。これまでのところ、人々の関心は火災の方に向けられていて、教会内での騒ぎや銃声は注目を集めていない。

〈その方が好都合だ……〉

民間人の邪魔が入るのは避けなければならない。当面の問題に意識を集中させると、セイチャンは草に覆われた低い丘を登り切り、前方の様子をうかがった。頂上の向こうに広がる草地の下り斜面の先、距離にして二百メートルほどのあたりから黒い木々が連なっていて、森の中を抜ける小道も見える。問題なのはすぐ目の前の地形で、直立した墓石や小さな霊廟が点在していた。

ジェーンの説明にあった墓地だ。

速度を緩めることなく、セイチャンは古い墓地を目指した。暗闇の中での横断は危険を伴うが、選択の余地はない。高速で墓地に突っ込み、巧みに障害物をよけ続けるものの、先に進むにつれて墓石や墓標がますます密集してくる。それでも、セイチャンはさらに加速しながら突き進んだ。

危険を承知でミラーに映る後方の様子を確認する。三台のバイクは先行する一台が自分たちの仲間で、獲物を追跡しているとまだ信じているらしく、後を追って斜面を下り始めている。セイチャンは追っ手が墓地に進入するまで待った――急ブレーキをかけ、ハンドルを切り、バイクを百八十度方向転換させて敵に向かい合う。

セイチャンは親指でバイクのヘッドライトのスイッチを入れた。一筋のまばゆい光が夜の闇を貫く。セイチャンはハイビームに切り替えて状況をさらに悪化させた。不意を突かれて目がくらんだ後続のライダーたちは大理石の障害物を回避できなかった。

一台のバイクが霊廟に正面から激突し、宙を舞ったライダーの体が壁に叩きつけられる。地面に落下したライダーの首はありえない角度で折れ曲がっていた。

もう一台のバイクが墓石の側面に接触した。バランスを崩した運転手がバイクを横に倒し、自らは草地に身を投げ出して転がる。セイチャンはシグ・ザウエルでその動きを追い、相手が呆然とした様子で動きを止めたのに合わせて引き金を引いた。ヘルメットのシールドが粉々に砕け、ライダーの体は地面に横たわったまま動かなくなった。

三人目のライダーはより優れた適応力を見せた。ハンドルを切ってまぶしい光から逃れると、大きく迂回しながら林立する墓石の間を巧みなハンドルさばきですり抜けていく。

セイチャンは相手の方角に向かって発砲したが、ジグザグのコースを走っているために狙いが定まらない。ライダーが下り坂の先に遠ざかっていく。セイチャンは毒づきながらバイクの向きを変え、その後を追った。光にくらんだ目が回復したら、敵は再び攻撃を仕掛けてくるだろう。優位に立っている間に勝負をつけなければならない。

先行する敵のバイクが墓地を通り抜けた。障害物のない草地が広がる中、余裕のできた敵がシートにまたがったまま体をひねる。セイチャンが危険を察知できたのはその動きだけだった。振り返ったライダーが拳銃を構え、追跡するバイクに向かってありったけの銃弾を浴びせる。

セイチャンは前かがみの姿勢になり、スクリーンの後ろに身を隠した。銃弾が左右の地面にめり込む。一発が前輪のフェンダーに当たった。セイチャンはエンジンを限界まで吹かしながらハンドルを左右に切り、的を絞らせないようにしたものの、相手の放った一発がヘッドライトに命中してしまった。バイクの前方が暗闇に包まれ、一時的に周囲が見えにくくなる。

再び毒づきながら、セイチャンはやむをえず速度を落とした――だが、その対応はわずかに遅れた。

前方で強烈な閃光がきらめいた。目の前の世界が消え、光の爆発の中にすべてがのみ込まれる。セイチャンは何が起きたのかを正確に把握した。敵はさっきの自分と同じトリックを使い、バイクを百八十度方向転換させてハイビームを浴びせたのだ。

その隙に敵が弾を装塡（そうてん）し直すのではないかと恐れ、セイチャンは光に向かってバイクを加速させた。拳銃を抜き、光源を目がけて発砲する。銃弾が命中し、周囲を再び暗闇が支配した。だが、かろうじて見えるのは木に立てかけたバイクだけで、ライダーの姿はない。そればかりか、バイクとの距離はほんの数メートルしかない。

衝突を回避できない状況で、セイチャンはバイクを大きく傾け、もう一台のバイクにタイヤから突っ込んだ。ぎりぎりのところで飛び降りると同時に、二台のバイクが激突する。一息つく間もなく、セイチャンは地面を転がりながら勢いをつけて立ち上がり、そのままますぐ近くの森の中に飛び込んだ。

枝の生い茂ったトネリコの幹に寄りかかる。追跡が終わったのはさっき墓場の上の丘から目にした小道のところだ。

しかし、敵はどこにいるのか？

セイチャンは気配を聞き漏らすまいと、葉のこすれ合う音、あるいは枝の折れる音に耳を澄ました。森の奥深くから水の湧き出る音が聞こえる。セイチャンはジェーンが教えてくれた話を思い出した。この緑地はカム川に注ぐ複数の泉のまわりに広がっているという。

その方角から大きな水音が聞こえた。さらにもう一度。

敵はここから逃れようとしているに違いない。

セイチャンは水音の聞こえた方に向かった。生き残りが増援を呼び寄せたり、戻ってきて別の待ち伏せを仕掛けたりするような事態を許してはならない。そう思いつつも、セイチャンは注意深く先に進んだ。水音は自分を罠に誘い込もうと意図した囮かもしれないからだ。セイチャンは物音一つ立てず、鼻で静かに呼吸し、一歩ずつ慎重に足を踏み出した。

密生した枝が作り出す濃い影に目が慣れてくると、泉に通じていると思われる砂利道があることに気づく。セイチャンはその道に沿って歩き続けた。前方の木々の間にきらめくかすかな光が見える。さらに数メートル進むと、目の前に一面の水が現れた。暗い水面が夜空の月や星を反射している。泉が湧いてたまった池で、アメリカンフットボールのフィールド半分ほどの広さがありそうだ。森に接する岸の数カ所にはベンチが設置されている。

動きを察知し、セイチャンは向こう岸に注意を移した。

人影が水面を走っている。それなのに、さざ波一つ起きていない。

〈どうやって――？〉

手前側に視線を戻したセイチャンは、池の水面とほぼ同じ高さに正方形の飛び石が連なっていることに気づいた。一列に並んだ石が池を横切っている。この変わった通り道は観光客が池を横断できるように設置されたに違いない。

近くの水面にヘルメットが一つ、浮かんでいた。池を横切る際に視界の妨げになるため、ライダーが投げ捨てたのだろう。

セイチャンは拳銃を構えたが、相手はすでに向こう岸までたどり着いていた。森の中に姿を消す直前、ターゲットがこちらを振り返った。池の水面に反射する月明かりで敵の容貌が浮かび上がる。

驚きのあまり、セイチャンの動きが止まる。

相手は若い女性で、肩まで垂らした髪は雪のように真っ白だ。この距離からでも、顔の半分を彩る複雑な模様のタトゥーが確認できる。次の瞬間、敵は背を向け、暗い森の奥に消えた。

セイチャンは飛び石を伝って池を横切り、なおも敵を追跡するリスクを秤にかけた。だが、池の上では何も遮るものがないため、森の中に狙撃者が潜んでいた場合には格好の標的になってしまう。岸に沿って迂回する手も考えたものの、向こう岸にたどり着く頃にはターゲットは完全に姿をくらましていることだろう。

それでも、セイチャンは躊躇した。

その時、新たな音が割り込んできた。

背後の教会の鐘楼から聞こえる鐘の音が、はるか彼方にまでこだまする。だが、騒々しく耳障りな音で、旋律を成していない。警報のような不協和音を鳴り響かせているだけだ。

鐘楼の方角を振り返ったセイチャンは、あの騒ぎの張本人の予想がついていた。

〈コワルスキのやつ……〉

午後十時四分

「そっちを急いでくれ！」巨漢のアメリカ人が要求した。

コワルスキは鐘楼の階段の最上段にうずくまり、奇妙な武器の引き金を引いては火花を散らす大量の粒を階段にばらまいている。

弾を込め直している間に、コワルスキがデレクに険しい表情を向け、指を二本立てた。

弾があと二発しか残っていないという意味だろう。

これ以上は持ちこたえられないと悟り、デレクはつま先に力をこめると、青銅製の鐘を床の上で転がした。不安のせいで喉が締め付けられ、息苦しく感じられる——息苦しいのは言うことを聞いてくれない重量二百キロの鐘を必死に押しているからかもしれない。

　鐘楼の螺旋階段を上り続けたデレクたちは、数分前にどうにか鐘室までたどり着いた。最上階にあるのはこの部屋だけだ。頭上のスペースのほとんどは大きな木製の枠が占めていて、その中に鐘が収められている。ここには六つの鐘があり、最古の鐘の歴史は十七世紀にまでさかのぼるという。鐘の大きさは様々で、それぞれを吊るすロープが床板に開いた穴を通して下に伸びている。

　コワルスキが階段の下に隠れた敵と交戦している間に、デレクとジェーンは彼の指示に従って鐘の一つを取り外した。

　大男の説明は簡単明瞭だった。

〈俺に考えがある〉

　そのため、デレクが梯子をよじ登る一方で、ジェーンが部屋の隅に置いてあったメンテナンス用の工具箱を見つけた。汗が目にしみ、折れた鼻から依然として血が滴る中、デレクは小さめの鐘を木製の枠から取り外した。鐘は床に落下し、轟音を鳴り響かせた。

　そして今、デレクとジェーンは力を合わせてその鐘をアメリカ人の方に転がしているところだ。

　階段の下から再びライフルの銃声がとどろいた。コワルスキが光る結晶の雨で応戦する。

〈あと一発〉

コワルスキが振り返り、二人の方に駆け寄ってきた。三人で鐘を押しながら、部屋の入口から階段の最上段まで移動させる。

これでどんな「考え」なのかが明らかになった。

「ここからおさらばする時間だ」コワルスキがデレクの隣でつぶやいた。

三人は力を合わせて鐘を階段に押し出した。転がったりはずんだりして落下しながら、鐘は壁に当たって大きな音を鳴らす。その大音響にほかの音がすべてかき消される。

コワルスキが鐘の落下した先を指差した。「行くぞ！」

大男が先頭に立った。ジェーンがすぐ後ろに続く。デレクは床の上に置いたバッグをつかんでから、二人の後を追った。急がなければならない理由は理解できる。落下する鐘が敵を階段から追い出してくれたとしても、相手は三人が出てくるのを下で待ち伏せしているかもしれない。

コワルスキには別の「考え」もあるはずだ。

三人は騒々しい鐘の後を追いながら、急いで螺旋階段を下った。しばらくすると、デレクの目は鐘の姿とその先を逃げる黒っぽい人影をとらえた。コワルスキが最後の一発を発射した。光り輝く結晶の粒が飛び跳ねる鐘の上を越え、湾曲した壁に当たって火花を散らす。だが、数発が逃げるターゲットの背中に命中し、甲高い苦痛の悲鳴が聞こえた。

螺旋階段を下り続けると敵の姿が視界に入った。体の自由が利かず、前につんのめりそうになっている。暗殺者がどうにか顔を上に向けた――それと同時に、重量二百キロの青銅製の鐘が壁に当たって跳ね返り、階段上の男を押しつぶした。

　鐘は何事もなかったかのように転がり続ける。

「見ない方がいい」デレクは警告しながらジェーンの体に腕を回した。

　階段上の血だまりをよけ、つぶれた死体の脇を通り抜ける。

　コワルスキが敵のライフルを回収し、武器を前方に振った。「止まらずに進め！」

　デレクは大男の表情から不安を読み取った。下で何が待ち構えているかを案じているのだ。三人は鐘を追って螺旋階段を下り切った。いちばん下まで転がり落ちた鐘が階段から飛び出し、身廊に突っ込む。信者席を押しつぶし、一列目を完全に破壊したものの、次の列にぶつかってようやく停止した。

　三人は鐘楼の入口の陰で立ち止まった。コワルスキがデレクとジェーンを下がらせ、教会の建物内に潜む脅威の気配を探っている。身廊の向かい側では、数人の怯えた聖歌隊員がパイプオルガンの陰で身を寄せ合っていた。

　外からサイレンの音が聞こえ、南のポーチ側の扉からは煙が流れ込んできている。デレクはその方角に顔を向けた。火災が延焼しているに違いない。藁葺きの屋根や木造の家屋が多い村では、風に舞う火の粉がすべての建物を脅かす。

　甲高い口笛が聞こえ、全員が音の方に注意を向けた。北側の出口の暗がりから人影が現れた。

コワルスキの相棒だ。

「馬鹿騒ぎが終わったのなら」女性が声をかけた。「さっさとこの厄介な村を離れるわよ」

ジェーンが素早く前に進み、大股で教会内を横切った。「今夜聞いた中でいちばん賢明な意見ね」

6

五月三十一日　英国夏時間午前七時二十二分
イングランド　ミル・ヒル

〈後始末をしている人間がいたのは間違いないな〉

　グレイは警察の非常線の後方から炎上した医療施設をにらみつけていた。イギリス国立医学研究所の一施設であるフランシス・クリック研究所は、ロンドン郊外のミル・ヒルに位置している。その敷地にそびえているのは煉瓦を思わせる外観の建物で、大きな四つの棟から成る。北西側にある吹き飛んだ窓から煙が外にあふれていて、何台もの消防車がくすぶり続ける建物に放水していた。

　ジェット機がイギリスの空軍基地に着陸した時、ペインターからグレイとモンクに対して研究所が爆破されたとの連絡が入った。二人はミル・ヒルに直行し、役に立つ情報を提供してくれるはずの人物と落ち合うようにとの指示を受けている。

すでに三十分以上も待ち続けているせいで、グレイのいらだちは募る一方だった。ただじっと待っているのは耐えられない。関与している人物の捜索に取りかかりたい。ここの爆破の件だけではなく、アッシュヴェルでの襲撃に関しても。ペインターからはジェーン・マッケイブが拉致されそうになったとの情報も伝えられた。セイチャンとコワルスキのおかげで、教授の娘とその同僚の身柄は無事に確保できた。現在、四人はロンドン中心部の目立たないホテルに身を潜めているという。グレイは一刻も早く四人と合流したいと思っていた。

モンクが無線のイヤホンに添えていた義手を下ろした。

「シグマ司令部からの最新情報は？」グレイは訊ねた。

「いい知らせじゃない。キャットは全員が恐れていた事態を確認したよ」モンクは煙を噴き上げる建物に向かって顎をしゃくった。「遺体もサンプルも……すべて焼かれてしまった」

グレイは首を左右に振った。マッケイブ教授の遺体はこの研究所内にあるバイオハザード実験室の一つに隔離されていた。スタッフたちは教授のミイラ化した遺体内で発見された病原体の分離と同定に取り組んでいるところだった。

モンクが眉をひそめた。「しかし、どうしてわざわざ教授の遺体を燃やしたりしたんだ？彼の持っていた病気のせいで具合が悪くなっている人がいるというのに」

〈それにキャットの話によれば、その多くが死亡している〉

グレイは朝の空を覆い隠す煙に目を凝らした。「犯人たちは病原体のことを恐れていたわけではないと思う。ここでの彼らの目当てはつながりを断ち切ることにあったに違いない」

「どういう意味だ？」

「こっちとしては病気に関する情報を得る以外にも、遺体の胃の内容物——奇妙な樹皮などを分析し、それを手がかりにして教授がこれまで監禁されていた場所を突き止めようという狙いがあった……そこには今もまだ調査団のほかのメンバーがいるかもしれないからな」

〈教授の息子も含めて〉

モンクがため息をついた。「つまりは振り出しに戻ったというわけだな」

「それにここだけの話じゃない。サフィア・アル＝マーズを拉致した犯人の発見の方も、いまだに何の進展も見られない」

現時点までの報告によると、大英博物館に侵入した人物は何一つ手がかりを残さなかったという。同じように、アッシュウェルの襲撃部隊に関しても、地元の警察が死体を調べたものの、身元の特定につながるようなものは発見できなかった。指紋と写真はすでに広く配布されており、現場から歩いて逃げた襲撃者の一人の捜索も進められている。

しかし、グレイはあまり大きな期待をかけていなかった。今回の件の背後に潜む何者かは、十分な資金とターゲットに関する豊富な知識を有している。襲撃は正確無比な計画のもとに行なわれ、いずれもマッケイブ教授の謎につながるあらゆる手がかりの抹消を意図したものだ。

〈しかし、なぜなんだ？　それにドクター・アル＝マーズを誘拐した理由は？　彼女を尋問することだけが目的なのだろうか？　この件に関して彼女が知っていることを引き出すためなのか？〉

グレイは何か重要なことを見落としているような気がしてならなかった。頭の隅には確かに存在しているのに、そこに意識を向けることがどうしてもできない。グレイがシグマにスカウトされた理由の一つに、パズルのピースを組み合わせる能力がある。誰一人として見えていないところに、パターンを見出すことができるのだ。ただし、グレイの類いまれな才能にも限度がある。

今のように。

グレイは首を左右に振った。今回のパズルを解き明かしたいのであれば、もっと多くのピースを手に入れる必要がある。

そんなピースを持っている可能性のある人物が、研究所の方から通りを大股で横切りながら近づいてきた。キャットからは事前にその女性の写真が転送されていた。ドクター・

イリアラ・カノーだ。シグマの情報分析を担うキャットは、世界各地に人的ネットワークを構築している。どのような経緯でこのイギリス人女性を知るようになったのか、グレイはキャットから聞き出そうとしたものの、謎めいた答えが返ってきただけだった。〈彼女に説明してもらうから〉

ドクター・カノーは三十代半ばで、グレイと同年齢だ。ジーンズ姿で、半分しか留めていない白のジャケットの下から、立派な珊瑚(さんご)のビーズのネックレスがのぞいている。黒髪は短く刈り込んでいて、整った顔立ちからはどこか威厳すら感じられる。略歴によると、彼女は十二歳の時に両親とともにナイジェリアから移住してきて、後に疫学の博士号を取得した。これは病気の発生パターンの研究を中心とする学問分野だ。現在、イリアラはアイデンティフィケーション・アンド・アドバイザリー・サービスと呼ばれるイギリスの機関に所属している。

昨夜はほとんど一睡もしていないはずなのに、この女性からは疲労の色がまったくうかがえない。茶色の瞳は活気にあふれているが、二人のアメリカ人の存在に気づくとその眼差しがやや険しくなる。

「あなたがピアース隊長ね」強いイギリス訛りの声で話しかけてから、イリアラはかすかに笑みを浮かべてモンクの方を見た。「そしてあなたがかの有名なドクター・コッカリスかしら。キャットからいろいろと噂を聞いているの」

「本当かい?」モンクが片手を差し出した。「どうやら帰国したら妻に『秘密厳守』の意味を説明してやらないといけないみたいだ」

モンクの手を握ったイリアラの笑みが大きくなる。「ご心配なく。すべていい噂だから」

イリアラが軽く肩をすくめた。「ほとんどは、と言うべきかも」

「その『ほとんどは』が気になるところなんだよな」

グレイは目の前の問題に話を向けた。「キャットに聞いたところでは、君は今回の件に関して何らかの見解を持っているということだが」

イリアラは爆破された研究所を不安げに一瞥しながらため息をついた。「『見解』などというたいそうなものじゃない。答えはいくつかあるけれど、それによって新たな疑問が生まれるものばかり」

「現時点ではどんな答えでも歓迎するよ」

モンクも同意の言葉を漏らした。

イリアラは一緒に来るように合図した。「角を曲がってすぐの駐車場に車を停めてあるから」

グレイは広い歩幅のイリアラと並んで歩いた。「どこに行くつもりなんだ?」

「キャットから話を聞いていないの?」イリアラはグレイに向かって顔をしかめた。「大至急、ジェーン・マッケイブと話をする必要がある」

「なぜだ？」

「キャットからの情報だと、ミズ・マッケイブはお父さんの古い文書の一部を持ち出すことができたらしい。その中には、この病気がイギリス国内で発生したのは今回が初めてではないことを示唆するものが含まれていたみたいなの」

百年以上前の大英博物館での疫病発生に関しては、グレイも同様の説明を受けていた。セイチャンやコワルスキたちと早く合流したいという思いがある一方で、長年にわたる実地調査の経験から用心が必要なことも学んでいる。キャットはこの女性を信頼しているようだが、自分にとっては初めて接する人物だ。車のところまで到達すると、グレイは詳しい説明を要求した。扉を手のひらで押さえ、開けようとする彼女を制止する。

「病気の歴史がなぜそんなにも重要なんだ？」

イリアラの顔にいらだちの表情が浮かぶ。グレイもすでに答えを知っていて当然だと言わんばかりだ。「あなたが聞いているかどうかは知らないけれどね。私もこの一時間ほどのうちに知らせを受けたばかりだから。カイロの全域や隣接するエジプトの都市で新たな患者の発生報告が相次いでいる。ここロンドンでは、同じような事態になるのを懸命に回避しようとしているところだけれど、もしかするとすでに手遅れかもしれない。そのほかにも、これはまだ不確かな報告だけれど、ヒースローやカイロの空港を利用した人たちの中にも患者が出ているらしい。いずれも同じような高熱、同じような幻覚の症状が現れている」

モンクが話に割り込んできた。「幻覚だって？」

イリアラはモンクの質問にうなずいた。「新たに判明した症状で、死を間近にした患者の間に見られる。脳炎の進行に伴う二次的な症状だと考えているところ」

モンクが歩み寄った。医学の心得があることから、この新しい知らせに興味をひかれ、もっと詳しい情報を欲しがっているのだろう。

グレイは話がその方向に進むのを遮った。「それはそれで重要だが、改めて質問させてもらうと、十九世紀という過去の発生が現在の出来事にどう関連しているんだ？」

イリアラは指折り数えながら答えた。「ほかに現時点で患者が確認されているのは、ベルリン、ドバイ、クラコフ。さらにはニューヨークで三人、ワシントンDCでも一人」

グレイとモンクは不安げに顔を見合わせた。

「でも、最も深刻な状態にあるのはカイロで、すでにパニックが拡散しつつあるから、事態を鎮静化しようとの試みがますます困難になってきている」イリアラはグレイの手を扉から引き離し、正面から向き合った。「私が過去の疫病の発生に関心を抱いている理由を知りたい？　なぜなら、十九世紀の仲間がこの疫病の拡散を阻止することに成功したから。彼らがそれを成し遂げた方法についての何らかの手がかりがマッケイブ教授の文書の中にあるとしたら、それをただちに、事態が今よりも悪化する前に発見する必要があるということ」

「彼女の言う通りだ」モンクが同意した。

グレイは譲らなかった。「だが、なぜ君なんだ？　なぜ君がこの件の調査に当たっているんだ？」

イリアラは肩を落とし、空に立ち昇る煙の柱に向かって手を振った。「なぜなら、病原体の分析を監督している医学研究審議会の連中は、異なる意見に耳を貸さないから。彼らが全幅の信頼を置いているのは現代科学で、電子顕微鏡とかＤＮＡ解析とかゲノムマッピングの類いばかり。一世紀前の科学者たちの業績に目もくれないなんて、間抜けもいいところだわ」

モンクがうなずいた。「その手の人間には何度も会ったことがあるよ。それも科学の世界だけの話じゃない。古い格言――『歴史から学ばざる者はそれを繰り返す運命にある』――が顧みられないことは珍しくない」

「まったくその通り。それもあって私はアイデンティフィケーション・アンド・アドバイザリー・サービスに加わったの」イリアラが説明した。

「どんな仕事をするところなんだ？」グレイは質問した。

「ロンドン自然史博物館の関連組織。私たちが担当しているのは説明のつかない現象、なかでも従来の研究方法が通用しない科学的な謎の調査なの。博物館の記録やファイルを捜索しながら現代的な手法も採用して、謎めいた事件を調べるわけ」

モンクが片方の眉を吊り上げた。「当ててみせよう。君のところにはモルダーまたはスカリーという名前の同僚がいるんじゃないのか?」

イリアラは笑みを浮かべながら車の扉を引き開けた。「つまりこういうこと。真実は必ずどこかにある――探すことを恐れさえしなければ」

グレイが目を丸くする中、イリアラは運転席に乗り込んだ。

モンクがにやりと笑った。「キャットが彼女のことを気に入ったのも無理はないな」

グレイはモンクの方を見た。「どうしてだ?」

「彼女は俺たちと同じ、変人だからさ」

午前八時三十九分

デレクは片手で目をこすりながら、もう片方の手の拳であくびを抑えつけた。目の前の簡易キッチンのテーブル上には、ジェーンとともにマッケイブ家の建物から逃げる前にどうにかバッグに押し込んだ本や日誌や書類が、すべて広げられている。

〈この中に重要な何かがあるはずだ〉

その思いが一晩中デレクを突き動かしていた。もっとも、眠ろうとしたところで一睡もできなかっただろう。昨夜のアッシュウェルからの脱出後、無事にロンドンに到着して以降も興奮が冷めやらない状態で、アドレナリンの影響のせいか神経が高ぶっていた。それに加えて、鼻は折れた箇所を整えてテープで留めたものの、服用した一つかみの鎮痛剤もあまり効果がなく、ずきずきと痛むせいもある。

デレクは横に視線を向けた。ジェーンはホテルのソファーで眠ることができたようだ。セイチャンもすぐそばの椅子で頭を垂れ、拳銃を膝の上に置いたまま仮眠を取っている。この女性は危険を察知したらすぐに目を覚まして立ち上がるに違いない。残る一人のコワルスキという名前の大男は、窓のそばで見張りに就いているところだ。真夜中に列車で到着した後、一行は各自が偽名を使ってホテルの部屋を確保したが、誰一人として気を緩めていない。

デレクは調べ物に注意を戻した。目の前にはリヴィングストンの古い書簡を集めた革綴じの書物が開いてある。デレクが見つめているのはマッケイブ教授の手で目印が付けてあった別のページだ。その手紙はスタンリーに宛てたもので、リヴィングストンがナイル川の水源の探索を続けていたバングウェウル湖周辺の湿地帯で発見した動植物に関する長文の記述が含まれている。そのページにもリヴィングストンの手による詳細なスケッチがあり、チョウとその幼虫の姿が描かれていた。

昆虫学者ではないものの、デレクはそのチョウの学名「ダナウス・クリシップス」を知っていた。ナイル川流域に生息するカバマダラだ。考古学の研究を通じてこの比較的大きな種に関する知識を持つようになったのは、これが古代美術にその姿のある最初のチョウの一つに数えられるからだ。ルクソールで発見された約三千五百年前のものとされるエジプトのフレスコ画に、このチョウが描かれていた。

デレクは再び疲れた目をこすった。

〈これらはいったい何を意味するのだろうか？〉

デレクは最後にもう一度だけと思い、書物のページを最初からめくった。マッケイブ教授がこの大量の古い書簡の中の何に興味をひかれたのか、いまだに理解できずにいる。デレクはジェーンに最初に見せた絵のページを再び開いた。甲虫のスカラベのスケッチだ。

集中しようと試みるものの、疲れから視界がぼやけてくる。

もうあきらめようと、デレクは大きくため息をついた。

〈こんなのは時間を無駄にするだけ――〉

その時、デレクの目がそれをとらえた。夜を徹して必死の思いで探しても見えなかったものが、疲労のおかげで姿を現したのだ。驚きのあまり思わず椅子を引いたため、大きな音を立ててしまう。

突然の物音にソファーで眠っていたジェーンが目を覚まし、枕代わりの腕に載せていた頭を持ち上げた。「どうしたの？」

デレクにはまだジェーンに教える心の準備ができていなかった。

〈確信が持てるまでは〉

デレクは自分のｉＰａｄに手を伸ばした。確

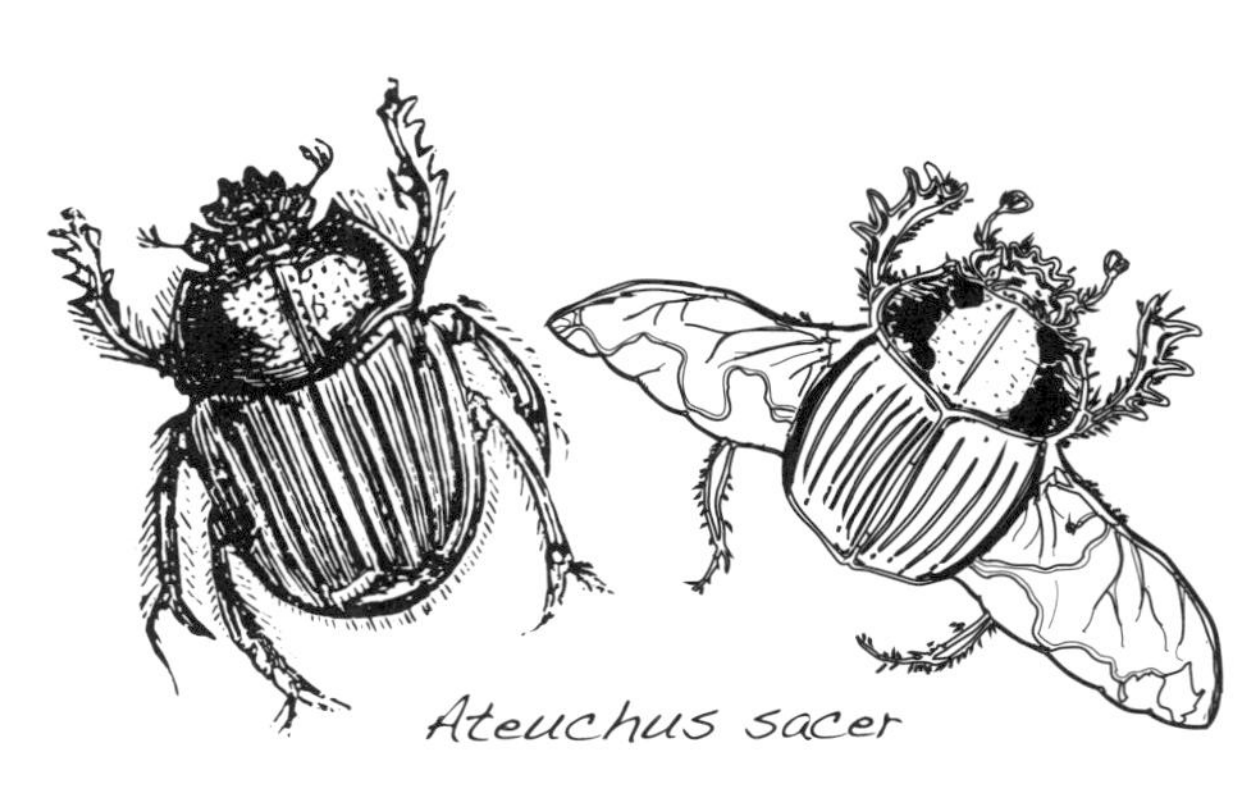

かめる必要がある。そのページの写真を撮影し、ホテルのW-i-F-iを使ってインターネットに接続すると、グーグルで検索する。

〈正解であってくれ〉

デレクが何かをつかみかけていることに、ジェーンも気づいたに違いない。「デレク、何をしているの？」

「たぶん……」デレクはジェーンの方を見た。「君のお父さんがどこに向かったのか、わかったように思う」

背後からぶっきらぼうな声が聞こえた。「お客さんが来たぞ」そう言いながら、コワルスキが窓から体を離した。「移動の時間だ」

午前八時五十一分

大きく鳴り響く心臓の鼓動を聞きながら、セイチャンはすぐさま立ち上がった。十分な警戒を怠っていた自分を責める。尾行された可能性についてあれこれ考えを巡らせるものの、「ありえない」という答えしか浮かばない。セイチャンは昨夜の暗殺者を思い返した。湧き出た泉がたまったアッシュウェルの池の水面に月明かりが反射し、照らし出された青白い顔が脳裏によみがえる。あの敵のことを甘く見るべきではなかったのだ。

セイチャンの手に握られたシグ・ザウエルを見て、コワルスキが顔をしかめた。「落ち着けって。グレイとモンクだよ」そう言って窓の方を振り返る。「あと一人、連れがいるけどな」

セイチャンは武器を構えたまま、不必要な緊張状態を作り出したこの大男を撃ち殺してしまおうかと考えた。深呼吸をして気持ちを落ち着かせる。ほかの二人が怯えた表情を浮かべていることに気づき、セイチャンは拳銃をホルスターにしまった。

「問題ない」セイチャンは二人を安心させた。「ここで会う予定の仲間が来ただけだから」

デレクが唇をなめながらうなずいた。ジェーンは男性に体を寄せ、その陰に半ば隠れた。

セイチャンはテーブルを指し示した。「荷物を全部まとめて。コワルスキの言う通り。いつでも移動できるようにすること」

デレクはその場から動こうとしなかった。「でも、考えがあるんだけど――」

「考えるのは移動中にして」セイチャンは指示した。「一カ所に長くとどまればとどまるほど、居場所を突き止められるおそれが大きくなる」

差し当たっての計画は、デレクとジェーンをペインター・クロウが手配した海岸近くの隠れ家に連れていき、二人の身の安全を確保することだった。ここまではすべて予定通りに進んでいるが、そのせいでセイチャンの心臓の鼓動はかえって激しくなっていた。またしても、昨夜の暗殺者のタトゥーを彫った顔が頭をよぎる。セイチャンはグレイが来てくれて安堵していた。グレイに話を伝えたい。そうすれば、冷静な判断を下す助けになるはずだ。

〈ありえない……〉

夜の池のほとりで立ち尽くして以来、不安がセイチャンの心を蝕み続けていた。あれからあの場面を何度となく、頭の中で振り返った。あの時は直感的に追跡を続行するべきだと思ったものの、池の上では周囲に遮るものが何もないため無用の危険を冒すことになるのはわかっていた。それでも、セイチャンは後を追う方に心が傾いていた——それも教会の鐘が鳴り響き、任務があることを知らせるまでの、自分がもはやギルドという闇の組織の暗殺者ではないことを思い出させるまでの話だった。今の自分にはほかの責任がある。守らなければならないほかの命がある。けれども、心の奥深くには、たとえ自分の命を危険にさらすことになろうとも、あのまま追跡を続けたいという思いがあった。

セイチャンはデレクとジェーンの様子を見つめた。テーブル上の調査資料を急いでかき集める二人の体からは、恐怖がにじみ出ているかのようだ。そんな二人に強い軽蔑（けいべつ）の念を覚える。それは反射的に浮かんだ思いで、針が聞き込んだレコードの溝を深く刻むのと同じようなものだ。その反応はセイチャンの怒りをさらにあおるだけだった。自分に対して、二人に対して。

セイチャンは顔をそむけた。

〈私はここで何をしているんだろう？〉

部屋の扉を叩くノックの音が響いた。到着を予期して、すでにコワルスキが扉の前に移動している。大男が扉を引き開けると、三人が勢いよく室内になだれ込んできた。

最初に入ってきたグレイがセイチャンに気づいた。グレイが向ける笑顔を見て、心の乱れが落ち着く。ただし、ほんの少しだけだ。部屋に入ったグレイは素早く室内を見回し、すべてを目に焼きつけている。そのすぐ後ろから、モンクと背の高い黒人女性が続いた。

二人は顔を寄せ合い、熱心に議論をしている最中だ。

セイチャンはグレイに合図を送った。昨夜目撃したことをきちんと伝えておく必要がある。それもなるべくなら、隠れ家に移動する前に。

モンクの声が割り込んできた。驚きのせいでいつもより甲高い声になっている。視線は傍らの見知らぬ女性に向けられたままだ。「じゃあ、君はそれがマッケイブ教授の死因だと考えているのか？」

女性が答えた。「そのせいか、あるいはミイラ化に至った過程のせいね。十分な分析を行なう前に遺体が燃やされてしまったけれど」

ジェーンがデレクを押しのけ、二人の前に立ちはだかった。ショックのあまり顔面は蒼白だ。「いったい何の話なの？」

そう言われて初めて、モンクは周囲にも話が聞こえていたことに気づいたようだ。口ごもっているのは、父親の死に関して大声で話しているところをその娘に聞かれてしまったという自分の迂闊さを責めているためだろう。「いや……今回は気の毒なことだったね、ミズ・マッケイブ」

グレイがモンクに代わって説明した。「君のお父さんの遺体が保管されていた隔離施設を、何者かが爆破したんだ」

後ろにふらついたジェーンを、デレクが肩に腕を回して支えた。「でも、どうして？」ジェーンが訊ねる。

デレクがその質問に答えた。「おそらく君の実家を燃やしたのと同じ理由だ。何者かがすべてを隠蔽しようとしているんだよ」

グレイがうなずきながら補足しようとしたが、ジェーンはモンクと見知らぬ女性に視線を戻し、グレイの説明を遮った。

「父の死因についても話していたみたいだけど」

モンクが長身の女性と顔を見合わせた後、ジェーンを指差した。「彼女には知る権利がある」

「それなら、見せた方が話は早いわね」女性は肩に掛けていたバッグを下ろし、テーブルに歩み寄った。バッグの中からラップトップ・コンピューターを取り出すと、テーブルの上に置く。「ただし、この結果はまだ暫定的なものだということを理解しておいて」

全員がテーブルのまわりに集まる一方で、セイチャンはグレイを脇に引き寄せた。「昨夜の件について話しておかなければいけないことがある。クロウ司令官に伝えなかったことが」

グレイが不安げに眉根を寄せた。「何のことだ？」

セイチャンはグレイと目を合わせられなかった。この情報を明かさなかったことに対してグレイがどう思うか、気がかりだったからだけではない。心の奥底に抑え込んだ願望を見透かされてしまうのが怖かったからだ。セイチャンは身軽に池を渡って逃げた女を思い浮かべた。立ち止まってこちらを振り返った時の仕草は、後を追えるものなら追ってみなと挑んでいるかのようだった。あの一瞬の表情の中に、恐怖心はまったくうかがえなかった。怒りすらも存在していなかった。そこにあったのは、自由と、何者にも縛られない世界。それがセイチャンに向かって呼びかけ、懸命に抑え込もうとしている何かをざわつかせたのだ。

あの女のように生きることがどんな気分だったか、セイチャンは鮮明に覚えている。ぎりぎりのところで生死を争い、善悪の基準を超越し、自らのためだけにある日々。

「どうかしたのか？」グレイが再び訊ねた。

セイチャンは顔をそむけたまま、グレイの手の甲が優しく頬に触れてもなお抗った。こうして会うのは一カ月振りのことだ。セイチャンはグレイのぬくもりを、においを、首にかかる吐息を焦がれていた。グレイが愛してくれているのは知っているし、その愛はこの数年間の激動の日々の中で自分をつなぎとめる錨（いかり）になってくれた。でも、これはグレイの側から見てフェアな関係なのだろうか？　その疑問に答えるために、セイチャンはマラケシュでの任務をあえて受け入れ、考えるための時間を見つけようとした。

けれども、セイチャンが見つけたのはほかのものだった。目の前に現れたのは自らの過去の断片だった。

「昨夜逃げた女」セイチャンは切り出した。「タトゥーのある女」

「それがどうしたんだ？」

「あの女のことは知っている」否定しようのない真実とともに、セイチャンはグレイの顔を正面から見た。「正確には、間接的に知っていると言うべき。噂に聞いたことがある」

「何の話をしているんだ？」

セイチャンは顔をそらすまいとした。「あの女はギルドの暗殺者よ」

7

五月三十一日　英国夏時間午前九時十四分
イングランド　ロンドン

〈そんな馬鹿な……〉

セイチャンの告白がもたらした衝撃と格闘しながら、グレイは彼女の言葉を否定しようとした。けれども、相手のエメラルドグリーンの瞳にはただ確信だけが宿っていることに気づく。

「だが、そんなはずはない」グレイは反論した。「ギルドは俺たちが壊滅させたじゃないか」

ホテルの窓の方に顔を向け、セイチャンは厳しい口調で告げた。「私がまだここにいるじゃない。私もあの凶悪集団の一員だった」

グレイはセイチャンの肩に手を伸ばした。「それは過去の話だ」

「時には過去から逃れられないこともある」セイチャンは向き直ると、グレイの腕の中にもたれかかった。体が小刻みに震えている。「ヘビの頭は切り落としたかもしれないけれど、それに代わって別の頭が育っていないとは言い切れない」

「俺たちは完璧を期した」

「だったら、別の新しい何かがその場所に成長して、権力の空白を埋めたということ」セイチャンがグレイを見上げた。顔に浮かぶどこか身構えた表情は、何かを隠しているかのようにも見える。「いずれにしても、ギルドが私のような人間をほかに何人も抱えていたのは事実。非人間的な扱いのもとで組織のために働くように訓練され、壊滅後は闇の世界に姿を消したと思われる者たちを」

「彼らはそこで新たな雇い主を見つけたのかもしれない」グレイは認めた。

「私のようにね」セイチャンがグレイの体から離れた。

「セイチャン……」

「ひとたび闇の世界に入り込んだら、決して出てこられない。完全には手を切れない」セイチャンがグレイを見上げた。「複数の国で私の名前がテロリストのリストに載っていることは、あんたもよく知っているはず。今でもモサドからは発見次第、射殺せよとの指令が出ているくらいだし」

「だが、シグマが君を守る。そのことはわかっているはずだ」

セイチャンは小さく鼻を鳴らした。「私が役に立つ間だけの話」

「それは違う」

セイチャンはグレイから視線をそらさなかった。「あんたは本当にそうだと信じているの？」

グレイはその問いかけを考慮した。シグマの中でも自分がよく知る隊員たちは、クロウ司令官も含めて、決して彼女を裏切ったりしないだろう。しかし、彼女の過去に関しては、シグマを統括するＤＡＲＰＡの人間をはじめとして、多くの関係者に対して秘密扱いのままだ。彼女の闇の部分が白日のもとにさらされた場合には、どんな事態になるのだろうか？

グレイが答えるより先に、背中を丸めてラップトップ・コンピューターをのぞき込んでいたドクター・カノーが姿勢を正した。「これが私たちの闘っている相手」イリアラが宣言した。「同時に、何としてでも食い止めなければならない理由でもある」

グレイはそっとセイチャンの肘に触れ、この話をする機会は改めて設けることを無言で約束した。まだ動揺している様子だったが、セイチャンもテーブルの方に手を振り、グレイとともにほかの人たちの輪に加わった。

「僕たちが見ているのは何なの？」そう訊ねながらデレクが身を乗り出し、イリアラが画面上に開いたウィンドウの中身をのぞき込んだ。

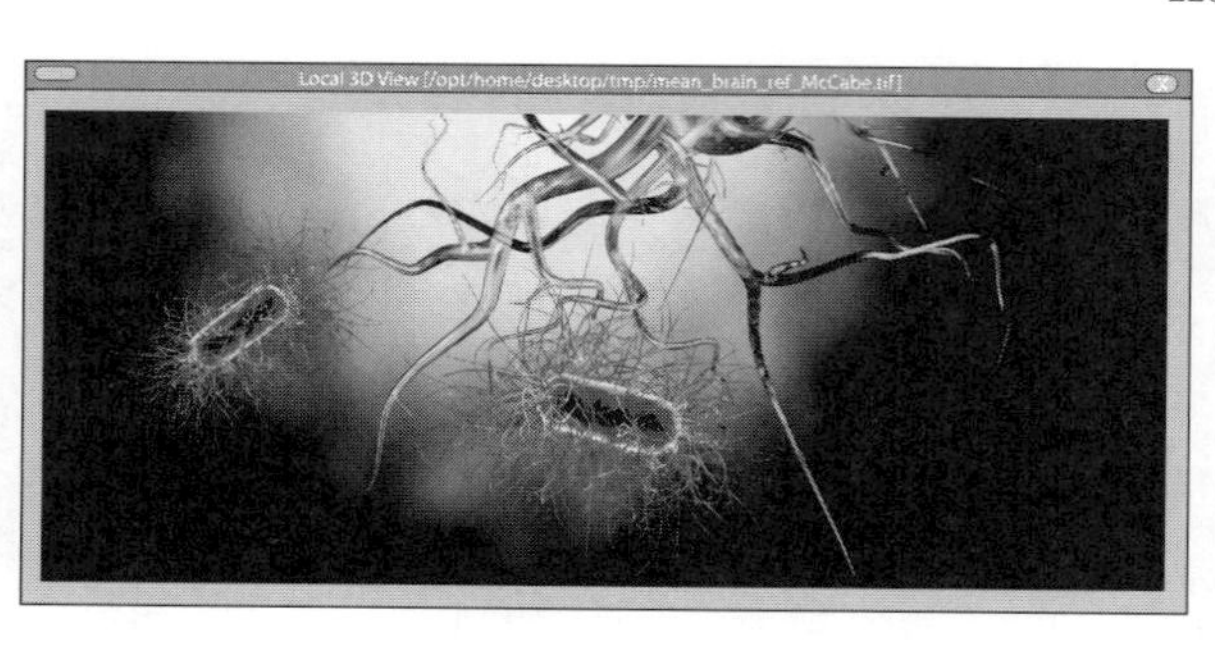

イリアラが説明した。「これは神経細胞の電子顕微鏡写真をボリュームレンダリング法で三次元画像にしたもの。蛍光色の根のようなものはマッケイブ教授の脳から採取したニューロンの先端部分よ。その近くにある毛状突起に覆われた棒状の物体は、炎症を起こした死者の神経組織内の全域で発見された未知の病原体」

「つまり、感染はウイルスによるものじゃない」モンクの声からは驚きが感じられる。「細菌が原因というわけだ」

イリアラは首を横に振って否定した。「残念ながら、どちらの答えも不正解」

モンクが眉をひそめた。「そんなことがありうるのか？」

「あの単細胞の微生物は細菌じゃない。細胞核がないし、内部にほかの細胞器官も持たない。生化学的に見ても、通常の細菌とは、それどころかほとんどの生物とは大きく異なっている」

「じゃあ、何なの？」ジェーンが訊ねた。父親の運命に関しての議論が進んでいるため、あまり乗り気ではないように見える。

「古細菌のドメインに属する未知の生物ね」

「なるほど……」うなずいたモンクは理解できているようだ。ほかの全員の顔には困惑の表情が浮かんでいることから、話についていっているのはモンクだけらしい。

イリアラが詳しく解説してくれた。「生物の分類の最上位はドメインで、三つに大別される。その一つが細菌で、これはみんなもよく知っているはずよね。次が真核生物で、これは細菌以外のほとんどすべてを網羅していて、藻類、菌類、植物、さらには私たち人間も含まれる。残る一つの古細菌が独立した枠組みとして確立したのは一九七七年のこと。古細菌はすべての生命の源になった原始のスープからまったく異なる進化の道筋をたどった。最古の生物の一つに数えられると同時に、実に奇妙な存在でもある」

「奇妙な、とはどういうことなんだ?」グレイは訊ねた。

「古細菌は二分裂による無性生殖で増殖するけれど、自らの化学組成や遺伝的特質にウイルスなどのほかの生物を取り入れることが極めて巧みでもある。古細菌とウイルスが二十億年前から共存関係を築き、競うように進化してきたとの説を唱える進化生物学者もいるくらい。事実、画面上のサンプルの内部にはウイルス粒子が詰まっていて、しかもそのほとんどはまだ同定できていないのよ」

グレイは毛の生えた細胞の中で大量のウイルスがうごめいている光景を想像した。

〈俺たちはいったい何を目にしているんだ?〉

　イリアラの説明は続いている。「そうした奇妙な遺伝的特質のおかげで、古細菌は極端な環境下でも生息できるようになった。間欠泉の中の熱水とか、凍結したツンドラとか。強酸性、あるいは強アルカリ性の環境にも分布している」

　グレイは話が核心に近づきつつあると察し、画面を指差した。「それで、この種の場合は?」

　イリアラは左右の拳を腰に当て、相手が強敵だと言わんばかりに画面に向かって顔をしかめた。「そうした厳しい環境を生き抜くために、古細菌は多種多様なエネルギー源に依存している。糖、アンモニア、金属イオン、さらには硫化水素までも。窒素を固定するものもあれば、太陽エネルギーを使用するものもある」

「植物みたいに?」デレクが質問した。「光合成を行なうのかな?」

「正しくは違うわね。それとは異なる、それぞれの種に特有の化学的な道筋を採用している。でも、さっきの話からわかると思うけれど、古細菌は発想が斬新なの。特にこのとんでもないやつがそう」

「こいつは何をエネルギーにしているんだ?」グレイは訊ねた。

　イリアラが室内の全員を見回した。「この中にジオバクター属、またはシュワネラ属を知っている人はいる?」

モンクが反応した。ほかの誰よりも早く結論に達したらしく、目を大きく見開いている。「まさか君は――」

「そのまさかよ」

窓際で見張りを続けているコワルスキが割り込んできた。「もったいぶらずに教えてくれよ」

同じ思いだったグレイも、モンクの顔を見て答えを求めた。

モンクがその要求に従った。「彼女が例として示した細菌は、どちらも電気を食べる種なのさ」

イリアラもうなずいた。「しかも、その二つに限った話ではない。世界各地で同じような細菌がほかにも十例、見つかっていて、そのすべてが異なる種だし、それ以外にも未発見の種がおそらく無数に存在しているでしょうね。でも、古細菌ではこれが初めての発見になる」

セイチャンが顔をしかめた。「こいつが本当に電気を食べているというわけ？」

「俺たち人間の細胞がしていることとそれほど違っているわけではない」モンクが説明した。「俺たちの場合は簡単に言うと、糖分子から電子を剝ぎ取り、それをアデノシン三リン酸として貯蔵することで、生きるための機能のエネルギー源としている。電気細菌の場合は中間業者を通さずに周囲の環境からじかに電子を摂取するんだ」

「でも、具体的にはどこから？」デレクが訊ねた。

イリアラは肩をすくめた。「鉱物の表面だったり、海底を伝う電気化学的なエネルギーだったり。科学者たちは泥に電極を突き刺し、何が集まってくるかを調べるだけで、次々と新種を発見しているくらいだから」

グレイはラップトップ・コンピューターの画面を凝視した。「このサンプルも同じことをするわけなのか？」

「正直なところ、これがどうやって電気を取り込んでいるのかはわからない」イリアラは答えた。「これがどこからやってきたのかを突き止めれば、今の質問に答えられるかもしれないけれど」

グレイはジェーンとデレクが顔を見合わせたことに気づいた。

〈今の動きは何だ？〉

「でも、わかっているのは」イリアラの言葉でグレイは注意を戻した。「この微生物がマッケイブ教授の脳をたまたま選んだわけではないということ。人に感染して血流内に入り込んだら、私たちの体内でエネルギーに満ちあふれている場所に落ち着くはずだわ」

グレイは理解した。大量のエネルギーを放出しているニューロンを頭に思い浮かべる。

イリアラは話を続けた。「この毛状突起で神経細胞にしがみつき、吸血鬼が血を吸うようにエネルギーを吸い取る。一方、体は異物の侵入と同じように反応し、炎症が起きるというわけ」

「それが脳炎の引き金になる」モンクが補足した。「それと、君の話にあった幻覚も」

イリアラが険しい表情でうなずいた。「そうね。でも、細菌性脳炎でも治療が困難なのに、私たちが直面しているのは古細菌性脳炎。これまでに見たこともない病気よ。しかも、問題はそれだけにとどまらないかもしれない」

「どういう意味なんだ？」グレイは訊ねた。

「成長に適した場所を見つけると、この微生物は急速に増殖する。症状の進行が速い原因はそれだと考えられる。でも、増殖して分裂するたびに、細胞は内部に取り込んでいた大量の、しかも多岐にわたる種類のウイルスを放出する。そんな多様なウイルスが何をしでかしているかに関しては、まだ手がかりすらほとんどつかめていない状態なの」

「つまり、治療の希望を見出すために」モンクが引き継いだ。「俺たちは複数の戦場で敵を相手にする必要があるということだ。この毛の生えた微生物を殺すための抗生物質だけでなく、各種の抗ウイルス薬も見つける必要があるのさ」

「その通り。現時点では死亡率を算出できていないし、どのようにして拡散するのかも理解できていない。ただし、空気感染することはほぼ間違いないと見ている。あと、モデルからは人間以外の生物にも感染することが予測されている」

「当然そういうことになるだろうな」モンクが同意した。「電気的な神経系を持つすべての生物に感染するおそれがある。犬、ネコ、ネズミ。昆虫に感染する可能性もある。短期間でかなりひどいことになりそうだ」

「だが、どの程度のひどさなんだ?」グレイは問いただした。

イリアラが答えを試みた。「CDCによるパンデミック深刻度指数では、様々な病原体のリスクのレベルをカテゴリー1から5で数値化している」

「ハリケーンと同じ方法だな」

「そういうこと。そしてこの場合、私たちが直面することになるのはカテゴリー5の超大型ハリケーン級と推測される」イリアラはジェーンの方に注意を向けた。「そういうわけだから、あなたのお父さんが過去の疫病発生――ドクター・リヴィングストンの例の遺物が大英博物館で開けられた時のことに関して何を学んだかを突き止めることが重要なの」

ジェーンが答えを促すかのようにデレクの方を見た。

グレイは若者を問いただした。「何か知っているのか?」

「効果のありそうな治療法に関しては何も」デレクがためらいがちに答えた。「でも、行方不明になった時にマッケイブ教授が向かっていた場所ならばわかると思う」

グレイは驚きが声に出るのを抑えられなかった。「何だって?　どうやって?」

デレクはテーブル上に散らばる文書に目を向けた。「見せてあげるよ」

午前九時五十五分

〈正解であってほしい……ジェーンのためにも〉

　マッケイブ教授がグラスゴーの図書館から無断で拝借した書物を取り出したデレクは、ジェーンの瞳が期待で輝いていることに気づいた。彼女の頭にあるのは兄のローリーのこと、彼がまだ生きている可能性のことなのだろう。荷物を片付けながらジェーンに伝えた説が希望につながるのか、それともさらなる失望をもたらすだけなのかはわからない。それでも、このまま沈黙を守っているわけにはいかない。ドクター・カノーの明かしたこの病原体に関する話が正しいのならばなおさらだ。

　デレクは本をテーブルの上に載せ、その上に手のひらを置いた。「まず理解してもらいたいのは、出エジプト記の話が実在の出来事に基づいていると立証するために、マッケイブ教授はどんなものでもいいから証拠を手に入れようと躍起になっていたということ。その過程で、現地の部族からリヴィングストンに贈られた魔除けに関する話を見つけたんだと思う」

　デレクはマッケイブ教授の調査日誌を開き、アリュバロスの木版画のコピーが貼り付けてあるページを開いた。香油入れの一方にはライオンの、もう一方には女性の横顔がある。容器の底にヒエログリフで刻まれていたナイル川のエジプト語名も見せた。

　イリアラが顔を近づけた。「つまり、大英博物館で封印が解かれ、その場にいた人たちを死に至らしめた遺物がこれだというわけなのね」

「そういうこと」デレクは答えた。「少なくとも、そのような話が伝わっている。ただし、心に留めておいてほしいんだけど、同じ話の中で述べられているのは、アリュバロスに保管されていた中身がナイル川の水で、しかも川が血に変わった時に採取されたものだということなんだ」

「真実なのかどうかはともかく」ジェーンが付け加えた。「そのような話は父の好奇心を刺激したはず」

「それが高じて、リヴィングストンと彼を救出したヘンリー・モートン・スタンリーとの間で交わされた手紙にまで行き着いた」デレクは古い書簡を集めた書物を開いた。「マッケイブ教授はそうした手紙のうちの一部に、なかでもリヴィングストンの手による生物のスケッチが含まれているものに対して、特に興味を示していたみたいなんだ」

　デレクはスカラベのスケッチが描かれているページを開いた。「最初は教授がこのページに目印を付けたのは、古代エジプトと関連があるからだと思った。でも、見ているうちにスケッチに違和感を覚えたから、加工できるように写真に撮ったんだよ」

　デレクはｉＰａｄを取り出し、古いスケッチを撮影した写真を呼び出した。「作業に取りかかったところで君たち三人が到着したんだ」

ほかの人たちが肩越しにのぞき込む中、デレクはスタイラスを使って画面上の甲虫の写真を回転させ、羽の先端を下に向けた角度に直した。

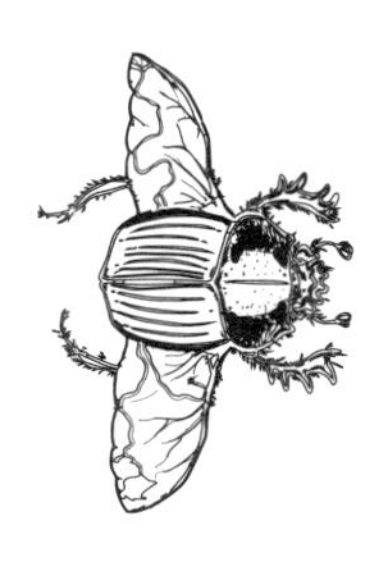

「それがどうかしたのか？」モンクが鼻にしわを寄せた。

「ふと、翅脈（しみゃく）がおかしいと思ったのさ。昆虫の形態に詳しいわけじゃないんだけど。でも、ここからよく見ておいて」

デレクはｉＰａｄに搭載された画像処理ソフトを使って羽のほとんどを消していき、奇妙な翅脈だけを残した。

グレイが姿勢を正した。「そうか……」

デレクはアメリカ人に視線を向けた。驚いたことに、これから教えようとしていることをすでに見抜いたらしい。

ジェーンが誇らしげな口調で続けるように励ました。「先に進めて。みんなに見せてあげるのよ」その声がデレクの気持ちに火をつける。

デレクは残ったスカラベの体も削除し、上下の翅脈をつなぎ合わせて一つにした。

「川みたいに見えるわね」イリアラが目を細めて画像を見ながら口にした。

「ただの川じゃない」デレクは言った。「上の端には三角州のようなものが、下の支流の終点には湖が一つずつ――小さな湖と大きな湖がある」

「これはナイル川の地図だ」そう言いながらデレクに向けるグレイの目には、称賛の色が浮かんでいる。

自分の主張を裏付けるために、デレクはその地域の衛星写真を呼び出し、ナイル川の流れがわかりやすいように強調して表示させた。二枚の画像を左右に並べる。

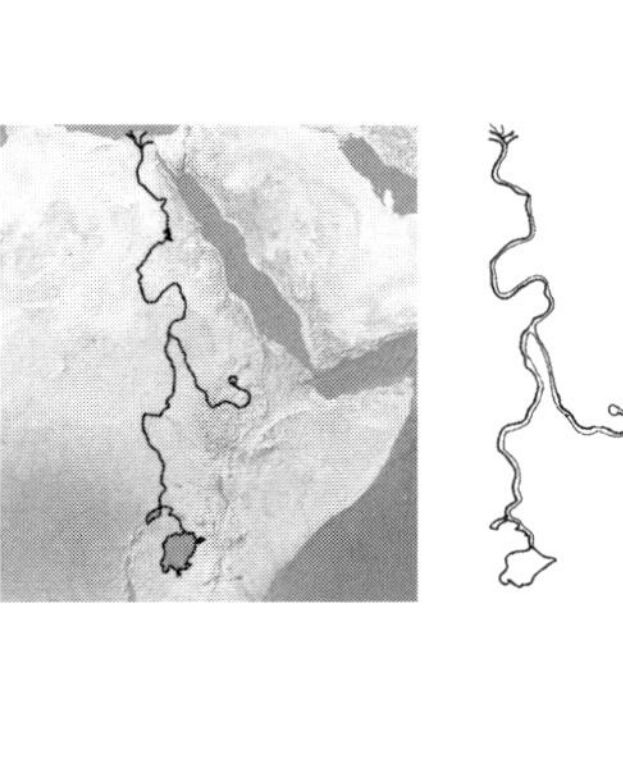

「見ての通り、ほぼ完全に一致する」デレクは締めくくった。

それでも、グレイからはもっともな疑問の声があがった。「しかし、当時のリヴィングストンは独力でこんなにも正確なナイル川の地図を作成できたんだろうか?」

ジェーンがその疑問に答えた。「もちろん。リヴィングストンはそれ以前にザンベジ川の大部分をはじめとして、アフリカ大陸の広い範囲で地図作りを成功させているもの。そうした業績をたたえて王立地理学会から金メダルを授与されているくらいだから」

「つまり、十分に可能だったということ」デレクは続けた。「事実、ナイル川流域の大半は、彼の死の前に地図ができあがっていたんだ」

「だけど、なぜそれを隠したんだ?」モンクが訊ねた。「どうして甲虫の羽の中に川を描いたりしたんだ?」

イリアラが答えを提供した。「そのような隠蔽工作は過去にも、ちょうど同じ時期のイギリス人スパイたちによって行なわれていた。例えば、ロバート・ベーデン゠パウエル。彼は軍の情報部の将校だったけれど、昆虫学者を装って虫や木の葉をはじめとした自然界の事物のスケッチを描きながら、その中に敵軍の施設や兵力に関する詳細な情報を隠していた。そうした作業をすべて、敵から目と鼻の先の距離で行なっていたんだから」

グレイが顔をしかめた。「その名前に聞き覚えがあるのはどうしてだろう?」

イリアラは笑みを浮かべた。「彼が後にボーイスカウトを創立したからじゃないの」

モンクが鼻を鳴らした。「備えよ常に、ということなんだな」そう言うと、ｉＰａｄを指差す。「だけど、それじゃリヴィングストンがナイル川の地図を甲虫の羽の中に隠した説明になっていないぞ」

デレクはため息をついた。「とてつもなく重要な何かについての情報を友人のスタンリーに密かに伝え、どこに行けばそれが見つかるかを教えようとしていたんだ」

「どうやって？」セイチャンが訊ねた。

デレクはいちばん最初のスカラベの画像を再び表示させた。「リヴィングストンが甲虫の体を間に置いて、川の流れを二分しているのがわかるよね。その甲虫がスタンリーにはとても大きな意味を持っていたはずだ」

「なぜなら、エジプトのスカラベだから」グレイが指摘した。

「その通り。二人とも古代エジプトへの関心が強かった。リヴィングストンはスカラベの体を大きなＸの代わりに使用して、ナイル川流域のそこに行けば重要な何かが発見されるのを待っていると、古代エジプト人と関連する何かが存在していると示していたのさ」

「私の父が同じ結論に達したとしたら」ジェーンが指摘した。「それを発見するために調査団を率いようという気持ちになったはず」

デレクはリヴィングストンが川を二つに分けた地点にＸの印を描いた。ナイル川が青ナイル川および白ナイル川という二本の大きな支流に分岐しているあたりだ。

デレクはXの印を指差した。「ここはスーダンで新たな水力発電用のダムが建設中の現場に近い。マッケイブ教授は工事のための測量を口実にしてこの地域の調査に向かったのさ」

「しかも、遺体の状態を見る限り」グレイが言った。「教授が何かを見つけたのは間違いなさそうだ」

「あるいは、何かが彼を見つけたのかもしれない」モンクが付け加えた。

イリアラがテーブルに近づき、教授の調査日誌中の二つの頭を持つアリュバロスのスケッチが描かれたページをじっと見つめた。「いずれにしても、マッケイブ教授はリヴィングストンの遺物の中に保管されていたのと同じ病原体に感染した状態で戻ってきた」続いて全員の顔を見回す。「調査団のほかのメンバーがまだ生きているかどうかはわからないけれど、もしこれらの手がかりが病気の発生源に導いてくれるのならば、その性質にもっと光を当てることができるかもしれない……治療薬が見つかる可能性も」

「それなら調べにいくまでだ」グレイが強い口調で決断した。

同意のつぶやき声が次々にあがる中、一人だけが態度を保留した。

「今までの話はいいんだけど」セイチャンが口を開いた。「まだ解決の糸口すら見えていないもう一つの謎が残っている」

グレイが表情をこわばらせ、その謎を声に出した。「サフィア・アル＝マーズはどうなったんだろうか？」

興奮のあまり大切な友人が拉致されたのをすっかり忘れてしまっていたことに、デレクは強い罪悪感を覚えた。

ジェーンが心配そうに腕を組んだ。「何かできることはあるの？」

「今のところは何もない」グレイが認めた。「大英博物館での捜索からは新しい手がかりが何も出てこなかった。その状況が変わらないうちは、行けるところに行くしかないな」

窓の方を見つめながら、デレクはこのままサフィアを見捨てなければならないことに強い不安を感じた。でも、グレイの言う通りだ。決定を受け入れざるをえないと思いつつ、デレクは今の自分にできる唯一のことをした。心の中で祈りを捧げる。

〈どうか無事でいて〉

8

五月三十一日　東部夏時間午前十時四分
北極諸島

窓に手のひらを当てると、三重のガラスを通して厳しい寒さが伝わってくる。鉄格子こそないものの、収容されている部屋は独房も同然だ。窓の向こうには凍結した地形がはるか彼方にまで広がり、空には低い雲が垂れ込めている。近くに目を移すと、氷河に削られた黒い花崗岩（かこう）に雪が白く降り積もり、遠くの断崖の先には氷の塊に覆われた海が見える。

〈ここはどこなの？〉

ヘリコプターの機内で目を覚まして以来、その疑問がサフィアの頭から離れることはなかった。目覚めた時にはストレッチャーの上に横になって固定された状態で、そこに至るまでの出来事に関してはぼんやりとした記憶しかなかった。気を失ったり意識を取り戻したりを繰り返していたのか、断片的な映像として残っているだけだ。博物館のオフィスで何者かに襲われ、麻酔銃で撃たれ、拉致された。意識を失っている間に服を剝ぎ取られ、灰色の作業着に着替えさせられた。心身ともずたずたにされたような気がして、サフィアは自らの体を両腕で抱え込んだ。コンクリートブロック製の部屋の中を振り返る。ベッド、トイレ、洗面台だけでいっぱいになるくらいの広さしかない。

ありがたいことに、誘拐犯たちは腕時計を残しておいてくれた。結婚三年目の記念日に夫からもらったプレゼントだ。ふと気づくと、サフィアの手はその腕時計が体の一部であるかのように、きつく握り締めていた。時刻から判断する限りでは、誘拐されてからまだ二十四時間もたっていない。

この四時間ほどでサフィアの体の機能は徐々に回復してきたが、頭はまだひどく痛むし、口の中はからからに渇いている。天井に固定されたカメラで監視しているはずだから、犯人たちはもう麻酔が切れていることに気づいているに違いない。それなのに、まだ誰一人として姿を見せない。声すらも聞こえてこない。

〈私をどうするつもりなの？〉

独房の扉はボルトを打ちつけた鋼鉄製で、床との境目に小さな鉄格子がある。食べ物が載ったトレイを出し入れするためのスペースだろう――ただし、これまでのところ、そのような気配はない。目の高さのあたりには小さなのぞき窓があるが、今はしっかりと閉ざされている。

サフィアは霜が貼り付いた窓の方に注意を戻した。外の景色が自分の居場所に関する唯一の手がかりを提供してくれている。サフィアは凍結したツンドラの大地と氷に覆われた海を見つめた。

〈北極の近くなのだろう〉

時間帯の見当はつかないものの、この四時間ほどの太陽の動きは追い続けている。地平線のすぐ上からほとんど昇ることなく動き続けている。おそらく一日中あの高さのままなのだろう。その予想が正しければ、自分がいるのは北極圏よりも北のどこか、白夜の地だ。

サフィアは喉元に拳を押し当てながら、外の風景のもう一つの特徴を観察した。ツンドラ地帯のかなりの範囲にわたって、鋼鉄製の森のようなものが広がっている。木の正体は建物にして十階分の高さはあろうかと思われるアンテナで、先端部分には枝に代わってX字型の梁（はり）が設置されている。花崗岩の上を這（は）うケーブルがすべてのアンテナをつなぎ、巨大なネットワークを形成していた。

施設に目を凝らしながら、サフィアはこのアンテナ群には何らかの目的があるのだろうと推測した。

〈でも、いったいどんな目的が？〉

施設の中央部の岩盤は掘削されていて、直径五百メートル近くはあろうかという巨大な人工のクレーターが口を開けていた。穴が掘られたのはアンテナ群の設置よりもはるかに前のことだろう。穴の縁は変色していて、廃鉱になった露天掘り鉱山のように見える。

北極地方は石油、レアアース、貴金属などの地質資源の場として重要だ。冬の温暖化と永久凍土の融解で北の内陸部へのアクセスが可能になったことから、この地域一帯での採掘活動が増加しつつある。北極地方はまさにゴールドラッシュさながらの様相を呈しており、それによる国際的な緊張状態も生まれている。

だが、かつての採掘場の跡こそ残っているものの、サフィアはこの場所がまったく別の何かに変わったのだと察した。

〈でも、いったい何なの？　それにどうして私がここに連れてこられたの？〉

背後から小さな機械音が聞こえ、サフィアは振り返った。

頭上のカメラのレンズが彼女の方を向いていた。

サフィアは恐怖を抑えつけ、ひるむことなくカメラをにらみ返した。

〈どうやらその答えを得ることになりそうね〉

午前十時二十二分

「彼女の協力を取りつけるのは難しそうだな」サイモン・ハートネルは判断した。

後ろ手を組んだ姿勢で立ったまま、アルマーニのスーツの袖口に指先で触れ、シルクウールの生地をこする。難題に直面して考えを巡らせる時に出る癖だ。この同じ姿勢で、これまで数多くの重役会議を意のままに操ってきた。しかし、今は壁掛けモニターに表示された映像を眺めていて、囚人の顔に浮かぶ断固とした決意をうかがいながら、敵の値踏みをしているところだ。

ロシア語訛りの声が背後から話しかけた。「マッケイブ教授に使ったのと同じ圧力をかければよろしいのでは?」

サイモンは振り返り、施設の警備主任と向き合った。アントン・ミハイロフは鞭のように細身ながらも筋肉質で、黒のトラックパンツに同じ色のジャケットという服装がその体型を引き立たせていた。きれいに整えたホワイトブロンドの髪はジェルでなでつけてあり、生え際は眉間の上を頂点にしたV字型になっている。長期にわたって極北の地で過ごしているため、肌は透き通るほどの青白さだが、赤道直下の太陽を浴びたところで血色がよくなるわけでもない。アントンは姉のヴァーリャと同じく、アルビニズム——先天性色素欠乏症だ。ただし、姉にも弟にも、アルビノの瞳は赤いという固定観念は当てはまらない。二人の瞳は澄んだ青い色をしている。

アントンの容貌を損なう唯一の傷は、顔の左側に彫られた黒のタトゥーだ。刻まれているのは太陽を半分にした模様で、ねじれた太陽光線が頬を伝い、目の上にまで達している。姉のヴァーリャの右の頰にはもう半分のタトゥーがある。

サイモンは二つの記号が持つ意味を何度か探り出そうとしたものの、二人から満足のいく答えが返ってくることはなかった。以前の仕事と関係があるらしいことをほのめかしただけだ。サイモンが二人の傭兵を採用したのは彼らが職を失った後のことだが、それは雇い主だった組織が壊滅したためで、二人の側に問題があったわけではない。

姉と弟は情け容赦がなく、狡猾で、何よりも重要なことには忠実な傭兵だった。サイモンもそう期待していたし、二人に支払っている金額を考えればそれも当然だろう。とはいえ、彼の資産総額からすればその費用ははした金にすぎない。サイモンの総資産はクリフ・エネルギー社の日々の株価次第だが、四十億ドルから五十億ドルの間を行き来している。ペンシルヴェニア大学ウォートン校を退学後に同社を立ち上げたのは、本当にやりたいことを追求したかったからだ――今、その目標はあと少しで手が届くところにある。

〈ようやくここまで……〉

来月に五十歳の誕生日を迎えるサイモンは、そのお祝いとして画期的な成果を残そうと心に決めていた。それによって世界の土台を揺るがすことになろうともかまわない。彼の野望を偏屈な億万長者の愚挙だと見なし、虚栄心を満たすためのプロジェクトに浸っているだけだと批判した連中が誤りだったことを証明してやるつもりだ。

その思いに、今では長い付き合いになった怒りが湧き上がる。

そんな愚か者たちが、民間での宇宙旅行に取り組むリチャード・ブランソンを嘲笑し、「宇宙にはほかに生命がいるのだろうか？」という根本的な疑問への答えを追い求めたロシア人の億万長者ユーリ・ミルナーに蔑（さげす）みの目を向けた。

歴史を振り返ると、この二人のような先見の明を持つ者たちこそが、人類の道筋に変化をもたらしてきたのだとわかる。二十世紀の初頭、アメリカ政府が行き詰まり、台頭しつつあった地球規模の脅威に対処できずにいた時、自己満足に陥った政治家たちから主導権を奪い取ってそうした難問に正面から取り組み、科学技術の時代へと道を開いたのは、富裕な起業家たち——ハワード・ヒューズ、ヘンリー・フォード、ジョン・ロックフェラーをはじめとする産業界の大物たちだった。

けれども、世界は再び元に戻り、またしても各国政府はよどんでしまっている。政治家たちは相手を出し抜くことばかり考えて身動きが取れず、数多くの新たな危険に対応できない状態にある。未来志向の新たな人材が立ち上がり、新たな科学技術を進歩させるべき時が訪れているのだ。

ノルウェー人はそうしたプロジェクトに対して「ストルマンスガスルカップ」という言葉を生み出した。「偉大な人間の狂気」の意味だ。軽蔑を表す言葉なのだが、サイモンは名誉の印だと受け止めている。歴史が証明しているように、ストルマンスガスルカップこそが変革の原動力になった例は少なくない。今はいつにも増して、世界はそうした先駆的な技術革新を必要としている。政府に屈することなくやらなければならないことを行ない、そのためには厳しく大胆な決断を下すことも厭わない偉大な人間を必要としている。

〈自分がその一人になってみせる〉

しかし、まだ一つ障害が残っている。

サイモンは画面上の映像を、イギリス人女性の瞳に輝く強い決意を見つめながら、ある決断を下した。

「君の姉はイギリスでジェーン・マッケイブの身柄を拘束することに失敗した」サイモンは口を開いた。「だが、我々にこの贈り物を届けてくれた。無駄にするわけにはいかない」

「理解しております」

サイモンはアントンに向き合った。「それなら、彼女にも理解させたまえ。何が関わっているのかをドクター・アル＝マーズにわからせるのだ――あと、拒んだ場合の代償についても」

午前十時三十八分

扉のかんぬきが外される音を耳にして、サフィアは最悪の事態に備えた。だが、痩せこけた人物が突き飛ばされ、部屋の中に入ってくるとは予期していなかった。戸口でつまずいてよろけた若い男性は、サフィアと同じくこれといった特徴のない灰色の作業着姿だ。

男性の正体に驚き、サフィアは足を踏み出した。「ローリーなの?」

入ってきたのはハロルド・マッケイブ教授の息子だった。最後に会った時と比べて顔色は青白く、頰骨も浮き出ていて、目は落ち窪んでしまっている。いつもきちんと整えていたはずの鳶色の髪も、今では襟元まで伸びてぼさぼさになっており、先端がカールしているせいで実際よりも子供っぽく見える。

サフィアは相手の緑色の瞳に恐怖が宿っていることにも気づいた。

「ドクター・アル＝マーズ、すみません」そう言いながら、ローリーは独房の中に自分を突き飛ばした男の方を振り返った。

見知らぬ男が入口をふさぐように立ち、逃げ出すための手段を封じていた。腰のホルスターに収めた拳銃に手を添えているが、サフィアを何よりも怯えさせたのは鋼のような鋭い眼差しだった。顔面を彩る黒いタトゥーがさらに恐怖をあおる。

目の前にいるのは過去に人を殺したことのある男だ。

それでも、サフィアは男を無視してローリーの傍らに歩み寄り、左右の肩をしっかりとつかんだ。「大丈夫なの?　何がどうなっているの?」

サフィアの手の下でローリーの体が小刻みに震えている。「どこから話を始めたらいいのかわかりません。お話しなければならないことがたくさんあるので」

「それは後回しだ」男が戸口から怒鳴った。脇にどきながら手を振る。「外に出ろ。二人ともだ。今すぐに」

ローリーはぶたれた犬のようにうなだれながら、すぐに従った。サフィアもあわてて後を追う。後ろからついてくるタトゥーの男の手が、武器の銃尻から離れることはない。男の声のロシア語訛りに気づき、サフィアは窓の外の凍りついた景色を思い浮かべた。

〈ということは、ここはロシアのどこかなのだろうか？　もしかして、シベリアの強制収容所なの？〉

サフィアはローリーに寄り添いながら答えを引き出そうとした。「ここがどこなのかわかる？」

「カナダです」ローリーの返答はサフィアを驚かせた。「北の外れの北極諸島にあるエルズミーア島というところです」

サフィアは眉をひそめながら、この新たな情報をもとに状況を理解しようと努めた。

〈どうしてカナダに？〉

「あなたがここに連れてこられたのは僕のせいなんです」ローリーがつぶやいた。「すべて僕が悪いんです」

「どういう意味なの？」

ローリーは肩越しに振り返り、さらに声を落とした。「彼らは父の協力を取りつけるために、僕をここに監禁していたんです。父がスーダンでの彼らの作業に手を貸さなかったら……」

ローリーが左手を見せた。小指がなくなっている。

〈何てことなの……〉

「父には選択の余地がありませんでした」ローリーはつらそうな表情で続けた。「僕の方も同じです。ここでのプロジェクトに協力しなければ、父に対しても同じことをすると言われました。ジェーンの名前まで出して脅されたんです」

「気にしなくていいのよ」サフィアは若者の罪の意識を和らげてやろうとした。

「ところが、父が逃げ出したんです」ローリーは手のひらで額をさすった。「こんなにも時間がたってから、なぜ父がそんな危険を冒したのかわかりません」

同じことをずっと考えていたサフィアは、ある一つの可能性にたどり着いていた。「たぶんお父さんは、あなたを拘束している人たちには知られたくないことを発見してしまったんじゃないかしら」

ローリーは目をきつく閉じた。「彼らもそうだと考えたんです。少なくとも、その可能性があると。父の死を知った後、彼らは僕を厳しく追及しました。父の代役を務められる人が必要だったからです。僕に名前を教えろと、父の作業を継続できるだけの知識がある人を教えろと強要したんです」

サフィアは理解した。「それで私の名前を出したのね」

「いちばん初めに思い浮かんだのがあなたのことでした。父の仕事に関しては誰よりもよく知っている人ですから」ローリーは申し訳なさそうな表情でサフィアの方を見た。「あなたよりも父を理解している人がいるとしたらジェーンですが、経験が浅すぎて無理だと言い張りました。僕は……妹を守ろうとしたんです」

〈まともな兄だったら誰でもそうするはず〉

だが、そのためにサフィアが巻き込まれてしまったのだ。

「まずあなたを誘拐した後」ローリーは告白を続けた。「父が取り組んでいた研究に関するあらゆる痕跡――過去のものも現在のものも、すべてを破壊し、同時に父の研究対象を安全に保管するためここに移すという計画が進められました」

「それはスーダンから送られてきたのね？」サフィアは砂漠の奥地からふらつきながら現れるハロルドの姿を想像した。「彼らはそこにあなたのお父さんを監禁していたのね？」

「そうだと思います」ローリーはしかめっ面を隠した。「調査団のほかの人たちと一緒に」

「彼らはいったい何の作業を――？」

「おしゃべりはそのくらいにしろ」見張りの男が有無を言わさぬ口調で警告した。

二人は窓のない白い通路の突き当たりに達していた。その先には両開きの扉がある。

タトゥーのある男がカードをかざしてロックを解除すると、先に立って進むようローリーに合図した。男に脅されたローリーが扉を引き開ける。それに合わせて、かすかな音とともに密閉されていた空気が外に漏れた。

ローリーを先頭にして入口を抜け、ベンチやロッカーの置かれた小さな前室に入る。床から天井までガラス張りの壁の向こうにある隣の部屋は、広々とした最新式のバイオ実験室だった。入室するためには複数のエアロックを通らなければならず、その手前には黄色い防護服が空気の抜けた風船のように吊るされている。室内の壁沿いには、ステンレス製の装置や冷却ユニット、冷凍庫などが並んでいた。機材のほとんどはサフィアには理解のできない代物だった。

それでも、サフィアは自分がここに連れてこられた理由を理解した。

実験室の中央に前面がガラス張りの背の高い密閉ケースが置いてある。その中には黒くくすんだ王座らしきものが収められていた。施されているデザインは明らかにエジプト風だ。背もたれ上部の横木には装飾として二つの彫刻が載っている。一方はライオンの横顔、もう一方の女性の横顔はエジプトの女王かもしれない。

けれども、サフィアの注意を引きつけたのは王座に腰掛けているものだった。干からびた女性の死体だ。ミイラ化したその体は王座と一体になっているかのように見える。王座に接しているあたりの皮膚は黒く焦げてしまっていた。それにもかかわらず、王座に腰を下ろし、窪んだ胸に顎を垂れた女性のしなびた顔は、不思議と穏やかな表情を浮かべているように見える。

「この女性は誰なの？」サフィアは訊ねた。

ローリーが苦々しげな口調で答えた。「僕たちが答えを引き出さなければならない人です」

サフィアは眉をひそめた。「これはいったいどういうこと？　何がどうなっているの？」

説明は二人の背後にどこからともなく現れた人物が提供してくれた。別の見知らぬ男がタトゥーのある見張りの隣に並んだ。この新たな男の方が年上で、頭は白髪交じり、スーツをぴしっと着こなしている。どことなく見覚えのある顔のように思えたものの、動揺しているサフィアは名前を思い出すことができなかった。

男は片手で密閉されたケースを指差した。「この謎を解明するために君の助けが必要なのだよ、ドクター・アル＝マーズ」

「もし私が断ったら？」

男が笑みを浮かべると、きれいな白い歯が見える。「君には危害を加えないと約束するよ」

視線を向けられたローリーが一歩後ずさりした。

その脅しに対して激しい怒りを覚えたものの、サフィアは表情を変えまいとした。「それなら、あなたたちがここで何をしているのか教えてちょうだい」

「怖がることはない」相手の笑みがいちだんと大きくなる。「我々は世界を救おうとしているだけだ」

第二部　コロンブスの卵

9

六月二日　エジプト時間午後一時十五分
エジプト　カイロ

「いい知らせと悪い知らせがあるんだけどな」モンクが切り出した。

グレイはチームの装備の点検作業から顔を上げた。バックパックのほか、武器や弾薬がタープテントの下の長いテーブルいっぱいに広げられている。テントの下の日陰の向こうには広い滑走路が伸びていて、その先で待機中なのは米軍のC-130輸送機だ。

グレイのチームはこのターボプロップ機に同乗させてもらい、二時間の空の移動でカイロからハルツームまで飛ぶ予定になっている。スーダンの首都はここから千五百キロ以上南にあり、青ナイル川と白ナイル川の合流地点に位置している。二本の支流はそこで一つに合わさり、大河ナイルを形成する。

そこからは周辺の地域に足を伸ばし、ハロルド・マッケイブ教授が監禁されていた場所に導いてくれる可能性のある手がかりを捜索することになる。グレイは瀕死の状態で半ばミイラ化した教授が、高熱を帯びた脳内に病原体を抱えて砂漠からふらふらと現れる様子を思い浮かべた。

〈教授の身にいったい何が起こったのか？〉

その疑問に答えるのを助けるために、ジェーンとデレクは空港近くのホテルの一室にこもり、調査日誌を熟読したり歴史的な資料に当たったりしている。セイチャンとコワルスキが作業を進める二人の警護に当たっていた。

グレイは手をかざしてエジプトの強烈な陽光を遮った。真昼の気温は三十五度を軽く突破し、滑走路上には逃げ水がゆらゆらと揺れている。モンクが首をすくめながらテントの下に入り、そのすぐ後ろからドクター・イリアラ・カノーも続く。

「いい知らせと悪い知らせだって？」グレイは考えた。「どっちを先に聞きたいのか、自分でもわからないな」

モンクは汗のにじんだ額を同じようにじっとりと濡れた手のひらでこすり、疲れ切った様子で首を左右に振った。どちらから伝えるべきか、彼もまた迷っているのは明らかだ。

日陰に入ったイリアラが大きな安堵のため息を漏らした。「うちの両親がナイジェリアから移住したのもうなずけるわ。これからは二度とロンドンの雨や霧に不満をこぼさないようにしないと」

二人は昨夜から今日の午前中にかけての大半の時間を、カイロのNAMRU-3――米国海軍医療研究ユニット3に詰めていた。この施設は第二次世界大戦中の一九四二年、チフスの流行に対処するために設立された。その後、アメリカの生物医学研究所としては国外で最大の規模を誇る施設の一つに成長し、新たに発生する疾病の研究および対策に取り組んでいる。

そのため、NAMRU-3はまさに目と鼻の先で発生した今回の新たなパンデミックの監視および調査のための拠点になった。施設所属の軍医と研究者たちは、エジプト保健省、世界保健機関、アメリカ疾病予防管理センターと協力して、拡散の阻止と治療法の発見のための世界的な取り組みを統括している。

モンクとイリアラは状況報告のための会議に出席し、電気を食する奇妙な微生物という新たな病原体の調査に最前線で取り組んでいる研究者たちと話をしてきたところだ。赤く腫れぼったい目をしていることから推測するに、二人ともほとんど睡眠を取っていないのだろう。

「いい知らせから始めてくれ」グレイは決断した。

悪い知らせにはもううんざりしていた。しかも、状況は悪化の一途をたどりそうで、それは個人的な問題の方でも同じだった。弟からは朝になったら電話が欲しいとのボイスメールが入っていた。ワシントンDCとカイロの時差が六時間なのを考慮すると、あと一時間ほどしたら連絡を入れなければならない。突然の連絡は父の健康状態に関するものに間違いないと思われるため、その不安がグレイの両肩に重くのしかかっていた。

〈しかし、病気には一つずつ対応しないと……〉

「いい知らせというのは」モンクが説明を始めた。「一部の患者に回復の兆しが見えていることだ。つまり、病気の致死率は百パーセントではない」

「でも、現段階では、なぜ回復する患者と死亡する患者がいるのかはわかっていない」イリアラが注意を促した。

「それでも、いい知らせではあるな」グレイは認めた。

「俺に言わせれば『いくらかましな知らせ』くらいだけどな」モンクは不安そうにイリアラと顔を見合わせた。「生存者がいる一方で、現時点での推測による致死率は四十五パーセントから五十パーセントの間といったところだ。それ以上の高い割合ではないことはありがたいのかもしれないが、感染症がすべての患者を死に至らしめることはまれだ。エボラ出血熱でさえも百パーセントが死亡するわけじゃない。実際のところ、致死率はこの微生物と同じで約五十パーセントなのさ」

　グレイは顔をしかめた。

「だけど、そうした結論を下すには時期尚早ね」イリアラが言った。「最初の患者が報告されてから五日しかたっていない。ほとんどがまだ雲をつかむような状態だし」

「わかった。今のが『いくらかましな知らせ』だとしたら、悪い知らせの方は?」

モンクに視線を向けられたイリアラが答えた。「病気は空気感染することが判明した。吸い込んだだけで微生物が鼻の内部の神経に入り込み、脳に直行して脳炎を引き起こす。でも、それよりももっと恐ろしいのは、感染から病原体が脳に定着するまでに二時間しかかからないこと。それ以降は治療が厄介になる」

モンクが手のひらをこすり合わせた。「それにこいつは風邪の菌のように簡単に拡散する。このパンデミックが瞬く間に手のつけられないような規模になるのではないかと危惧されているのはそのためなんだ」

その話を聞いてもグレイは驚かなかった。昨日の空港からホテルまでの移動を思い返す。普段のカイロは大勢の人々でごった返しているのに、昨日は通りにほとんど人影がなかった。見かけた数少ない通行人も、マスクやスカーフで口と鼻を覆い、肩をすぼめ、ほかの人を避けながら足早に歩いていた。報道によると、市民はすでに日用品の買いだめに走っているという。暴動も発生していた。多くの死者も出ている——患者に対する恐怖のせいで、あるいは略奪の際の言い争いが発展したために。

この病気においてはパニックの致死率と感染力の方も無視できないようだ。

今も時折、遠くから銃声がこだまする。

「でも、これまでの話から別の謎が浮かび上がってきた」イリアラが言った。

「謎というのは？」

「最初の感染者がマッケイブ教授の検死解剖に立ち会った医師たち、というのが不思議なの」

グレイは検死解剖の様子を撮影した衝撃的な映像を思い返した。「しかし、どうしてそのことが不思議なんだ？　教授の頭蓋骨に穴を開けた時、遺体安置所のチームがじかに病原体と接触したのは明らかじゃないか」

「それはその通り」イリアラは認めた。「直前に実施したＭＲＩによる電磁刺激が脳内の病原体を活性化させたことで、事態が悪い方向に動いた可能性はある。おそらくそのことが映像にあった発光現象の原因になったんだと思う。このような電気を食する微生物は食料源として電子を摂取しているだけでなく、一定の環境下では食べすぎた分を放出することがわかっている。そうした理由から、この種は電気を『食べる』のではなく、『呼吸する』と見なした方がいいのかもしれない」

「彼女の言う通りだ」モンクも同意した。「自分でも少し調べてみた。現在、研究者たちはそのような微生物の実用化に向けた取り組みを始めている。デンマークのある研究所でこうした電気に依存する細菌を培養したところ、数珠つなぎになった細菌がまるで生きた電線のように、ある程度の距離なら電子を伝達できることが明らかになったのさ」

イリアラがうなずいた。「それに古細菌の生態は驚くことばかりだわ。自由自在に形を変えることができる。融合して大きな塊になるものもいれば、つながって髪の毛のような細長いフィラメントを形成するものもいる」

グレイはイリアラのラップトップ・コンピューターの画面で目にした毛状突起を持つ細胞が次々に連結する様を想像した。

「私が思うに」イリアラの話は続いている。「この微生物にも同じことが可能なんじゃないかしら。鮮明な幻覚に関する報告が相次いでいる理由についても、それで説明できる。これらの生きたフィラメントが脳の配線を変えることで、そうした幻覚をじかに引き起こしているのかもしれない。意図的に行なっているという可能性も考えられる」

「どういう意味なんだ?」グレイは訊ねた。

「おそらく幻覚は恐怖をもたらすことが目的なのよ。それによって患者の脳はさらに刺激され、微生物が餌としているエネルギー源をより豊富に生み出せるというわけ」

「フォアグラを作るためにガチョウに餌を詰め込むようなものだな」モンクが付け加えた。

その様子を思い浮かべたグレイは胃に不快感を覚えた。

「とはいえ」イリアラは認めた。「どれもまだ仮定の段階の話だけれど」

「それに本題から外れてしまっているんじゃないのか」グレイは話の流れを元に戻そうとした。「ドクター・カノー、遺体安置所のチームが最初に感染したのは謎だという理由について、まだ君から説明してもらっていない」

イリアラがきまり悪そうな表情を浮かべた。「ごめんなさい。確かにそうね。なぜ不思議なのかというと、彼らが最初であるはずがないから。砂漠でマッケイブ教授を発見した遊牧民のことを覚えている？　彼らは何時間もかけて教授を荷車で運び、死ぬまで看病に当たっていた。それなのに、彼らは今でも健康そのもの。誰一人として発症していない」

「そいつはどうにも理屈が通らない」モンクが補った。「この病原体の感染力の強さが判明した今になって考えるとなおさらだ」

「免疫があるとか？」

「そうだと願いたいところなんだけれどね」イリアラが答えた。「遊牧民の家族は検査のために隔離されている。でも、これまでのところ、医師たちでも説明がつかない状態」

グレイは女性の瞳のきらめきに気づいた。「でも、君の頭には何らかの考えがある」

イリアラがうなずいた。

グレイは相手に追いつこうと頭を回転させた。

〈理由として考えられるものがあるとすれば――〉

その時、グレイは思い当たった。

居住まいを正して問いかける。「マッケイブ教授の遺体の奇妙な状態と関係があると思っているんだな？」

イリアラの驚いた表情から、図星だったことが読み取れる。

モンクが小さく笑い声をあげた。「気にすることはないぞ、イリアラ。そのうちにグレイのとんでもない勘のよさに慣れるはずさ。まあ、最初のうちはいらっとするだろうが、やがて受け入れられるようになる。だけど、こいつとポーカーをしようと考えたらだめだ。俺の言うことを信じろ。とんでもない目に遭うからな」

グレイは相棒の言葉をありがたく思う一方で、集中力を保とうとした。今回の件での大きな謎の一つは、教授の遺体がミイラ化していたことだ。これまでは監禁されている間に無理やりそうした苦痛の工程を強いられ、それが完了する前に逃げ出したのではないかと仮定していた。

〈だが、その仮定がそもそも間違っていたとしたら?〉

グレイはイリアラを見つめた。「君はミイラ化が自発的なものだったかもしれないと考えている。教授が自らの意志で行なったものだと」

「可能性はある。この二日間、娘さんと話をした後だと、なおさらそういう気がしてくる。マッケイブ教授は持論へのこだわりが強かったのは確かだけれど、その一方で優しい人だったように思える。だから、パンデミックを発生させるような病気を抱えたまま、どうして砂漠から出てきたりしたんだろうかと考えたのよ。そんな事態を引き起こすくらいなら、自らの命を犠牲にするのを選ぶような人だったと思うの」

「ただし、そうしても安全だと信じていたなら話は別だ」

イリアラはうなずいた。「ミイラ化という自らの体を保存する手段によって抹消組織の内部にいた病原体がすべて滅び、残りが生き延びることのできる唯一の場所に集まったんだとしたら？」

「彼の脳内だな」

「そして、そこに封じ込められることになった」

グレイはこの脅威が教授の脳内に入り込み、とぐろを巻いたヘビのように身を潜めている姿を想像した。

イリアラは太陽が照りつける滑走路を眺めながら目を細めた。「おそらく教授は、誰かに話を伝えるまで生きていられることを期待しながら、砂漠を歩き始めたのよ。何らかの脅威について、自分を監禁する者たちが企んでいる何かについて、私たちに警告するために」

その可能性を考慮するうちに、グレイの心臓の鼓動が大きくなる。この地域一帯はテロ活動の温床だ。それにアッシュウェルの教会で襲撃を仕掛けてきた暗殺者についてのセイチャンの話もある。タトゥーを施した女性はギルドとつながりがあるという。あの組織は科学的な発見を自分たちの目的のために悪用することで知られていた。何者かがバイオテロを計画しているとしたら、この古細菌はそのままの状態で格好の兵器になりうる。

たった一人の第一号患者――マッケイブ教授だけで、これほどまでの死とパニックを引き起こしたのだ。

〈敵が大勢の感染者を解き放ったらどんな事態になるのか?〉

モンクの声でグレイは我に返った。「ところでグレイ、いい知らせと悪い知らせをおまえに伝えた。もう一つ、実に恐ろしい知らせはどうだ?」

グレイは身構えた。「もっと悪い知らせがあるのか?」

モンクはイリアラを一瞥してから、グレイに視線を戻した。「ああ、そうなんだ。俺たちが話しているのは最初の疫病についてだけだ。これからさらに増える」

イリアラが顔をそむけた。「でも、このことはジェーン・マッケイブにも聞いてもらう必要がある」

午後一時四十八分

〈どんどん悪くなる一方……〉

ジェーンはホテルの部屋のソファーの端に両膝を抱えて座りながら、テレビのニュース番組を眺めていた。まったく口をつけていない昼食は、すぐ隣のエンドテーブルの上に放置されたままだ。左右の手のひらの間にはコーヒーの入ったカップを抱えている。これから訪れる冷たい現実に備えるためには、そのぬくもりが必要になる。

この一時間、ジェーンはＢＢＣ放送と地元のテレビ局との間でチャンネルを切り替え続けていた。アラビア語のエジプト方言に堪能なため、カイロからの放送に登場する何人もの解説者の話は理解できる。混乱が高まりつつあり、通りは無法地帯と化しているとの報告が相次いでいた。けれども、そんな話はわざわざニュースで聞かされるまでもない。外からはサイレンの音がひっきりなしに聞こえていた。四階のスイートルームの窓の外に視線を向ければ、目にしみるほどの青空に複数の黒煙が立ち昇っているのを確認できる。

カイロの街は無秩序状態に陥りつつあった。

〈それもすべて私の父のせい〉

罪悪感がジェーンの心を苦しめていた。何とかしてこれを正さなければならない。これまでずっと、父は世界に足跡を残したいと願っていた。子供や孫たちに語り継がれるような遺産を築き上げたいと願っていた。そうした思いが、出エジプト記で述べられている出来事は単なる寓話ではないという自説の証拠を執拗なまでに追い求める原動力にもなっていた。父は自らの名を世界に知らしめたいと望んでいたのだ。

〈パパ、どうやらその願いは見事にかなったみたいよ〉

最新のニュースの多くでは、日に焼けてしわの寄った顔で笑みを浮かべる写真とともに、父の名前が報道されていた。その合間に流れる古い映像の断片は、調査隊が行方不明になる直前に撮影されたものだ。そんな映像を眺め、父の声を再び聞くことはジェーンの心を苦しめたものの、目をそらすことはできなかった。ある写真には消息を絶った調査隊全員の姿があり、その中には険しいながらも決意に燃える表情を浮かべたローリーも写っていた。

写真を見たジェーンは、問題になっているのは父の遺産だけではないことを改めて思い知らされた。

もう何度目になるのか数え切れないものの、ジェーンは兄の無事を祈った。

大きな笑い声を耳にして、ジェーンは窓の方に注意を移した。コワルスキが窓辺に寄りかかり、下の通りを監視している。大男は首を横にねじり、携帯電話を耳と肩の間に挟んでいた。

「マリア、同じ大陸にいるとは言っても、バーコの様子を見にいく時間はないぜ。あの坊やはきっと大丈夫だって。たぶんジャングルで新しい友達をたくさん作っているさ」

ジェーンは会話を盗み聞きしながら、気を紛らす材料ができてほっとした。この二日間で話をする機会があり、この大柄な男性の素性をいくらか知るようになった。彼はドイツにガールフレンドがいて、その人は姉と一緒にどこかの研究所で働いているらしい。そこを休暇で訪れていた時、急遽（きゅうきょ）ロンドンに呼ばれたということのようだ。

彼の相棒のセイチャンは、ホテルの廊下で見張りに就いている。

ジェーンは重責に押されて体がソファーに沈み込んでいくかのように感じた。デレクの方を見ると、手で両目をこすっている。デレクは靴を脱ぎ、両足をコーヒーテーブルの上に載せていた。ジェーンは左の靴下の親指のところに穴が開いていることに気づいた。なぜだかわからないが、そのことがとても魅力的に感じられる。新しい靴下を買うといった日常生活の細々としたことについて、デレクがいかに無頓着かということを物語っている。

ジェーンが見つめていることに気づき、デレクは穴を隠そうと親指を曲げたが、あきらめてにやりと笑った。「君も知っての通り、荷造りをする時間がなかったからね」

小さな笑い声が口から漏れ、ジェーンは自分でも驚いた。

デレクの笑顔が大きくなる。「少なくとも、僕は靴下をはいているよ」

ジェーンは裸足の両足を引き寄せ、体の下に隠した。

デレクが子供を叱るかのように首を左右に振った。「女性として恥ずかしいですよ、ミズ・マッケイブ」

鋭い口調の声が聞こえ、二人はテレビの画面に注意を戻した。ローブ姿の男性がアナウンサーに向かって指を突きつけながらアラビア語でわめいている。男性はカイロのイマームで、かなりの興奮状態にある。

「あいつは何て言っているんだ？」コワルスキが訊ねた。

ジェーンは通訳した。「公共の場所を避けるようにという保健省の警告を無視するべきだと主張している。礼拝のため市内のモスクに集まるよう呼びかけているわ。医療機関に助けを求めるのではなく、病人はモスクに連れてくるようにとまで言っている。狂気の沙汰ね。そんなことをしたら何千人もの人が感染してしまう」

デレクがソファーに座り直した。「彼はこれが神からの罰だと信じているんだ。許しを求めることによってのみ、人々は救済されうるということなのさ」

ジェーンは耳を傾けた。「病人の一人と一緒に祈っていたところ、その人が不思議な言葉で話したり、様々な幻覚を見たりしたと主張している。イナゴが空を覆い尽くしたり、血の色をした川の傍らで人々が死んでいったり、稲光が空を引き裂いたりする光景を見たということらしい」

デレクが首を横に振った。「この伝染病と聖書中の十の災いを結びつけようとする人が出てくるのは時間の問題だろうと思っていたよ」

ジェーンの耳に父の名前が聞こえた。「静かにして」

イマームの言葉に聞き入るうちに、ジェーンは血の気が引くのを感じた。

デレクがソファーの隣に移動し、腕を肩に回した。「テレビを消した方がいい。あいつは頭がどうかしているに違いないよ」

「何て言ったんだ?」コワルスキが質問した。

デレクがテレビのリモコンをつかみ、音を消した。

ジェーンはソファーのクッションの上で縮こまった。「私の父が神の怒りの器だと言っていた。出エジプト記の証拠を探し求めて砂漠に立ち入った父が、この世界の恥ずべき行ないを罰するためにその当時の災いを抱えて戻ってきたんだって」

デレクがジェーンの顔をのぞき込んだ。「ジェーン、あの口先だけの愚か者は人々の恐怖につけ込むただの日和見主義者だ。君のお父さんの立ち位置がよく知られているから、そうした見解をまくしたてているのさ。調査隊が行方不明になった時、教授の説はニュースの中で報道されていたじゃないか。その当時、この頭のおかしい宗教指導者は、ハロルドが信仰ではなく科学を通じて出エジプト記の真実を追い求めようとしたせいで消息を絶ったと主張した。今度も自分たちに都合のいいように話を作り変えているだけだよ」

部屋の扉が勢いよく開き、全員がはっとした。

大股で部屋に入ってきたセイチャンは、無線のイヤホンに手を当てていた。「グレイがもうすぐ来る」

コワルスキが眉をひそめた。「もう出発の時間か？」

「まだ。モンクとドクター・カノーも一緒。出発前に話したいことがあると言っている」

デレクが立ち上がった。「何の話だい？」

セイチャンの視線がジェーンに留まる。「新たな病気についてらしい」

ジェーンは音声を消したテレビ画面に目を向けた。今やイマームは立ち上がり、顔面を紅潮させながらアナウンサーに向かって叫んでいる。画面の片隅には父の顔写真が表示されていた。イマームの言葉をたわごとだと一蹴したデレクの意見を信じたい一方で、ある不安がその思いを押しとどめる。

ジェーンは画面上でわめき散らす人物をじっと見つめた。

〈この人の言う通りだとしたら?〉

10

六月二日　エジプト時間午後二時七分
エジプト　カイロ

ホテルの部屋に入った途端、グレイは室内に漂う緊張に気づいた。ジェーン・マッケイブが両腕で体を抱え込みながら立っている。デレクは気遣う様子でその傍らにいる。コワルスキとセイチャンは音声を消したテレビを見ながら小声で話をしている。モンクとイリアラがグレイに続いて部屋に入ってくると、ジェーンは胸に回していた両腕を解き、前に一歩足を踏み出した。「新たな病気って何？」

グレイは連れの二人の方を見た。「まず、彼らにこれまでの状況を伝えてほしい。終わったら知らせてくれ」

一人きりの時間が必要なため、グレイは隣の寝室に向かった。腕時計を確認しながら衛星電話を取り出す。ワシントンＤＣでは朝の八時を少し回った頃だ。弟に電話を入れなければならない。

グレイは寝室に入ると扉を半分ほど閉め、弟の携帯電話に連絡した。呼び出し音が数回鳴った後、眠たそうな声が応答した。

「ええと……誰？」

「ケニー、グレイだ」

「ああ、そうなんだ」弟は咳払いをした。「今、何時だい？」

グレイはいつものいらだちを覚えた。「何時だろうがどうでもいい。電話をしろと言っていたじゃないか。何かあったのか？　父さんは大丈夫か？」

「ええと……どうかな。いや、わからないや」

衛星電話を握る指に力が入る。「ケニー、いいから何があったのか教えてくれ」

「昨日は介護施設にいたんだ。父さんは隔離されている。病室に入る前に手袋とマスクをはめて、白衣を着なければならない。面倒くさいったらありゃしないよ」

グレイは目を丸くした。〈もう泣き言が始まった〉

「父さんは新しい感染症にかかってしまったんだ。耐性のブドウ何とかだってさ」

グレイは不安になり、ベッドに腰掛けた。「ブドウ球菌か？　ＭＲＳＡのことか？」

「何だって？」

「メチシリン耐性黄色ブドウ球菌」

「ああ、それだ。医者は敗血症になるかもしれないと心配している。だからかなりの量の新しい抗生物質を使っていた。父さんは予定よりも長くここに滞在しなければならないかもしれないって」

〈まったく……悪い知らせばかりだ〉

「父さんの様子は？」

「僕が面会した時には起きたかと思ったら寝てしまうような状態だった。血圧が関係しているらしい。あと、床ずれになりそうな場所にも気をつけているってさ」

グレイは父のそばにいてやれないことに強い罪悪感を覚えた。痩せ衰えた父がベッドに横たわり、様々な機器や点滴の管につながれている姿が頭に浮かぶ。霧に包まれたような状態で自分の身に何が起きているのかを理解できない父が、どれほどの不安を感じているかは想像に難くない。

父の最後の言葉が脳裏によみがえる。

〈約束だぞ〉

父が言いたかったのは死ぬ前に戻って会いにきてくれという約束ではなかったはずだ。その前の父の言葉がグレイの頭から離れなかった。

〈もう準備はできている〉

その言葉を発した時の父の目からは、無言の訴えが語りかけていた。父の目は助けを求めていた。その時が訪れたらつらい選択を下すよう、グレイに求めていた。

〈だが、俺にそれができるだろうか？〉

「こっちから伝えることはこれで全部だ」ケニーが話のまとめに入った。「何か変化があったら連絡するよ」

「ありがとう……そばにいてくれてありがとう、ケニー」

しばらく沈黙が続いた。ようやく返ってきた弟の声はさっきまでよりも優しくなり、いつものとげとげしさが消えていた。「任せてよ。兄さんが戻ってくるまで、留守を預かるから」

ケニーが電話を切ると、グレイも衛星電話を下ろした。そのまま座って数呼吸していると、隣の部屋から話し声が聞こえてくる。ため息をひとつつき、グレイは立ち上がった。振り返ると部屋の入口に人影が立っている。邪魔するのをためらうかのように、扉から中に入ろうとしない。

「問題は解決したの？」セイチャンが訊ねた。

グレイは衛星電話をポケットにしまった。「解決していないけれど、俺に何かができるわけでもないし」

少なくとも、今のところは。

〈約束だぞ〉

室内に入ってきたセイチャンが両腕をグレイの腰に回し、いたわるかのように頬を胸に押し当てた。グレイはセイチャンの体を引き寄せ、強く抱き締めた。彼女も過去から現れた亡霊と闘っている。けれども、この一瞬を共有することで、二人ともつかの間の休息を得ることができる。

しばらくすると隣の部屋から大きな声が聞こえた。

「グレイ！」モンクが呼んでいる。「ここから先はおまえが聞きたいと思うはずの話になるぞ」

顔を上げたセイチャンの瞳には愉快そうな輝きが浮かんでいた。「あるいは、ここを離れるのはどう？　今すぐに。ホテル内を調べた時、非常階段を見つけたんだけど」

この場の雰囲気を和らげようとしているのだと思いつつも、グレイは相手の瞳の奥にもっと深い何かを、言葉の裏にある本気の思いを見て取ることができた。ふと気づくと、その提案を考えている自分がいる。何もかもに背を向けて、本当の意味での自由の身になれたとしたら、どんな気分だろうか？　非常階段を使い、決して振り返らなかったとしたら？

しかし、グレイがそれより深く思いを巡らせる前に、セイチャンが抱擁（ほうよう）をほどいた。すぐに顔をそむけた仕草は、グレイに自らの願望の強さを見抜かれまいとする気持ちの表れのようにも見える。

「仕事の時間」そう言うと、セイチャンは扉に向かった。

グレイもその後を追った。自分には責任がある。ここでの、そしてアメリカでの。

〈約束だぞ〉

午後二時二十二分

ジェーンを取り巻く絶望の雲が厚くなるのを意識しながら、デレクは彼女に寄り添っていた。

この数分間、二人はモンクとイリアラから拡大の一途をたどるパンデミックについての最新情報を聞いていたが、そんな暗い雲の合間に差し込んできた一条の光はジェーンの父親に関する話だった。

「つまり、父は自らをミイラにすることによって私たちみんなを守ろうと試みた可能性があるということなのね？」そう確認するジェーンの声には、期待と安堵感が入り混じっている。

「そういうこと」イリアラがジェーンの肩にそっと触れた。「残念なことにお父さんの遺体は失われてしまったから、立証することはできないけれど」

「それでも、ロンドンの医学研究所が爆破された理由の一つはそこにあるとも考えられる」モンクが付け加えた。「その情報を抹消するためだ」

ジェーンが息をのんだ。「でも、さっきはほかの病気の可能性があるって言っていたじゃない」

「ああ。これからその話に入るところだ」モンクは隣の部屋から戻ってきたグレイとセイチャンを手招きした。「ちょうどいいところに来た」

グレイがイリアラに向かってうなずいた。「説明を頼む」

イリアラが鼻にしわを寄せた。どう説明したものかと迷っているのは明らかだ。「この中で『遺伝子ドライブ』という言葉を知っている人は？」全員がただ見つめ返すだけだったので、イリアラは質問を変えた。「じゃあ、ジカ熱はどう？」

グレイが眉をひそめた。「南米を席巻し、アメリカも脅かしているウイルス性の感染症のことか？」

「その通り」

デレクもこの病気のことは聞き及んでいた。妊婦が感染すると新生児の小頭症など、痛ましい先天性の異常を引き起こす。デレクはそうした気の毒な子供たちの写真を見たことがあった。

「アメリカも含めた一部の国では、この病気の蔓延を防ぐためにウイルスを媒介する蚊をターゲットにした遺伝子ドライブ技術の採用を考えているところなの」

「どうやって？」ジェーンが訊ねた。「遺伝子ドライブ技術とはどういうものなの？」

「変化が全個体に受け継がれるようなやり方で、科学者たちが遺伝子に追加の配列を導入したり、遺伝子を改変したりすること。フロリダ州では、遺伝的に改変したネッタイシマカ――ジカ熱を媒介する蚊を野生に放つという案が科学者の間から出ている。こうした遺伝子を改変した蚊が通常の蚊と交配すると、次の世代のメスは生まれながらに繁殖力がない一方で、オスは繁殖力があると同時に改変された遺伝子を受け継いでもいて、それに続く世代にも当該の問題のある遺伝子を伝えていく。試算によると、ネッタイシマカを一年以内にフロリダ州から絶滅させることが可能で、同時にジカ熱の脅威も根絶されることになる」

「でも、理解できないんだけれど」デレクは応じた。「そんな遺伝子ドライブ技術がこの新しい伝染病と闘うための方法だということなのかい？」

「いいえ」イリアラが室内を見回した。「その反対。私たちがここで直面しているのは自然界に存在するそうした遺伝子ドライブ技術だという可能性があって、しかもこの場合は絶滅の対象になっているのが蚊ではなくて私たちだということ」

イリアラは体をひねり、ラップトップ・コンピューターを取り出した。「見てもらった方がよさそうね」コンピューターの電源を入れながら、イリアラは説明を続けた。「前にも話をしたように、古細菌はウイルスと並んで進化してきたけれど、今回の問題の種の場合は内部に大量のウイルス粒子が詰まっていて、患者に感染するとそのウイルスを解き放つの」

「トロイの木馬だと思えばいい」モンクが補足した。「患者という城の中に入ったら、隠れていた中身が飛び出してくるわけさ」

「幸運なことに、ほとんどのウイルスは無害だと判明しているけれど、例外が一つだけあって、それがジカウイルスと同じフラビウイルス科なのよ。かなりの問題児だということがわかっている」

「そのウイルスは何をするんだ？」グレイが質問した。

「減数分裂中の細胞を攻撃する」イリアラが説明した。「私たちの体の大部分は、一つの細胞が分裂して同一の娘細胞を形成する有糸分裂によって、成長したり傷が癒えたりする。その一方で、減数分裂は精巣および卵巣の中で配偶子を、つまり精子と卵子を生み出す時に起きる。配偶子は母細胞の遺伝コードの半分しか持たない」

デレクは話を聞きながら嫌な予感がした。「このウイルスはどんな悪影響を及ぼすんだい？」

「極めて限定的で、ある一つの染色体を攻撃する」イリアラがコンピューターから少し離れた。「人間——および哺乳類の大半は、性別を決定する一組の染色体を持っている。メスはXX、オスがXY」

イリアラはコンピューターの画面を指差した。「ここに表示されているのは健康な個体におけるその二つの性染色体をボリュームレンダリング法で三次元画像化したもの。見てわかるように、X染色体の方がY染色体と比べてかなり大きいし、形もしっかりしているでしょ」

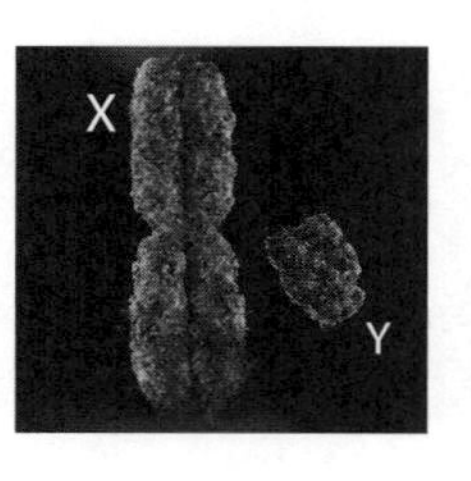

イリアラが画面上の小さい方の画像をタップした。「問題のウイルスはY染色体のみを攻撃する。その理由は不明。弱い方を狙っているのかもしれない。単なる偶然なのかもしれない。いずれにせよ、次の画像ではウイルスがもたらす被害を見て取ることができる」

画面上のY染色体は、その一部が消えてしまっていた。

「何だか鍋つかみみたいだな」コワルスキが指摘した。

「確かにそう見えるわね」イリアラが同意した。

大男は何事かつぶやき返した。この話し合いに自分の意見が貢献できたことに満足している様子だ。

イリアラは説明を続けた。「攻撃を受けた部分は遺伝学者によって解析が進められている。彼らの考えによると、この病気を生き延びた男性はこの破損したY染色体を有する精子細胞を持つことになり、それが将来のその男性の子供にも影響を及ぼす。生まれてくるのが女の子だった場合は問題がない。正常なXXの組み合わせを持っているわけだから

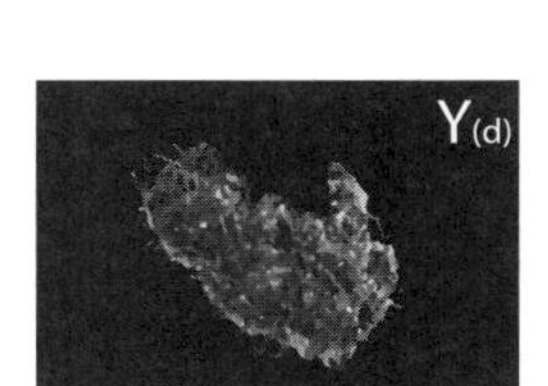

ね。でも、男の子の場合、死産ではなかったとしても、破損したY染色体を持って生まれてくることになり、しかも数カ月以内に死亡する可能性が高い」

デレクはそのことがはらむ脅威を理解しつつあった。「ということは、僕たちが古細菌のパンデミックを生き延びられたとしても、このウイルスのために種としての破滅を迎えるわけだ」

ジェーンが机から一歩後ずさりした。顔面が蒼白になっている。

「どうしたんだい？」デレクは訊ねた。

「十番目の災い」ジェーンがつぶやいた。

デレクは眉をひそめた。「何の話を――」

ジェーンは本が散らばったテーブルのところに行き、父親の聖書を手に取ると、付箋の貼ってあるページを開いた。出エジプト記の一節を読み上げる。「『エジプトの国の長子は、王位にあるパロの長子から、ひき臼の後ろにいる女奴隷の長子に至るまで、それに家畜の長子までもが、みな死ぬだろう』」

ジェーンは聖書を下ろした。「『家畜の長子までもが』」その部分を繰り返す。「ドクター・カノー、あなたの話によれば、この微生物は人間にだけではなく、ほとんどの動物にも感染する可能性が高いということだった」

「その通り。電気的な神経系を持つ生物ならすべて」

「つまりは、このウイルスが十番目の災いの科学的な説明に相当するかもしれないということ。人間にも家畜にも影響を及ぼすウイルス。古代エジプトではナイル川に現れた変化が流域から消えるまでには何カ月もかかっただろうし、遺伝子へのこの二次的な悪影響はもっと長引いたはずだわ。人間の男の子、および動物のオスの子供がすべて死んでしまうという出来事が、形を変えて災いの話の中に最後の呪いとして取り入れられたのは当然の成り行きのように思える」

うなずくイリアラの様子は、ジェーンがこの結論に達するのを予期していたかのようだ。

「それにマッケイブ教授はほかの災いについても持論を展開していた」デレクが補足すると、全員の視線が集まった。「聖書中の十の災いの背後にある真実について、ハロルドとは夜遅くまで何度も意見を闘わせたことがある。彼が提唱した理論では、僕たちがここで話している内容とそれほど違いのない形で災いについての説明がなされていたんだよ」

「どんな理論だったんだ？」グレイが訊ねた。

デレクより先にジェーンが答えた。「何らかの環境的な変化でナイル川の水が赤くなり、それがすべての始まりになったと父は信じていた。大量の水が自然に変色する事例は数多く報告されている。原因としては藻類の大量発生、細菌の大繁殖、さらには重金属による汚染など」

イリアラが同意した。「その中でも最も劇的な変化の一つはここ中東で毎年のように起きている。イランのウルミア湖は毎年夏になると湖水の色が鮮やかな深紅に変わるけれど、その原因は高度好塩菌の大量発生なの」そう言いながら、グレイに向かって片方の眉を吊り上げる。「それも古細菌の微生物の一種」

「俺たちが対処しなければならない病原体と同じだ」グレイの目つきが険しくなる。「つまり、この地域でこうした出来事が起きるのには前例があるということか」

「しかも、ここに限った話ではない」イリアラが指摘した。「別の古細菌の微生物はユタ州のグレートソルトレイクの湖面を、はにかんだ頬のようなピンク色に変えてしまうこともある」

「なるほど」グレイが認めた。「だが、そのことがほかの九つの災いとどうつながるんだ？」

デレクは答えた。「この地域の生命線でもあるナイル川の水が有毒になったとしたら、それに続く災いは神の手を借りるまでもなく説明がつく」

デレクは教授の日誌を手に取り、ハロルドが十の災いを書き留めたページを開いた。リストを順番に指でなぞりながら、この問題に関する教授の考えを明かしていく。

1　水が血に変わる災い
2　カエルが地にあふれる災い

3　ブヨが大量発生する災い
4　アブが大量発生する災い
5　疫病で家畜が死ぬ災い
6　腫れ物が生じる災い
7　雷が鳴り雹が降る災い
8　イナゴが襲来する災い
9　三日間の暗闇が続く災い
10　長子が皆殺しにされる災い

「次の三つの災い――カエル、ブヨ、アブについては、川の水が赤く変わったことが引き金になったと考えられる。ナイル川の水が有毒になればカエルはいっせいに川から地面にあふれ、やがて死に至る。カエルの個体数が急減すれば、その獲物――蚊、ブヨ、アブなどの数が激増する」

「言うまでもなく」ジェーンが引き継いだ。「吸血性の昆虫は病気の主要媒介生物だから、この地域の家畜に大損害を与えたはず。それに加えて、虫に刺されたせいで腫れ物が生じたわけ」

「それが五番目と六番目の災いということか」肩越しにリストをのぞき込みながらグレイ

がつぶやいた。

デレクは次の三つの災いを指差した。「雷と雹、イナゴ、暗闇については、ナイル川の汚染とは無関係な別の説明が当てはまる」

グレイがデレクの顔を見た。「どんな原因なんだ？」

「エーゲ海にあるかつて『テーラ』と呼ばれていたサントリーニ島の火山だ。約三千五百年前の噴火はかつてなかったほどの大きな規模で、噴き上がった何十億トンもの火山灰はエジプトの上空にまで達したと考えられる。事実、考古学者たちはエジプト各地の遺跡で溶岩が冷えると形成される軽石を発見している」

「けれども、エジプトには火山が存在しない」ジェーンが念を押した。

デレクは話を進めた。「その噴火による火山灰は大気に劇的な影響を与えたはずだし、それが雨季だったらなおさらだ。気候学者によれば、雷雲の中に高温の火山灰が入ると激しい雹が降り、すさまじい雷が発生するらしい」

「同じ火山灰が空を暗くしたかもしれないというわけか」グレイがつぶやいた。「だが、イナゴの災いはどういうことなんだ？」

「イナゴは卵を産みつけるのに湿った環境を好む」ジェーンが説明した。「大量に降った雹が融けたことと、テーラの大噴火後に環境が変わったことが、イナゴの大発生につながったと考えられる」

「残るは十番目の災いだけど」デレクは続けた。「ハロルドは長男が家族の中で敬われていたという事実に原因があると述べていた。長男には優先的にいちばん多くの食べ物が与えられた。そのため、イナゴが穀物の大半を食べ尽くしてしまい、わずかに残った分にもカビが発生したとしたら、そんな長男たちが発病し、真菌中毒で死んでいったと考えられる」

ジェーンがイリアラの方を見た。「だけど、私の父もこの最後の説明には十分に納得していたわけではなかった。もしそうだとしたら、ほかにも多くの人たちが同じように汚染された穀物を食べて死んでいたはずだもの。それに家畜の長子までも死んだ理由はまったく説明がつかない」

デレクはラップトップ・コンピューターの画面を見つめた。「これでようやく納得のいく説明が見つかったと言えるかもしれない。最初の災いから最後の災いまでを結びつけることができたんだ」

セイチャンが初めて口を開いた。「でも、どうしてそのページの七番目だけが丸で囲ってあるわけ?」セイチャンが指差した先にある「雷が鳴り雹が降る災い」のところは、ハロルドの手によって強調されている。

デレクは肩をすくめてジェーンを見たが、彼女も首を横に振るだけだ。「さっぱりわからない」デレクは認めた。

グレイが別の疑問を提示した。「この微生物が最後のものも含めたほとんどの災いのきっかけになったとしても、エジプト人たちはどうやってそれを封じ込めることができたんだろうか？」

ジェーンが何とか答えようとした。「当時は世界の状況が違っていたのよ。今よりもずっと人口密度が低かった。病気は局地的に大流行して、再び死に絶えたのかもしれない」

イリアラが顔をしかめた。今の説明に満足していないのは明らかだ。「別の理由がなければおかしい。砂漠に何かが隠されていて、あなたのお父さんはそれを発見したのよ」

グレイが怪訝(けげん)な表情でイリアラを見た。「現代の最高の医療研究者たちですら頭を悩ませているこの病気の治療法を、本当に古代の人たちが発見できたと考えているのか？」

イリアラは肩をすくめた。「以前にも同じことがあったじゃない。例えば、ＭＲＳＡとか」

グレイの体に緊張が走り、目つきも鋭くなる。「ＭＲＳＡがどうしたんだ？」

「あの多剤耐性菌に病院が手を焼いている一方で、ノッティンガム大学のある研究者が『ボールズ・リーチブック』という九世紀の医学書に製法が記載されていた眼軟膏(がんなんこう)を試してみたの。簡単に言うと、ニンニク、タマネギ、ニラ、ワイン、それに牛の胆汁を調合したものね」

「牛の胆汁だって？」コワルスキがつぶやいた。「そんな薬を使うくらいなら治らなくてもいいや」

グレイはコワルスキを無視して、イリアラに話を続けるよう合図した。「それでどうなったんだ？」

「微生物学者たちがＭＲＳＡの培養液にその混合物を試したところ、九十パーセントの細菌を殺すことができるとわかったのよ」

「効き目があったということだな」グレイが言った。

イリアラはうなずいた。「エジプト人たちが同じような治療薬をたまたま見つけたなんてありえないと誰が言い切れるの？　たとえわずかな可能性だとしても、それを探さなければならない」

グレイが腕時計を確認した。「それなら、そろそろ移動を開始する時間だ。輸送機の離陸時間は十五分後の予定。乗り遅れるわけにはいかないからな」

全員が出発の準備に取りかかった。

デレクが荷物を集めていると、モンクが相棒を脇に引き寄せた。「おまえと空港で会う前にペインターと話をしたんだ。イリアラと俺はカイロに残り、ＮＡＭＲＵ-３のスタッフと協力して作業に当たるようにという指示だ」

「疫病の中心地でシグマの目となり耳となってほしいというわけだな」

「あと、ペインターは政情不安についても危惧していた。宗教団体が大騒ぎしている。この世の終わりが訪れたと主張している連中もいるらしい。すでに火薬庫も同然の状態にあるこの地域で、市民の不安に火をつけるような演説は何の役にも立たない」

「だったら、そっちはヘルメットと消火用のホースを持参しないといけないみたいだな」

モンクがグレイの肩をぽんと叩いた。「それでも、おまえよりは快適だよ」

「どういうことだ？」

「少なくとも、こっちにはエアコンがあるからな」

セイチャンが近づいてきて、二人の会話に割って入った。「モンク、あんたが話をした時、ペインターはアッシュウェルの教会で私たちを襲撃した暗殺者の身元に関して何か言っていなかった？」

その質問を聞き、デレクは耳をそばだてた。まだどこかに潜んでいるに違いない殺し屋の行方は気がかりだ。

モンクが首を横に振った。「それについてはまだキャットとともに作業を進めているところだ。だけど、ペインターはかなり気合が入っている。あのタトゥーの女はサフィア・アル＝マーズの居場所につながる唯一の手がかりかもしれないからな」

セイチャンがモンクをにらみつけた。「だったら、私よりも先にあの女を見つけることね」

11

六月二日　エジプト時間午後三時二十二分
エジプト　カイロ

ヴァーリャ・ミハイロフは双眼鏡を部屋の窓の下枠に置いた。青空を旋回するC－130ヘラクレスの動きを肉眼で追い続ける。重量のある鳥のように方向転換した機体は、南に針路を取った。ターゲットたちが輸送機の後部ハッチから乗り込む姿は双眼鏡を通して確認済みだ。ジェーン・マッケイブが一行の中に含まれているかどうか、確かめておく必要があったためだ。

結果に満足したヴァーリャはブルートゥースのマイクを口元に近づけた。「やつらはハルツームに向けて出発した」弟に報告を入れる。

アントンの小声がイヤホンを通して聞こえた。「それならば、すべて予定通り。人目を引くことなく教授の娘の身柄を確保するには、砂漠で拉致するのがいちばん安全だ。合流地点で奪還チームが待機しているように手配してある」

「了解」

ヴァーリャは接続を遮断した。

この二日間、ヴァーリャは獲物の後を追っていた。尾行の技術に関して彼女の右に出る人物はまずいない。十年以上に及ぶギルドでの訓練を通じて研ぎ澄まされた能力だ。その証拠が背中に刻まれた傷跡として残っている。尾行中の姿をかつての師によって発見された時には、必ず罰を受けた。その戒めを逃れるために、ヴァーリャは自身の青白い肌や顔を利用して見えない存在に徹する術(すべ)を学んだ。

その能力と新たな雇い主の財力を組み合わせることで、ヴァーリャはアッシュウェルの駅からカイロのホテルまで、苦もなく獲物の後を追うことができた。歩を進めるたびに、あの若い女を護衛たちから引き離す方法がないかと探した。しかし、ヴァーリャは訓練中に忍耐を学習していた。はやる行動は傷跡を増やすだけだった。

けれども今、そのような用心が求められる理由はほかにもある。

〈あの裏切り者の女……〉

ヴァーリャはアッシュウェルで自分を追い詰め、仲間たちをやすやすと始末した女のことをじっくりと観察できた。教会の裏手にあった池を挟んで短時間ながら対峙(たいじ)したものの、敵の正体を見抜いたのはターゲットを追跡している時のことだ。見た目の特徴よりだった。

も、物腰や技量が判断材料になった。あの女には三回も危うく尾行を見破られるところ
そんなことのできる人間はいない——過去を共有しているのでない限り。

やがて心の中で、真実が一点の曇りもない確信として浮かび上がった。

ヴァーリャは敵対する相手が何者なのかをつかんだ。自分よりも濃い色の肌を持つ同志、自分とは対照的な影の存在。

ヴァーリャはギルドを裏切った女の噂話を耳にしたことがあった。ヨーロッパとアジアの血が混じった女で、組織でも最も腕利きの暗殺者の一人だったという。その裏切りの結果、ヴァーリャと弟は落ちぶれ、破滅の一歩手前にまで追い詰められ、この世界からギルドを排除しようと目論む者たちから必死に隠れ続けることになった。

〈身を隠す術を心得ていたのは幸運だった〉

おかげでヴァーリャと弟は掃討から逃れることができた。やがて二人は新たな雇い主を見つけたものの、決して元通りになることはない。苦しんだのも、失ったのも、すべてあの裏切り者のせいだ。胸の内に怒りの炎が燃え上がる——それとともに、気持ちの高ぶりを覚える。

ヴァーリャは好敵手を求めていた。

今、ようやく見つけることができた。

室内のテーブルに歩み寄る。研いだばかりの切れ味鋭いナイフが、テーブルの上に刃をむき出しにした状態で並んでいる。ヴァーリャはいちばん古いダガーナイフを手に取った。かつて祖母の持ち物だったナイフだ。シベリアの寒村で暮らしていた祖母は、第二次世界大戦中にドイツ軍と戦うために徴兵された。祖母が所属していたのは女性だけから成る第588夜間爆撃機連隊。女性兵士たちが乗り込んだ旧式の複葉機——ポリカールポフPo-2は、速度が遅いために日中の飛行には向かなかった。その代わりに、女性操縦士たちは日没後に離陸すると、ナチの高射砲陣地の上空を静かに飛行し、油断している敵陣に爆弾を投下した。命知らずの戦果により、彼女たちは「夜の魔女たち」の異名を取ることになる。

祖母がこの連隊に強い愛着を持っていた理由を思い、ヴァーリャは笑みを浮かべた。古いダガーナイフを手のひらで回転させ、黒い柄を指先でなぞる。祖母は満月の夜、森に生えているシベリアトウヒを削ってこの柄を造った。これは儀式用のナイフで、「アサメイ」と呼ばれる。祖母は「バブカ」として知られる村の癒し人として敬愛されていた。やがてその技と道具を自分の娘、すなわちヴァーリャとアントンの母に伝承することになる。

それが不運の始まりだった。

片田舎には迷信深く閉鎖的な地域が多い。そんな厳しい気候の地で不作の年が続くと、人々はその責任を負わせる相手を探し求める。青白い肌をした不思議な二人の子供を持つ未亡人は、その格好の標的にされた。ヴァーリャたちは故郷を追われ、モスクワにたどり着いた。金に困った母は体を売って生計を立てることになる。一年もたたないうちに命を落としたことは、母にとってはむしろ幸せだったかもしれない。客の一人に母が殺された時、たまたまその場に居合わせたヴァーリャは、怒りのあまり祖母のダガーナイフでその男を刺し殺した。道具の用途が癒しから殺しに変わった瞬間だ。

その後、ヴァーリャとアントン——当時十二歳と十一歳だった二人は、ストリートチルドレンとして自分の身は自分で守り、暴力に明け暮れるすさんだ日々を送っていたが、やがてギルドによって見出され、怒りを才能に変えることができた。

ヴァーリャは机の上の鏡を見つめた。独特の模様のタトゥーは化粧で隠してあるが、黒い太陽は雲間から輝くかのように透けて見える。ヴァーリャと弟はそれぞれの顔に同じ黒い太陽のタトゥーを半分ずつ入れた。永遠に互いのことを思い続けるという約束として。

〈だが、何事も永遠には続かない〉苦い思いがこみ上げる。

アントンは別の相手を見つけた。

ヴァーリャは鏡に映る自分の姿から視線を下に向けた。手にはまだアサメイを握ったままだ。ナイフの先端の本来の用途は、ろうそくや儀式用のトーテムに力を秘めた記号を彫ることにある。ヴァーリャはそれを闇の目的のために転用し、殺した相手の額に邪視（じゃし）——このエジプトの地に由来する「ホルスの目」を記号化した模様を刻む。

ヴァーリャはギルドを壊滅させ、自分と弟を路頭に迷わせた女の姿を思い浮かべると、ナイフの先端を机に突き立てた。木の表面にゆっくりと新たな約束を彫り、あの裏切り者の額にも同じ模様を刻んでやると決意する。

作業を終えると、ヴァーリャは描いたばかりの模様を見下ろした。
〈弟から私への誓いとは違って、この約束は必ず守る〉

12

六月二日　東部夏時間午前十一時四十四分
ワシントンDC

「グレイたちは無事にハルツームに到着しました」そう伝えながら司令官のオフィスに入ったキャットは、机の上にスターバックスのカップが散乱していることに気づいた。

〈午前中だけの分にしては多すぎる〉

ペインターが片手を上げ、無言で少し待つように要請した。椅子に座る司令官は左右の袖をまくり上げ、背中を丸めて分厚いファイルを読み込んでいる。壁掛け式の三台のモニターには様々な映像が流れていた。一台は音声を消したＢＢＣ放送、もう一台はＣＤＣからのデータがスクロール表示されている現地からのライブ映像。だが、残る一台が謎だった。がらんとしたオフィスを撮影したウェブカメラの映像と思われる。奇妙な光景にキャットは注意を引き寄せられた。一脚の椅子が机から少し引いた位置にある。片側には本棚が置いてあり、英語とアラビア語のタイトルの書物が並んでいた。

次の瞬間、見覚えのある姿が椅子に勢いよく腰を下ろした。予想外の人物の登場に、キャットは思わず息をのんだ。夫のモンクだ。

モンクはウェブカメラに身を乗り出し、キャットがいることに気づくとにやりと笑った。「愛しの妻よ、ただいま」

キャットはペインターの机の角を回り込み、画面とマイクに顔を近づけた。「そこはどこなの？」

モンクが室内を見回した。「ＮＡＭＲＵ-３のみんなはとても親切で、オフィスを一つ提供してくれたのさ。地下にあるけど施設の医学図書室までそれほど遠くないから、便利なことこのうえないね」

モンクが椅子を傾け、横に向かって口笛を吹いた。

キャットは眉をひそめた。「何をして――？」

別の顔が画面上に現れた。「調子はどう、キャット？」

ドクター・イリアラ・カノーだ。腰までの丈のある白衣を着用し、濃い色の髪はスカーフの下に隠れている。小脇には何冊もの学術誌を抱えていた。

キャットは友人に向かって笑顔を見せた。「イリアラ、顔を見ることができてうれしいわ。うちの夫があまり面倒をかけていなければいいんだけれど」

「全然そんなことはないわね」そう言いながらも、イリアラは付け加えた。「ただし、ゼリービーンズをむさぼり食うのはやめてもらいたいけれど。こっちではすっかり品薄になって値段が吊り上がっているから」

モンクはまったく悪びれた様子を見せない。「育ち盛りだから仕方ないじゃないか」

キャットは夫への愛情が湧き上がるのを感じた。「甘いものには目がないんだから」

「だから君と結婚したんだよ。甘い恋の相手には君がいちばんだもの」

〈ちょっと、こんな時に……〉

「私の代わりに一発殴っておいて」キャットは言った。

「今はやめておくわ」イリアラが答えた。「図書室から戻ってきてゼリービーンズの瓶が空っぽだったらそうさせてもらうかも」

イリアラが手を振り、画面から消えた。

キャットには夫に話したいことが、伝えたいことが、いくらでもあった。二人の娘について、一緒にいられないことがどれほど寂しいかについて。モンクが出発してからまだ三日もたっていないというのに、自分の人生における彼の存在がどれほど大きいか、彼をどれほど必要としているか、痛感してばかりいる。夜に子供たちを寝かしつけた後で、黙って一緒に座っていてくれるだけでもいいから。

「俺も君がいなくて寂しいよ」本心からの言葉にモンクのにやにやした笑顔が優しくなる。

夫を抱き締めたくなり、キャットは思わず前に一歩足を踏み出した。だが、オフィス内にいるのは自分一人ではない。

ペインターが座ったまま椅子を引いて机から離れ、立ち上がると、表情を歪めながら背中を伸ばした。司令官が昨日からずっとオフィスに詰めているのは知っている。妻のリサがカリフォルニアの弟のもとを訪れているので、今回の危機に際してオフィスを離れる理由など見当たらないというのが彼の意見だ。

けれども、本当の理由は誰もいない自宅などではなく、心の中の思いにあるのだろうとキャットは察していた。

サフィア・アル＝マーズの所在はいまだに不明のままだ。彼女の無事が確認できるまで、ペインターに休息は訪れない。

ペインターが拳であくびを隠しながらキャットの隣に並んだ。「モンクからカイロの状況について連絡を受けていたところだ。その途中で——」

「——催してきたんでね」モンクが引き継いだ。「パンデミックのど真ん中にいても、自然の欲求には逆らえないということさ」

「しかも、結果的にそれが絶妙のタイミングだった」ペインターが応じた。「彼が用を足している間に、モスクワのインターポールから報告書が入った。関連があるのかどうかはわからない。だが、君に詳しく調べてもらいたい内容だ」

「お任せください」キャットは答えた。

「どうやらそちらは忙しそうだな」モンクが割り込んだ。「それに俺の方も十分後にこっちの研究科学局との医療ミーティングが入っている。重要な知らせがあればまた後で連絡を入れるよ」

モンクはウインクすると、ゼリービーンズを一つかみ手に取りながら映像を遮断した。

キャットはあきれて頭を振りながら、ペインターの方を見た。「モスクワからどんな知らせがあったんですか？」

セイチャンの話に出てきたタトゥーのある女の件だろう。彼女と同じく、かつてギルドに所属していた可能性のある人物だ。しかし、キャットは大きな期待をかけまいとした。この四十八時間、自分も女の正体を突き止めようと試みているものの、どのルートをたどっても袋小路に行き着くばかりだった。セイチャンはその女に関して、評判だけしか耳にしていない。セイチャンと同様に、その女暗殺者もギルドで索敵および殺害を専門にこなす人物として悪名高かったという。キャットはその女の能力を説明したセイチャンの言葉を思い返した。

〈においを嗅ぎつけられたが最後、死んだも同然ということ〉

セイチャンの読みによると、アッシュウェルで四人が生き延びることのできた唯一の理由は、暗殺者がシグマの介入を想定していなかったからだという。

〈けれども、あの女は同じ失敗を繰り返さない〉セイチャンは断言していた。

ペインターが目を通していたファイルから一枚の紙を引き抜き、キャットの方に滑らせた。「キャット、この記号の重要性に関しては君の予想通りだったようだ」

キャットは紙に描かれた模様をすぐに認識した。アッシュウェルでの襲撃後、セイチャンから女暗殺者のタトゥーのスケッチが送られてきていた。太陽を半分にしたような形で、黒い線による記号は透き通るような白い肌を持つ女の身元につながる唯一の具体的な手がかりだった。キャットはその情報を様々な犯罪および警察関係のデータベースと照合したが、なかなか答えは得られなかった。

二十四時間が経過しても新しい手がかりが出てこない中、キャットは記号を眺めながら、これは一つの記号を二分割したものではないかと考えた。そこで二つの半分を組み合わせて一つの完全な太陽の形を作り出した。目の前の紙に印刷されているのがその新たな記号だ。

太陽光線の先端が直角に曲がっていて、自動車のハンドルに似た形を成している。キャットがこの記号の意味に気づくまで、それほど時間はかからなかった。これはコロヴラトで、スラヴ諸国の原始宗教で太陽を表す記号だ。かつては魔術と結びつけられていたが、後にはネオナチをはじめとする国家主義的なグループが取り入れている。

この情報に基づいて検索範囲を狭め、キャットは調査をスラヴ諸国に限定した。情報機関の人的ネットワークを通じてスラヴ系の十三カ国のインターポール支局に連絡を入れ、小さな町の警察記録を洗うように要請した。そうした末端の記録はリヨンにあるインターポール本部のデータベースには登録されていない可能性がある。さらに徹底を期するために、スラヴ系の国の多くがかつて旧ソ連圏を構成していたことから、モスクワのインターポールにも同じ依頼を出しておいた。

それが今から二十四時間前のことだ。

「これがヒットしたんですか？」キャットは訊ねた。「この記号を半分にしたタトゥーを顔に持つ女の記録が見つかったんですか？」

「そうではない」ペインターの返事はキャットの小さな希望の火を吹き消した。

「それなら何が――？」

「モスクワが見つけたのは若い男に関する一件の記録で、まだ十六歳の少年の顔にこの記号を半分にしたタトゥーが彫られていたというものだ。約十年前、モスクワからほど近いドゥブロヴィツィという小さな町において、男は窃盗および猥褻行為により有罪判決を受けたものの、収監される前に逃亡している」

キャットはため息をついた。これもまた行き止まりだ。「司令官、この線を追っても望み薄です。無関係の情報が引っかかることは予期していました。コロヴラトはネオナチ系のグループの間で人気が高まっている記号ですから。インターネットで検索すれば、このタトゥーを入れた白人至上主義者たちの画像が何百とヒットしますし、そのほとんどが男性です」

「だが、この記号の半分だけのタトゥーというのはどうなんだ?」ペインターが食い下がった。

確かに、それが奇妙だということは認めざるをえない。

「もう一つ、これをどう思う?」ペインターはファイルを開き、少年の顔写真のコピーを取り出した。ページの下にはキリル文字のとがった線が連なっている。少年の罪状を記してあるのだろう。ペインターが写真を指差した。「気になるところはないか?」

キャットはまだしわ一つない若い顔を凝視した。肌の白さが顕著で、髪も雪のように真っ白だ。かなり整った顔立ちで、唇は薄く、鼻筋も通っている。だが、せっかくの美男子も顔の左半分を覆ったタトゥーのせいで台なしで、どこかおぞましさすら感じられる。

ペインターは四角で囲まれたキリル文字の単語を指差した。

альбинос

「これによると、この男はアルビノだということだ」

　女が幽霊のように青白い顔をしていたというセイチャンの説明を思い出し、キャットは目を見開いた。「なるほど、この線は追ってみる価値があるかもしれません。この若者の名前は？」

「アントン・ミハイロフだ」

　キャットはファイルに向かって手を差し出した。「彼に関してどんな情報をつかめるか、調べてみます」

　ファイルを受け取ったキャットは、ペインターの瞳に不安の色が浮かんでいることに気づいた。

言葉に出して説明してもらうまでもない。

サフィア・アル＝マーズを発見するための時間は刻一刻と少なくなりつつある。

東部夏時間午後零時十分
エルズミーア島

〈すべて私のせい……〉

サフィアは罪悪感に苛まれ、ローリー・マッケイブをどうしても直視できずにいた。傍らに立つハロルドの息子は服を脱がされてボクサーパンツ一枚になり、ぎこちない動作で黄色い防護服を着用しようとしている。サフィアは視線をそらし続けた。半裸の男性をじろじろ見るのが失礼に当たるからではない。自らに対する羞恥心のせいだ。ローリーの右目は紫色に腫れ上がり、ほとんどふさがってしまっている。

昨日、サフィアは時間稼ぎを試みた。厳格なスケジュールが定められている中で消極的な抵抗を試み、疲労を装ったり、わざとゆっくり移動したり、マッケイブ教授の手による大量の古いメモを読み込むふりをしたりした。その隙を利用して周囲の状況を観察し、脱出方法を考えていた。だが、厳しい現実を突きつけられただけだった。

〈ここから逃げる方法はない〉

エルズミーア島の施設は見渡す限り何もないツンドラに囲まれ、唯一の例外に当たる北西側は砕けた氷に覆われた海に面している。夜になっても眠れぬサフィアの耳には、こすれ合う浮氷群がうめいたり割れたりしながら奏でる音がひっきりなしに聞こえていた。音が鳴りやむのは真冬が訪れ、北極海が再び一面凍結して太陽が空から姿を消す数カ月間だけなのだろう。

そんな凍りついた大地を横断して逃げようと試みたとしても、ほかの危険が存在する。部屋の窓からは灰色がかった白い塊が黒い花崗岩の上をゆっくりと移動するのが見えた。島の沿岸部にはホッキョクグマが生息し、アザラシなどの獲物を探している。今朝、仕事のために呼び出される前、サフィアは数人の作業者たちが外のアンテナ群のあたりを歩き、ケーブルを確認したりクリップボードにメモを取ったりしている姿を目にした。全員が身を守るためにライフルを肩から掛けていた。

何万平方メートルもありそうなあの鋼鉄製の森や、その中央に位置する巨大な掘削跡の目的に関しては、いまだに見当もつかない。施設内の高いフロアにある図書室の窓から眺めた時、サフィアは穴の真ん中から何かが突き出ていることに気づいた。その先端部分だけしか垣間見ることができなかったが、直径が優に二十メートルはあろうかという大きな銀色の球体と思しきものが載っていた。

あの設備について何度かローリーに問いただそうとしたものの、ハロルドの息子はいっそううつむき、見張り役の色白のアントンに視線を向けるばかりだった。どうやらその情報はサフィアには不要と見なされているらしい。もっとも、サフィアはローリーが答えるのをためらったことには驚かなかった。ここでの作業はかなり細分化されているらしいと推測していたからだ。あらゆることが必要最小限の人間だけで管理される形になっている。通路ですれ違ったほかの作業者たちは、同じ色の制服を着用した者同士が固まって歩いていた。制服の色が各自の任務を表しているのだろう。

サフィアは目の前のベンチにたたんで置いてある灰色の作業着を見つめた。ローリーの作業着も同じ色だ。ほかのスタッフたちが二人を避け、目を合わせようとすらしないことから判断すると、この色が何を意味しているかは想像がつく。

〈囚人〉

あるいは、囚人同然の扱いを受ける「強制労働者」の方が的確かもしれない。

ローリーが防護服のフードをかぶろうとしたが、プラスチックが腫れ上がった目に当たったために顔をしかめた。昨夜、ローリーはアントンから顔面に強烈なパンチをお見舞いされた。完全に不意を突かれたローリーは仰向けに倒れ、うめき声も出ないほど驚いた様子だった。その間、アントンの視線がサフィアから離れることはなかった。見張りは訛りの強い言葉でぶっきらぼうに告げた。

「明日はもっとちゃんと働け」

どうやらサフィアの仕事ぶりには問題があると見なされたらしい。

今朝、サフィアは言われたことをすべてこなしたが、その大半はバイオセーフティー実験室内での作業に関する細則を熟読することだった。すべてを暗記するように要求され、その後はアントンによる確認を受けた。今日はロシア人も満足げにうなずいた。

防護服を着用しながら、サフィアは主な指示を頭の中で振り返った。


――すべての作業者は正圧エアタンクを装着すること。

――生物学的サンプルは二重に密閉し、消毒薬槽または燻蒸(くんじょう)消毒室を通すこと。

――すべての作業面を除染すること。

――退出前に防護服の表面を薬品のシャワーで洗浄すること。


ほかにも多くの規則や手順があるが、それらを破った場合の罰はすべてローリーが受けることになる。

〈そのミスで先に命を落とすのは私だけれど……〉

恐怖で体が細かく震えるのを意識しながら、サフィアはフードをかぶり、防護服の隙間を密閉した。一瞬、閉所恐怖症のパニックに襲われる。素早く作業を続けてエアホースを所定の場所に取り付ける。防護服の内部に冷たい空気が吹き込んだおかげで、完全なパニック状態に陥る事態は回避できた。サフィアは金属臭のする空気を何度か大きく吸い込んだ。

目の前を歩くローリーの姿は、チューブにつながれた宇宙飛行士のようだ。「大丈夫ですか?」声を出すと自動的にスイッチが入る無線を通じてローリーが語りかける。

サフィアはうなずいた。だが、力が入りすぎていたかもしれない。

「本当に?」

「ええ」サフィアはかろうじて声を絞り出した後、改めてしっかりと答えた。「問題ないわ、ローリー。早くこの作業を終わらせること」

課された責任から尻込みしているようには見られたくない。アントンが両手を背中側で組み、外の前室内に立っていた。見張りは二人の無線での会話を聞くためにイヤホンを装着している。

「さあ、行きましょう」サフィアはローリーを促した。

ローリーが先頭に立っていくつもの扉を抜けていく。薬品シャワー用の部屋を通り過ぎると、その先に実験室が広がっていた。壁沿いに連なる持ち場の様子から、今朝はほかのスタッフもここにいたと思われる。自分とローリーが人目を気にすることなく被験体と対面できるよう、退出を命じられたに違いない。

二人を待っていたのは高さのある密閉ケースと、その中身だった。

恐怖に震えていたにもかかわらず、サフィアは黒っぽく変色した銀の王座に腰掛けるミイラ化した女性の姿に魅了されていた。前に垂れた頭の醸し出す穏やかな雰囲気に心が落ち着く。サフィアはその姿を目に焼きつけた。これだけ近い距離から観察すると、いくつもの細かい点に気づく。女性の頭部はすべすべしていて毛髪がない。だが、このエジプト人の高貴な女性が黒髪を失ったのは腐敗が原因なのではないように思える。

あらかじめ髪を剃ってあったのだ。

体毛もまったく残っていない。眉毛までもが消えている。

好奇心からサフィアはケースに近づいた。

「これは何らかの儀式による死に違いないわ」サフィアは誰にともなくつぶやいたが、無線がその声を拾って送信した。

「父も同じように考えていました」ローリーが応じた。「まだ生きている間に墓の中に密閉されたのだと信じていたんです。それどころか、墓の周囲を取り巻くように古い灰が残っていたことから、この女性は中に閉じ込められたまま蒸し焼きにされたのだと考えられます」

「無理やり閉じ込められたわけではないと思う。彼女は自らの意志で中に入ったんじゃないかしら。あんなにも心安らかな様子で王座に腰掛けているじゃない。足枷をはめられたわけでも、縛り付けられたわけでもない。耐えがたいほどの苦痛だったはずなのに」サフィアはフードに覆われた頭を傾け、女性の肌が銀の王座と接して黒く焦げた部分を観察した。「けれども、彼女は高温の王座から離れようとしなかった」

サフィアはケースの掛け金を外そうと手を伸ばした。

「僕がやります」ローリーが申し出た。

サフィアはうなずき、後ずさりをして作業のための場所を空けながら、かすかなもどかしさを覚えた。昨日割り当てられた作業は、マッケイブ教授の調査結果を——正確には、調査結果のうちの少ないながらも残っている分を見直すことだった。詳細に関しては明かしてもらえていないが、ハロルドが逃亡前に自身の研究の破壊を試みたのだと知らされた。だが、部分的な破壊にとどまったらしい。彼の研究の一部が、全体像の中の断片が破壊を免れた。サフィアの役目は、ローリーの助けを借りてその断片を再びつなぎ合わせることにある。

けれども、彼らがまだ秘密にしている事柄があるのは確かだ。

この女性がどこから来たのかについても、なぜそんなにも重要なのかについても、まったく手がかりがない。

ローリーがようやく最後の掛け金を外し、扉を大きく開いた。

　答えが知りたくてたまらず、サフィアは前に進み出て高貴な女性の目の前に立った。相手の体をなめ回すように眺めながら、さっきの距離からは気づかなかった点を見て取る。王座の背もたれ上部の横木に施された彫刻は、咆哮（ほうこう）しているライオンの歪めた口からその反対側に位置する女性の頰のどこかはにかんだような曲線に至るまで、エジプト芸術の傑作と呼ぶにふさわしい。

　しかし、サフィアの視線を釘付（くぎづ）けにしたのは目の前にある真の驚異だった。こちらの大作は長い年月の影響こそ受けてはいるものの、その美しさは色あせていない。

〈だから全身の体毛を剃ったわけね〉

　女性の肌の表面にはヒエログリフがびっしりと彫り込まれていた。頭頂部から裸足のつま先に至るまで、全身に、何列にもわたって。

〈何てことなの……〉

　何が記されているのかを知りたくてたまらず、サフィアは息苦しさすら覚えた。女性はこの物語を未来永劫（えいごう）に保存するため命を断ったのだ。

　サフィアは再び女性の穏やかな表情を見つめ、小さくつぶやいた。

「すべてを教えて」

東部夏時間午後二時十三分
ワシントンＤＣ

「新たにヒットしました！」ジェイソンが隣の部屋から声をかけた。

キャットは机から顔を上げた。オフィスの窓からはシグマ司令部の通信室が見渡せる。照明を落とした室内で一台のモニターが輝き、首席分析官のジェイソン・カーターの顔を照らしていた。ジェイソンもキャットと同じくかつて海軍に所属していたが、年齢は十歳下だ。ブラックベリーと改造したｉＰａｄだけで国防総省のサーバーにハッキングして海軍を除隊になったジェイソンを、キャットがシグマにスカウトした。亜麻色の髪とあどけない顔立ちとは裏腹に、ジェイソンは文字通りの天才で、特に分析力にかけては並ぶ者がいない。

キャットは立ち上がり、隣の部屋に入った。「見せて」

この二時間のうちに、二人の獲物――アントン・ミハイロフに関してほかに三件のヒットがあったものの、いずれも新たな情報にはつながらなかった。

ジェイソンはキーボードを叩きながら背中を丸めて画面をのぞいている。「これは期待できそうです」

「それを判断するのは私だから」意図していたよりもきつい調子の言葉が出てしまう。

キャットはジェイソンの肩に手を置いた。「ごめんなさい」

「気にしていませんから」ジェイソンが振り返った。「あなたが感じているプレッシャーは十分に理解できます。司令官と廊下ですれ違いましたが、何と言うか……張り詰めた雰囲気でした」

「案じているのよ。私たちみんなも同じだけれど」

ジェイソンがうなずいた。「これが役に立つかもしれません」

ジェイソンはパスポートの顔写真を画面上に表示させ、アントン・ミハイロフを少し大人びた雰囲気にしたモンタージュ写真の隣に並べた。モンタージュは若い時の顔写真を加齢用ソフトウェアにかけて作成したものだ。キャットは一致する人物がいることを期待して、その加工した写真を顔認識用のデータベースに転送しておいた。念のために二通りの写真を作成してある。一枚は目につきやすいタトゥーのある写真、もう一枚はタトゥーのない写真。男が潜伏するためにこの目立つ特徴を隠すか除去したという可能性を捨て切れなかったからだ。

二通りの写真を送るというキャットの選択は正しかった。パスポートの写真の男性にはタトゥーがない。

そう思いつつも、キャットは二枚の写真を見比べた。かなり似ているように思える。

キャットはパスポートの名前を読み上げた。「アントニー・ヴァシリエフ」

ジェイソンが片方の眉を吊り上げた。「アントニー……アントン。たまたま似ているのだとはとても思えません。そこで、新しい名前を使って素性を調べたところ、これが見つかりました」ジェイソンは別の写真を呼び出した。

従業員用の身分証明書だ。

キャットは画面に顔を近づけ、会社名を読み上げた。「クリフ・エネルギー」

「資料によると、アントニーは研究拠点――オーロラ・ステーションという北極圏にある施設の警備主任を務めています」

〈北極圏……〉

キャットは間違いではないかと思い始めた。顔立ちと名前が似ているのは単なる偶然の一致だろう。クリフ・エネルギーは多国籍企業体で、持続可能エネルギーのシステムに関して数百もの特許を取得している。参入する業種は複数にまたがる。CEOのサイモン・ハートネルは鬼才の呼び声が高く、ハイテク企業系の億万長者として太陽光、風力、地熱エネルギーの分野で最先端のさらに先を追い求めている。それに加えて、ほかの同じような産業界の大物たちがプロのバスケットボール・チームを買収したり、贅沢三昧の暮らしを送ったりしている一方で、サイモン・ハートネルは博愛主義者として知られ、アフリカ各地を中心とした慈善活動に何百万ドルもの寄付を行なっている。

「この男性が本当にアントン・ミハイロフだとしたら」キャットは切り出した。「新しい身元が鉄壁のものでもない限り、この企業の身辺調査には合格できなかったはず。クリフ・エネルギーは政府との複数の契約も統括していて、その中にはＤＡＲＰＡとのものも含まれる。これは私たちが探している男とは違うかもしれない」

その疑問に答える代わりに、ジェイソンはキーボードを叩いてこの男性の医療記録と思しきものを表示させた。

「どうやってそれにアクセス――？」キャットは首を左右に振った。「気にしないで。知りたくないわ。なぜこれを見せてくれたわけ？」

ジェイソンはある一行を指差した。「彼はニチシノンを定期的に処方されています」

「それはどんな薬なの？」

ジェイソンはアメリカ国立衛生研究所のウェブサイトのあるページを呼び出し、その中の記述を読み上げた。「皮膚および目の色素生成に必要なアミノ酸のチロシン生成の遺伝的な欠損である眼皮膚白皮症ＩＢ型の治療薬」ジェイソンがキャットの方を振り返った。

「簡単に言うと、アントニー・ヴァシリエフはアルビノです」

キャットの背筋に緊張が走る。

「彼が僕たちの探している男に間違いありません」ジェイソンが断言した。「でも、それだけじゃないんです」

「ほかにも証拠があるの？」

「もっといいものです」ジェイソンは再び入力してから椅子の背もたれに寄りかかり、両腕を伸ばしながら指の関節を鳴らした。「彼には姉がいます」

画面上にはクリフ・エネルギーの別の社員証が表示されていた。写真の女性は険しい顔つきで、アントニーと同じく青白い肌と白い髪をしている。この女性の顔にもタトゥーは確認できないが、黒い太陽は濃いメイクの下に隠れている可能性がある。

「彼女の名前はヴェルマ・ヴァシリエフ」ジェイソンが伝えた。「でも、弟と同じく、本名ではないでしょう」

女の顔を見つめるキャットは気持ちの高ぶりを感じた。

「この写真をセイチャンの衛星電話に送って」ジェイソンに指示を出す。「襲撃者の女と同一人物かどうか、確認を取ってもらうように。それからEUと北アフリカ各国の出入国管理局に警報を送ること。ヴェルマ・ヴァシリエフがつい最近イギリスを訪れたことがあるかどうか、もしそうならば今どこにいる可能性があるか、調べてちょうだい」

ジェイソンはうなずき、コンピューターの操作に戻った。

セイチャンから同一人物だという確認を取れなくても、グレイのチームはこの女を警戒しておく方がいい。

この大きな進展をペインターに報告しようとしてキャットは踵を返したが、もう一つジェイソンに指示を与えた。「私が席を外している間に、弟が働いている例の北極の施設に関してできる限りの情報を集めておいて」

「任せてください」

アドレナリンがあふれるのを感じながら、キャットは通信室を出ると大股で司令官のオフィスに向かった。扉は半開きになっているが、中から話し声が聞こえる。キャットは扉の枠を軽くノックした。「よろしいでしょうか?」

ペインターは一台の壁掛け式モニターの方を向いて机の端に腰掛けていた。キャットに向かって手を振る。「入ってきてくれ、キャット」

別の声が彼女を出迎えた。「こいつはいいや。お楽しみの始まりだ」

声の方を見ると、またしても夫の顔が画面に映っていた。NAMRU-3の研究科学局とのミーティングが終了し、司令官に報告を入れていたところに違いない。

モンクの向ける笑顔は、キャットの不安を大いに和らげる効果があった。「君はいつ見ても素敵だな」

「あなたも素敵よ」

モンクの左の目尻にしわが寄る。「愛しの妻よ、どうかしたのか?」

いつものように、夫には心の中の緊張がお見通しだ。「アッシュウェルでセイチャンたちを襲撃した女の身元を特定できたと思います。その女がドクター・アル=マーズの拉致に関与していた可能性も考えられます」

ペインターが顔を向けた。「話してくれ」

キャットが分析の過程を振り返る間に、ペインターとモンクが質問を挟む。キャットが説明を終えると、ペインターの目に浮かんでいた疑念が確信に変わる。

「よくやってくれた」ペインターが声をかけた。

キャットは自分一人の手柄にするわけにはいかなかった。「面倒な作業はほとんどジェイソン・カーターがこなしてくれましたから」

ペインターは下唇をさすって考え込みながらうなずいた。

「まあ、アシストがあったにせよ」モンクが応じた。「君は見事なダンクシュートを決めたわけだ」

ペインターは机の後ろに戻った。「北極圏の施設のことなら知っている。オーロラ・ステーションという名前を聞いたことがあるという程度だが」

「どういうことですか?」キャットは訊ねた。

「あそこはDARPAが資金の一部を援助している」

画面上のモンクが鼻を鳴らした。「本当ですか?　どうしてまた?」

「マスコミに叩かれたからだ」ペインターは謎めいた答えを返して椅子に座った。デスクトップ・コンピューターのキーボードを叩き始める。

「二〇一四年のことだが」ペインターは説明を始めた。「アメリカ空軍はアラスカ州のＨＡＡＲＰ研究施設を閉鎖した。ＨＡＡＲＰとは High Frequency Active Auroral Research Program――高周波活性オーロラ調査プログラムの略称だ。ＤＡＲＰＡも資金を援助したこのプログラムの目的は、電離層を研究することにあった。電離層というのは地球の上空数十キロから数百キロの高さを取り巻くプラズマの層で、衛星や無線通信に重要な役割を果たしている。ＨＡＡＲＰでは地上に設置した無線アンテナから空に向かって高周波数の信号を送るという実験が行なわれた。それによって科学者たちは潜水艦との通信を向上させる方法の研究に取り組んだほか、数え切れないほどのテストを実施することができた。あるプロジェクト――月面エコー実験では、月に光線を当てて反射させたこともある」

「何のためにですか？」モンクが訊ねた。「月を吹き飛ばそうとしていたとか？」

キャットは笑みを浮かべたが、ペインターはその質問を真に受けた。

「そうじゃない。だが、施設に対するとんでもない言いがかりに比べれば、今のはかなりまともな方だな。はるか北極の近くにある軍事基地が空に向かって見えない光線を発射しているとの事実が公になると、ありとあらゆる非難の嵐が巻き起こった。宇宙兵器だとか、洗脳のための装置だとか、気象を操る機械だとか。二〇一一年の日本の大地震までＨＡＡＲＰのせいにされたほどだ」

「つまり、かなり激しく叩かれたというわけですね」キャットは応じた。

「HAARPはそうした批判を完全に払拭することができなかった」

「でも、今の話とオーロラ・ステーションがどう関係してくるんですか?」モンクが質問した。

「オーロラ・ステーションは基本的にはHAARPの生まれ変わりだが、その規模ははるかに大きい。アンテナ群は十倍になり、採用されている技術も最先端の中の最先端だ。それに軍の運営ではなく民間企業の所有だから、あまり人々の注目を集めることもないし、隔絶された地にあるからなおさらだ。そうした理由から、HAARPの実験を国民の目の届かないところで続けるために、DARPAは密かにプロジェクトの一部に資金を援助している」

キャットはペインターがこのプロジェクトに関心を寄せる理由が理解できた。司令官に就任する前、シグマにおけるペインターの専門分野はハイテク技術で、「オン」と「オフ」のボタンがあるもの全般に及んでいた。電気工学の博士号を持っているほか、複数の特許も取得している。

ペインターが背後のモニターの画面上に画像を表示させた。オーロラ・ステーションを運営している企業のロゴは、誰もが目にしたことがある。表面に科学記号や図が記され、傾いて倒れそうになっている卵だ。

「会社およびCEOのサイモン・ハートネルに関して知っておくべきことのほぼすべては、このロゴが言い表している」ペインターは説明した。「そもそも施設が国民から監視の目を向けられにくくなっているのは、彼が関わっているおかげだとも言える」

「どういうことですか？」モンクが訊ねた。

「彼は慈善活動に熱心なため、国民の間でとても受けがいい。それに彼の会社の技術は誰もが利用している。高速無線充電器に、長持ちするバッテリー。そうした信用があるからこそ、洗脳用の装置を製造しているなどと言って彼を責める人はいないわけだ」

モンクが眉間にしわを寄せた。「でも、その卵が彼に関して知っておくべきことのすべてを言い表している、というのはどういう意味なんですか？」

Clyffe
Energy

ペインターはクリフ・エネルギーのロゴが表示されている画面を肩越しに振り返った。「これはコロンブスの卵を表しているそうだ」

「何の話です?」モンクが訊ねた。

「言い伝えによると、かつてコロンブスは卵を縦に立てることができると主張し、自らを批判する者たちにやらせた。誰一人としてできなかったのを見ると、コロンブスは卵をつかみ、底をテーブルでつぶして平らにした。そうやって卵を立てたのだ」

「言い換えれば、いんちきをしたということか」モンクがつぶやいた。

キャットは夫をにらみつけた。「今の話は創造性についての教訓よ。一見したところ解決不可能な問題の答えを見つけ出すためには、型破りな発想が必要だということ」

「サイモン・ハートネルの考え方を一言で要約すると、だいたいそんなところだ」ペインターは応じた。「だが、ロゴにはもう一つの意味が込められている。ハートネルは自らを発明家ニコラ・テスラの知識の継承者と見なしている。テスラのことを崇拝していると言ってもいいくらいだ」

モンクがロゴを指し示した。「でも、その執着とあの卵との関係は?」

「一八九三年に開催されたシカゴ万国博覧会で、テスラはコロンブスの試みを今度は科学的に再現しようとした。銅でできた卵を回転磁場の内側で回したのさ。長軸にかかるジャイロ効果により、卵は縦になって回転する。そうやって何世紀も前のコロンブスからの挑戦に勝ったというわけだ」

「しかも、いんちきなしで」モンクが感心した様子で付け加えた。

「コロンブスだって――」キャットはあきらめ、ペインターに話しかけた。「クリフ・エネルギーは北極圏にある以前よりも拡張された施設で、具体的に何をしているんですか?」

「様々な新しいプロジェクトだ。例えば、北磁極の移動地図の作成や、超高層大気中のプラズマ雲の分析など。しかし、その主眼は気候変動の調査にある。施設では極超長波と超長波――通常は潜水艦との通信に使用される電波を利用して、浮氷群の厚さを監視している」

キャットは強い不安を覚えた。「北極の開発は一大産業になりつつあります」

「おまけに政治的な対立もはらんでいる」ペインターが補足した。「北極の氷が融けることにより、これまでずっとその下に埋もれていた豊富な資源を巡って領土も絡んだ大論争が巻き起こっている。カナダ、ロシア、デンマークが領有権を主張して争っている状況だ。対立が一線を越えるのも時間の問題だろう」

背後の廊下の方から足音が聞こえ、続いて切迫したノックの音がオフィス内に鳴り響いた。ジェイソン・カーターが室内に入ってくる。「見ていただくべきものがあります」

午後二時三十九分

ペインターは場所を空け、若者にコンピューターを使用させた。ジェイソンが何かに興奮していることは手に取るようにわかる。

ジェイソンは作業を進めながら説明した。「キャットから北極圏にある例の施設を調べるようにとの要請がありました。あの地域は何もかもが監視下に置かれています。軍事衛星に、アメリカ海洋大気庁の測候所。カナダのノーザン・ウォッチ・プログラムはあの地域一帯での自国の利害を守るために、空中と氷上と水中でドローンを駆使してあらゆる動きを監視しています。近頃ではホッキョクグマも地震計が気になって、おちおちおならもできないとかいう話ですからね」

「ジェイソン……」キャットがたしなめた。

「わかってますよ。もう少し待ってください」

ペインターはキャットと顔を見合わせながら、ジェイソンの説明とさっきまでの会話がつながったことに気づいた。

「それで思ったんですが」ジェイソンが続けた。「そうしたたくさんの監視装置を利用しない手はないですよね？　そこでオーロラ・ステーションの周辺に捜索範囲を限定し、時間もドクター・アル＝マーズの拉致から二十四時間以内に設定しました」

ペインターは拳を握り締めた。

「そうしたら、ノルウェー極地研究所の衛星にこんなものが映っていたんです」

ジェイソンは映像をオフィス内の三つ目のモニターに表示させた。一面に広がる雪と黒い岩盤の上に着陸した一機のヘリコプターを上空からとらえた画素の粗い映像だ。ローターはまだ回転中で、小さな人影が機体の周囲で作業を行なっている。その時、貨物室からストレッチャーが下ろされ、四角い建物群の方に運ばれていった。

ジェイソンがペインターを一瞥した。「誰がストレッチャーに載せられているのかまでは確認できませんでした。でも、あんなまわりに何もない施設に患者が救急搬送されるなんておかしくないですか？」

ペインターは麻酔銃を撃たれたサフィアが驚きの表情を浮かべ、無言で助けを求めながら画面の向こうから手を差し出した光景を思い返した。

「どう思います？」ジェイソンが訊ねた。

ペインターの中で数日間にわたってくすぶり続けていた怒りが爆発した。視界が狭まり、喉が締め付けられる。言葉が出てこない。再生されている映像をもう一度初めから凝視する。運ばれていくストレッチャーが建物の中に消えるまで見届ける。

「司令官？」キャットが問いかけた。

「私があそこに行く」歯を食いしばったまま、ペインターは短く答えた。

「誰かが行くべきです」キャットが同意した。「でも、ほかの人に――」

「私が自ら行く」ペインターは画面に背を向け、二人に向き合った。深呼吸をするものの、表情は石のようにこわばったままだ。「DARPAはオーロラ・ステーションに資金を提供している。あの施設の査察を行なってもいい頃だろう」

じっと見つめるキャットは、頭の中で今の案の是非を計算しているに違いない。「DARPAのメトカーフ大将に働きかけて、そうした隠れ蓑を用意してもらうことはできると思います」

「それでも、作戦を成功させるためには、しっかりとした技術的な知識を持つ人間が必要だ」

「それがあなただということですね」キャットがモンクに視線を向けた。二人とも今回の件におけるペインターの個人的な問題を気にかけているのは明らかだ。ようやくモンクが小さくうなずくと、キャットはペインターの方に向き直った。「それなら、私も同行します」

「一人で行く方が――」

今度はキャットがペインターの言葉を遮った。「あなたが行くなら、私も行きます」続いてジェイソンに向かって手を振る。「私がここを離れてもカーターがいます。必要が生じた場合は、モンクがエジプトから指示を出すこともできますし」

「こっちは問題ないですよ」モンクが言った。

ペインターはサフィアの救出を成功させるためにはキャットの協力が必要なことを認識していた。シグマの司令官は自分だが、本当の意味でここを取り仕切っているのはキャットなのだから。

現実を受け入れ、ペインターはうなずいた。「それなら、アノラックを用意してくれ」

13

六月二日　東アフリカ時間午後七時十八分
スーダン　ハルツーム

太陽が西の空に沈む頃、グレイは文明の上流に立っていた。

二本の川に挟まれて細長い草地がある。グレイの左側にあるのは白ナイル川で、その名前の由来になった白っぽい粘土を攪拌(かくはん)しながら緩やかに流れている。右側に見える青ナイル川は川幅がより狭く、水の色も黒みが強い。

しかし、グレイの目を釘付けにしたのは目の前の光景だった。

二本の支流が一つに交わり、水が混ざり合い、この地域の命を支えるナイル川を形成している。

グレイは蛇行しながら北のエジプトに向かう流れを目で追った。この場所の醸し出す時を超越した雰囲気が、ハルツームの街にこだまする夕べの祈りを呼びかける声でいっそう高まっていく。頭上の薄暮の空に浮かぶ三日月が暗い川面に反射して、銀色をした牛の角のように見える。

セイチャンが横に並び、グレイの腰に腕を回した。すべてをなげうち、立ち去ってはどうかという、カイロでのセイチャンの誘いが心によみがえる。時の流れから外れたこの瞬間には、その魅力をひときわ強く感じる。

隣でセイチャンがため息をついた。同じ夢想にふけっているかのように、その一方で、そんなことはありえないと理解しているかのように——少なくとも、今はまだありえない。「コワルスキから連絡が入った」セイチャンの言葉に、グレイの思いが現実に引き戻される。「輸送手段と一緒に戻ってくる途中らしい。あと十分もあれば到着するとのこと」

ペインターとキャットが砂漠の奥深くまでたどり着けるような頑丈な乗り物を手配してくれた。コワルスキは車のほか、食料、飲料水、予備のディーゼル燃料を取りにいっている。これから向かうのはほかに誰もいない場所だ。

〈本当にそうだといいんだが〉

セイチャンからはキャットが送ってきた写真を見せてもらっていた。感情のこもっていない瞳でにらみつける真っ白な髪の女性が写っていた。アッシュウェルでは暗殺者の顔をほんの一瞬しか目にすることができなかったため、セイチャンも写真の女が同一人物なのかどうか、確信が持てずにいる。

しかし、あの時の遭遇以降、セイチャンはいつにも増して用心深く、絶えず周囲に目を配っている。セイチャンのような人間を怯えさせるのだから、この女がかなり厄介な相手なのは間違いない。

明るい笑い声が背後から——上の方から聞こえた。

グレイは振り返った。数メートル離れたところで小さな観覧車が回っている。ここはこぢんまりとした遊園地の一角で、その名称の「アル・モグラン」はこの場所に由来する——「合流点」の意味だ。

グレイが見上げた先にいるのはデレクとジェーンで、二人は頭を寄せ合って笑みを浮かべながら、観覧車に乗り続けている。時間をつぶすのに最も賢明なやり方とは言えないかもしれないが、二人のためにはこれがいちばんいいのかもしれない。この先に控えていることを考えればなおさらだ。

グレイたちがハルツームに到着したのは二時間前のことだ。午後の遅い時間にもかかわらず、耐えがたいほどの暑さだった。一行は砂漠の気温が急激に下がる日没後に出発する予定でいる。最初の目的地はここから百十キロほど南に位置するルファアという小さな村で、瀕死の状態のマッケイブ教授を発見した家族が暮らしているところだ。現在、その家族は病人と接触したということで隔離されているが、村人の一人——その家族の親戚に当たる人物が案内役を務め、グレイたちを砂漠まで連れていってくれるという。

観覧車が速度を落として停止した。セイチャンは少し離れたところに立ち、夜の帳が下りつつある公園内の脅威に目を光らせている。

グレイは観覧車から降りるデレクとジェーンに歩み寄った。二人とも緊張がほぐれた様子で、何歳も若返ったように見える。デレクが座席から立ち上がるジェーンに手を差し出した。心なしか必要以上に長く、手を握っていたように感じられる。

「楽しかった」ジェーンが言った。「どの方角も何キロにもわたって見えたもの」

デレクもうなずいた。「今回の問題のそもそもの発端になった新しいダムの建設現場が見えるかもしれないと期待していたんだけどな。でも、遠すぎたみたいだ。北東に百五十キロ以上も離れたところだから」

グレイはそのプロジェクト――ナイル川の第六急流に位置する現場が、二年前にマッケイブ教授の率いる調査団が運命の旅に乗り出した出発点だということを知っていた。一行は岩の断片、吹き寄せる砂、見上げるような高さの砂丘といった荒涼とした風景が何千平方キロメートルにもわたって広がる過酷な地形の中に姿を消してしまったのだ。

〈俺たちもこれからそんな場所に向かおうとしている〉

グレイは全員を促した。「コワルスキがそろそろ帰ってくる頃だ。道まで戻ることにしよう」

遊園地内を横切りながら、ジェーンは銀色に輝く川の合流地点を振り返った。「このあたりについては何度も本で読んだことがあるけど、実際に見ると……」

大きく見開いたジェーンの瞳は初めて目にするものへの驚きに満ちていた。

グレイはジェーンがいかに若いかを改めて思い知らされた。彼女はまだ二十一歳なのだ。聡明な女性なのは間違いないが、これまでの教育の大部分は教室や図書館で学んだものので、現場での経験から得たものではない。それでも、これまでの出来事を考えれば、よく音を上げずに頑張っていると評価できる。

グレイはジェーンの隣に並んだ。

「ジェーン、君のお父さんの足跡を追って砂漠に踏み入ろうとする前に、彼が証明しようと試みていた理論のことをもっと詳しく知っておくべきだと思うんだ。前に君から聞いた話では、出エジプト記に関する君のお父さんの理論についてはほとんどの考古学者たちから異論が出ていたということだったけれど」

「考古学者からだけでなく、ユダヤ教のラビからも」ジェーンは歩きながらうつむいた。この件を話題にしたくなさそうなのは明らかだったが、それでも話を続けてくれた。「多くの人はモーセに関する話が歴史上の事実ではなく、寓話だと信じている。そうした判断の根拠になっているのは実在の人物であるラムセス二世のことが出エジプト記で触れられているという点で、彼の治世中に災いが降りかかったり奴隷の反乱が起きたりした考古学的な証拠が存在しないという理由から、モーセの物語は作り話だと見なされているの」

「簡単明瞭な説明に聞こえるんだが、それに対する君のお父さんの見解は？」

「父――および数人の同僚たちは、『ラムセス』という名前に関して出エジプト記の中に見られる矛盾を指摘して、モーセが十の災いをもたらした相手のファラオは本当にラムセス二世だったのか、という疑問を呈していたの。かなり込み入った話になってしまうんだけど」

「だが、どうしてそのことが重要なんだ？」

「だって、そうだとしたら考古学者はラムセス二世の治世に限定されることなく、ほかの時代でも出エジプト記の証拠を探す自由を手にできるでしょ」

「その新たに手にした自由で、君のお父さんと同僚たちは何かを発見できたのか？」

「何もかも発見できた」ジェーンは彼方にかすむ砂漠の丘陵地帯を見つめた。「ラムセス二世よりも四世紀前の時代に目を向ければ、どうしても見つからなかった出エジプト記に関する考古学的な証拠をすべて発見できるの」ジェーンは指折り数えて例を示し始めた。「イスラエルの人々の奴隷の町。疫病の大流行があった兆候。人々が大急ぎで町を逃げ出した痕跡。聖書に記されているヨシフの墓と驚くほどよく似た地下室まで発見されている。すべてが揃っているのよ」

「君のお父さんが立証しようとしていたのはそのことなんだな？」

「『新年代記』と呼ばれているの。一連の大いなる災いの証拠がその時代から見つかれば、この理論が正しいことを証明できる、そう父は信じていた」

〈教授が聖書中の災いに執着していたのも無理はない〉

ジェーンが大きなため息を漏らした。この件に関してこれ以上は話を続けたくない素振りだが、ちょうど切り上げるべき頃合いでもあった。

四人は公園に面する通りまで達していた。

コワルスキの方が先に到着していた。道路脇に停まった大型トラックがエンジンをアイドリングさせていて、あたかも息を切らしているかのような音を立てている。濃い緑色をしたメルセデス・ウニモグの中古車で、これは四輪駆動車の野獣と評される車種だ。シートが二列ある幅の広いダブルキャブで、後部に小さなむき出しの荷台が付いている。その車体を支えるタイヤはごつごつしたトレッドパターンを持ち、腰と同じくらいの高さがある。どれほど険しい地形でも走行可能なように設計された乗り物だ。たとえぬかるみにはまってしまったとしても、前部のバンパーには大型のウインチが装備されているので自力で脱することができる。

運転席に座るコワルスキは、開け放った窓から片肘を突き出していた。窓からは葉巻の煙も漏れている。「トラックはこうでなくちゃな」大男は低い声でつぶやき、扉の外側を手のひらで力強く叩いた。

コワルスキが気に入ったのも当然だろう。まさにお似合いのカップルだ。どちらも動きがゆっくりで、騒がしく、どこか洗練されていない。

セイチャンが手を振って乗るように合図したが、その目は通りへの警戒を怠らない。

「問題はないか？」グレイは訊ねた。

「今のところは」

〈ひとまず、それでよしとするしかないな〉

午後八時八分

デレクはトラックの後部座席でｉＰａｄを操作していた。

青ナイル川の流れに沿って延びる二車線の道路を南に向かって四十五分間も走行しているうちに、車窓の景色への興味は失せてしまっていた。ハルツームの市街地の明かりははるか後方に消え去り、今はあたかも時間をさかのぼっているかのようだ。暗い耕作地とその間を流れる銀色の灌漑（かんがい）用水路、ヤシの木立、のんびりと寝そべる水牛の巨体、時折現れる日干し煉瓦の小屋といった周囲の景色のほとんどは、何世紀もの間、変わらないままなのだろう。

けれども、エジプトを南北に貫き、王国の肥沃な恵みの源になった力強い大河と比べると、青ナイル川はささやかな小川にすぎない。このあたりの川がそこまでの恵みをもたらすことはない。農地や植栽は遠くまで広がっておらず、控え目な川の流れに寄り添うように続いている。

銀色の月明かりを浴びて遠くに浮かび上がる低い丘陵地帯がはっきりと見通せる。何もない不毛の地から成る地形は、年老いて背中の曲がった物乞いが渇きで死にかけているかのような姿だ。あの丘陵地帯のさらに向こうには、何千キロにも及ぶ灼熱の砂漠がデレクたちを待ち構えている。

砂漠を横断するには計画が必要だ。

今のデレクはそのことに神経を集中させていた。以前に議論した内容を精査しておかなければならない。ルファアの村に到着した後は、砂漠を移動して教授が発見された地点まで向かう予定になっている。そこから先の計画はまだ煮詰まっていない。だが、デレクには考えがあった。

隣に座るジェーンが目を覚ました。低いエンジン音、サスペンションの揺れ、それにこの数日間の極度の緊張のせいで、いつの間にか眠っていたようだ。「何をしているの？」ジェーンがあくびを噛み殺しながら訊ねた。

ｉＰａｄの画面の発するやわらかな光がジェーンの顔を照らし出す。ふと気づくと、デレクは作業画面を見つめるジェーンのカールしたまつ毛に見とれてしまっていた。

デレクは咳払いをした。「僕たちが取るべきルートを地図に示そうとしていたんだ。まあ、できっこない作業なのかもしれないけど」

ジェーンが肩に体をくっつけながら身を乗り出した。「見せて」

自分でも驚いたことに、デレクはこの情報をジェーンに教えたくて仕方がなかった。それに言葉にすることで見えてくる部分もあるかもしれない。

「僕たちにわかっているのは、君のお父さんが調査団のチームと一緒に第六急流から姿を消し、その二年後、南に何百キロも離れた地点に、ルファアの村からそれほど遠くないところに、再び現れたということだ。あいにく、その間にどこにいたのか、あるいはお父さんと調査団が道なき砂漠の中でどんなルートをたどったのかについては、これまでまったく情報がなかった。でも今なら、リヴィングストンによるスカラベの古いスケッチの中に隠されていた手がかりから、君のお父さんがどこに引き寄せられていたのかをつかめるかもしれない」

デレクはジェーンにもよく見えるようにiＰａｄの角度を変えた。「この地域の衛星画像の中に、リヴィングストンがスカラベの二枚の羽で川を二分したところに合わせて、ナイル川の二つの支流を区切る一本の線を描き入れたんだ。その次に第六急流――君のお父さんが出発した地点と、たどり着いたルファアの村を点線で結んでみた」デレクは実線と点線が交差してできたＸを指差した。「手始めに探すべきなのはここじゃないかと思う」

「すごいじゃない」ジェーンがデレクの膝に手のひらを添えた。

もう一人からも同意の声があがった。「同感だな」後部座席の反対側からグレイが感想を述べた。

デレクは頬が熱くなるのを感じた。グレイも話を聞いているとは思っていなかったのだ。「ありがとう」

グレイが手を差し出した。「見せてもらえるかな？」

デレクがｉＰａｄを手渡すと、グレイは身を乗り出し、前の座席のセイチャンとコワルスキにも地図を見せた。

セイチャンの反応はそれほど熱のこもったものではなかった。「砂漠

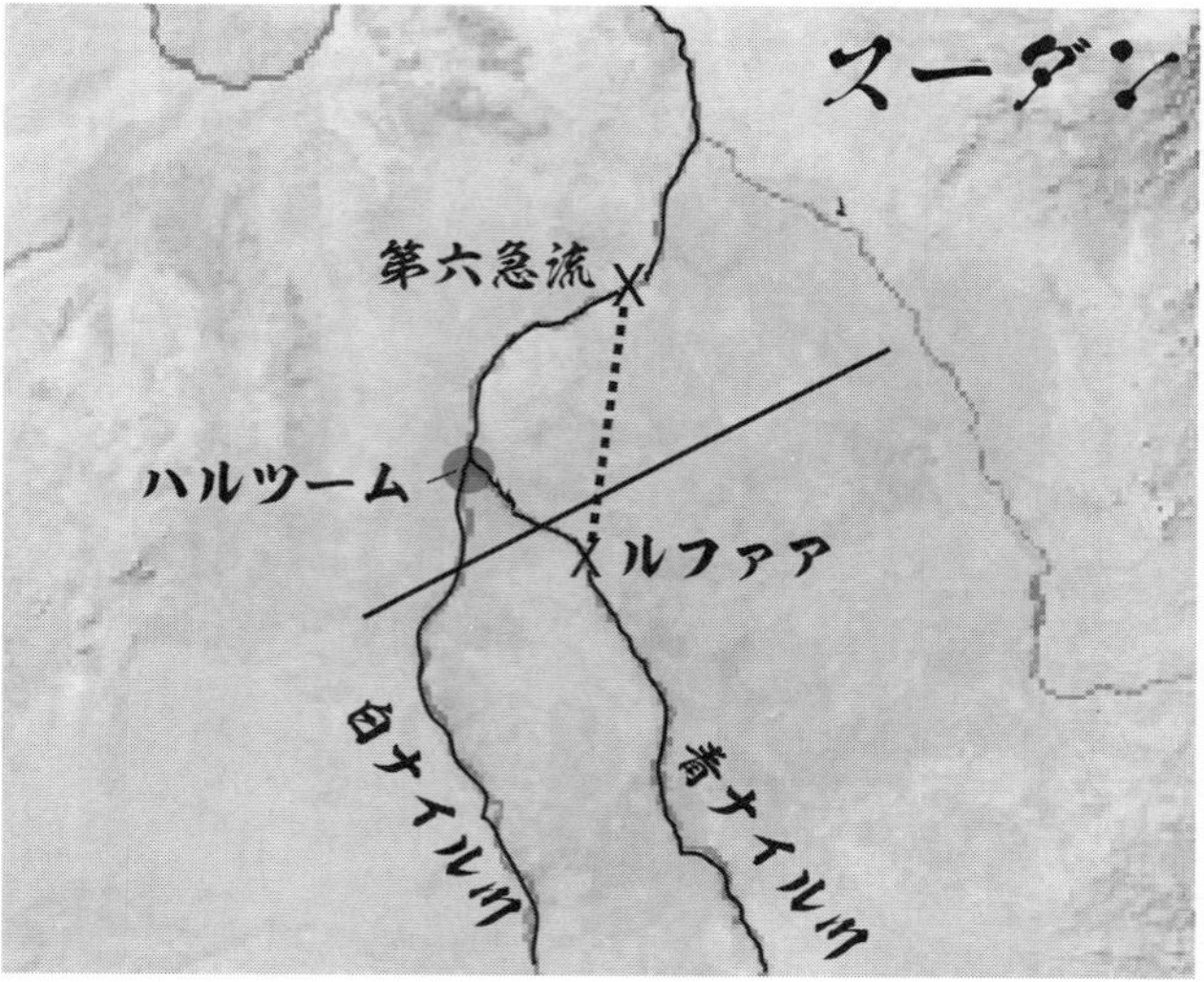

を当てもなく走り続けるよりはましかもね」

ハンドルを握るコワルスキが前方を指差した。「この先に光が見えるぜ」

グレイが衛星電話の地図を確認した。「あそこがルファアに違いない」

不意にジェーンが不安そうな表情を浮かべ、デレクの膝から手を離した。デレクには彼女の動揺の原因が推測できた。ジェーンの父親はここにたどり着こうとする途中で命を落としたのだ。

「心配いらないよ」デレクは優しく言い聞かせた。

その通りであることを祈りながら。

午後八時二十八分

村はジェーンが予想していたよりも大きかった。キビの茎を利用した壁で囲まれた小屋が何軒か固まっている程度だろうと想像していたのだが、実際のルファアは青ナイル川の蛇行部分に広がる集落で、それなりの規模がある。

「簡単に迷子になってしまいそうなところだな」デレクが感想を述べた。

ジェーンも同意見だった。

無秩序に広がった村を未舗装の道が分断しているため、平らな屋根を持つ四角い建物から成る迷路ができ上がっていて、さらには細い路地や壁に囲まれた小さな中庭まである。すべてが同じ日干し煉瓦を材料にして造られているらしく、その統一感が見る者の目を惑わせる。目印になる唯一の建物は村のモスクで、白いミナレットが灯台のように光り輝いている。

ジェーンは村の名前の由来になったルファア族の人たちがアラブ系で、イスラム教のスンニ派の信者だということを知っていた。村人の多くはここに家を構えているが、今もなお遊牧民風の生活様式を維持している人たちも少なくない。父を発見したのもそんな人たちだった。彼らが所属するジャアリインという部族は、何千年も前と同じように今でも砂漠を放浪し続けていて、自分たちが預言者ムハンマドのおじアッバースの子孫だと主張している。

トラックが速度を落とし、歩くようなゆっくりとしたスピードで村の外れを抜けていくと、子供たちが道端からじろじろとのぞき込んだ。エンジン音に驚いたヤギたちが抗議の鳴き声をあげながら、トラックの進路から逃げていく。ようやく細い人影が車に向かって手を振り、道の真ん中に出てきた。

「俺たちが会う予定になっているのはあいつか?」コワルスキが訊ねた。

「そうらしい」グレイが答えた。「向こうから俺たちを見つけてくれと伝えてある」

　トラックが停止すると、案内役がコワルスキの側の開いた窓まで小走りに近づいてきた。十六歳か十七歳くらいの少年で、濃いコーヒー色の肌をしている。紫のチェック柄のサッカージャージ、ベージュの半ズボンにサンダルばきという格好だ。

「僕はアーマド。ようこそ」

　コワルスキが振り返ると、グレイがうなずいた。あらかじめ名前を聞かされていたらしい。

「僕が家族のところに連れていく。みんなで食べる」少年は口に食べ物を入れる仕草を見せた。「それから行く。いい？」

　コワルスキが肩をすくめた。「食べることに異存はないね」

　アーマドが少し開けた場所を指差した。「トラックはあそこに。あんまり遠くないから」

　一行の不安げな表情に気づいたのか、少年は付け加えた。「安全だよ。心配ない」

　その意見にセイチャンが眉をひそめた。「私はトラックに残った方がよさそうね」

　グレイがうなずき、コワルスキにトラックを言われたところに停めるよう指示した。咳き込むような音とともにエンジンが停止すると、グレイはトラックから降り、イヤホンをはめた。

「セイチャン、何か問題が発生したら無線で知らせてくれ」

　不安をぬぐい切れないまま、ジェーンはデレクに続いて反対側からトラックを降りた。

「あの子を信用できると思う?」

「これから彼の案内でスーダンの未開の砂漠に足を踏み入れることになるんだから、今のうちから信用しておく方がいいんじゃないかな」

全員の準備が整うと、アーマドは一行を村の中心へ案内する前に甲高い口笛を鳴らした。それにこたえて、痩せてあばら骨の浮き出た犬が暗がりから飛び出し、少年に駆け寄ってきた。しっぽを激しく振っている。まだ若い犬のようで、体は黒と金のまだら模様の剛毛に覆われ、瞳は茶色、ぴんと立った大きな耳は丸みを帯びている。

「素敵な女の子だよ」アーマドが誇らしげに言った。

ジェーンが手を差し出すと、犬はにおいを嗅いだ。「何て名前なの?」

興味を持ってもらえたことがうれしかったらしく、少年の笑みが大きくなる。「アンジン」

ジェーンは当惑して顔をしかめた。

「どういう意味なんだ?」コワルスキが訊ねた。

ジェーンはその質問に答えられる程度ならアラビア語のスーダン方言を知っていた。

「『犬』という意味」

コワルスキが肩をすくめた。「まあ、悪くないんじゃないか」

ジェーンが歩いていると隣にデレクが並んだ。「あの少年のペットはリカオンだと思う。

雑種かもしれないけど」

ジェーンはより敬意を込めた目で「犬」を眺めた。群れで狩りをすることで有名なこの肉食獣の話は聞いたことがある。ついさっき、手を差し出したことを思い返す。

〈まだ手が残っているのは運がよかったのかも〉

先頭を歩くアーマドは興奮を抑え切れない様子で、今にも走り出しそうだ。ツアーガイドを気取ってずっとしゃべり続けている。

「あそこを見て」少年は緑色をした低い半球状の構造物を指差した。「族長のタナのお墓。とても大事な人。あと、あそこの角で、ヤギを一人で丸ごと一匹食べた人がいる」アーマドは後ろを振り返った。「本当だよ」

その話に感心しているのはコワルスキだけのようだ。

一行はようやく中庭に通じるアーチ状の入口に到着した。そこをくぐるとパンを焼く香りが漂い、すっかり忘れていたジェーンの空腹感を刺激する。肉が焼ける音にも引き寄せられる。ローブ姿の男女数人が、まるで古い友人と再会したかのように一行を出迎えた。裸足の子供たちが遠巻きに眺めている。恥ずかしそうに戸口の陰に隠れている子供もいる。

アーマドがロープでつながれたロバに歩み寄り、太い首を軽くハグすると、新しい友人を紹介した。「カルデ」

コワルスキが再びジェーンの方を振り返った。

ジェーンは通訳した。「『ロバ』の意味」

大男は首を左右に振った。「わからねえな。あの子は想像力が欠けているのか？　それとも、俺たちに単語を教えようとしているのか？」

その後も紹介が続いた。ジェーンの名前を耳にした村人たちから陽気さが消えたのは、誰の娘なのか認識したからだろう。一人ずつ頭を垂れて歩み寄り、悔やみの言葉を伝える。その偽りのない心遣いにジェーンは胸を打たれた。涙があふれそうになり、しばらく顔をそむけなければならなかった。

その間、デレクがそばに付き添ってくれた。

ジェーンは彼にもたれかかった。「ごめんなさい。どうして急に気持ちが揺れたのかわからない」

デレクはジェーンの肩に腕を回した。「悲しみのせいだよ。まったく予期していない時に、いきなり襲いかかってくるものなのさ」

ジェーンは呼吸を整えながら落ち着きを取り戻した。「もう大丈夫。失礼に当たるといけないし」

傍らにある野外のテーブルの上は瞬く間に食べ物でいっぱいになった。スーダンならではのごちそうばかりだ。スパイスと肉を煮込んだ強い香りのシチュー、どろっとしたモロコシのかゆ、ナツメヤシを盛った大皿、たっぷりのヨーグルトとニンジンのサラダ、さらにはそれらをすくって食べるための山盛りのフラットブレッド。

全員が豪華な料理を口に運んだ。その間もグレイは流暢な英語をしゃべる年配の男性と会話し、これから向かう場所に関する意見をできるだけ吸収しようとしていた。ジェーンは聞き耳を立てたりしなかった。それよりも、食事を存分に味わったり、女性たちに感謝したり、あぶったヒツジの肝臓をちぎってアンジンに分け与えたりすることを考えるようにした。どうやらここでは犬も客人と同様のもてなしを受けるようだ。たちまちおなかがふくれると、ジェーンは椅子の背もたれに寄りかかった。城郭を思わせる壁が中庭を取り囲み、その上に小さな明かりが連なっている。だが、その光も頭上の夜空を彩る無数の星の前にはかすんでしまう。

短い時間ながらも、ジェーンは満ち足りて安らかな気持ちになれた。けれども、心の奥ではそれが長続きするはずはないとわかっていた。

午後九時二十二分

〈ようやくお出ましね……〉

セイチャンは空き地に停めたウニモグから一ブロックほど離れた空き家の屋根の上で腹

這いになっていた。グレイたちが車を後にしてから十分が経過した後、セイチャンはトラックを降りて耳に手を当て、無線の連絡を聞くふりをした。その後も偽装を続け、応答した。〈了解。こっちは静かなもの。すぐにそっちに行くわ〉

それからバックパックをつかみ、グレイたちが歩いた道をたどった。仲間に合流するかのように数ブロック進み、尾行されていないと確信してから、セイチャンは迂回して元の場所に引き返し、停めたトラックが見える屋根に登ったのだった。

それからずっと、誰かが餌に食いつくのを待ち続けた。

トラックは村の悪党にとって魅力的かもしれないが、セイチャンの狙いはそんなこそ泥どもではない。アーマドも村人がウニモグにちょっかいを出すことはないと自信たっぷりな様子だった。セイチャン自身も長年の経験から、こうした村にはしばしば厳しい掟が存在することを知っている。見知らぬ人物から盗みを働くのはかまわないが、同じ村の人間から保護を受けている客人には決して手出しをしてはならない。

そのため、この四十分間は誰もトラックに近寄らなかった。

〈だが、状況が変わった〉

セイチャンの右手から人影が一つ現れた。その人物が着用しているのは「ジャラビア」と呼ばれる白い長袖のローブで、襟がなく丈は足首まであり、頭にも同じ色のターバンが巻かれている。薄い色とゆったりしたサイズのおかげで涼しいため、村の男性の多くが同じ服装をしている。つまり、想定外の事態が起きたわけではない。男の動きからは脅威が感じられず、大型の砂漠用トラックが物珍しいかのように、駐車したウニモグにさりげなく近づいていく。

それでも、相手の何かがセイチャンの頭の中で警報を鳴らした。男は右を見て、続いて左を見て、それからトラックに意識を集中させた。手に何かを持っているが、袖口の中に隠れているので見えない。

セイチャンは相手が完全に空き地の中に入り、迷路のような村の路地にすぐには逃げ込めない位置に達するまで待った。平坦（へいたん）な屋根の上を音もなく転がり、空き地からは直接見えない建物の反対側のかたい地面に下りる。低い姿勢のまま建物を回り込むと、セイチャンは男の背後から接近した。

すでにシグ・ザウエルは手に握っているので、必要とあればいつでも行動に移れる。セイチャンは距離を詰め、男が手にしているのは武器ではないとわかったものの、その正体までは見抜けなかった。神経が張り詰める。ほんの一瞬、セイチャンは男を背後から撃ち殺そうかと考えた。

〈だが、間違っていたとしたら？〉

罪のない男性を非道なやり方で殺害したりすれば、砂漠の遊牧民から協力を得られなくなるだろう。そのため、セイチャンはもう一歩、男に近づいた。さらにもう一歩。砂粒が動く音すら立てず、息を殺していたにもかかわらず、何かが男に危険を知らせた。

男が振り返った。瞳がきらめき、濃い茶色の顔に険しく冷酷な表情がよぎる。

セイチャンは即座に相手がただの泥棒ではないと悟った。引き金を引いたが、相手は横に飛びのき、肩から着地して体を回転させ、立ち上がる。男は瞬時の迷いもなく走り出した。

セイチャンは男の後を追った。銃口を向けて狙いを定める。男が一軒の家の正面を横切った時、煌々と明かりのついた窓を見たセイチャンは発砲を控えた。外した場合には中の住民に当たってしまうかもしれない。

そのためらいに乗じて、男は村の中心に通じる細い路地に逃げ込んだ。セイチャンが路地の入口に達した頃には、すでにその姿は消えていた。なおも後を追って自らも暗い迷路に入り込むような危険を冒すほど愚かではない。相手はいくらでも待ち伏せを仕掛けることができる。

その代わりに、セイチャンは喉元にテープで留めたマイクに手を触れ、無線でグレイを呼び出した。応答があると、自分たちに残された唯一の道を伝える。

「出発の時間」

グレイから説明を求める声はなかった。セイチャンの口調がすべてを物語っていた。

三分後、グレイがほかの仲間たちとともに戻ってきた。シグ・ザウエルを握り、デレクとジェーンの身を守っている。最後尾を歩くコワルスキはショットガンを構えていた。

グレイの視線がセイチャンの目をとらえた。セイチャンはうなずいて危険がないことを伝え、トラックの方に手を振った。

ようやくグレイが質問した。「何があったんだ？」

セイチャンは話して聞かせた。

「ということは、ただの泥棒だったかもしれない」グレイが返した。

セイチャンは相手の目つきを、相手の動きを振り返った。「いや、ありえない」

グレイはそれ以上問い詰めなかった。

突然、村の方から人影が走り出てきた。セイチャンは素早く武器を構えたが、姿を現したのはアーマドだった。

「待って！　僕も行く！」少年はセイチャンたちに向かって叫んだ。

グレイはその求めを拒もうとしているように見えた。少年の身を危険にさらすことになるのではと案じているのだろう。

セイチャンはグレイに当初の計画を言い聞かせた。「このあたりの砂漠のことをよく知っている人間が必要なんじゃないの？」

アーマドがうなずいた。「僕はとてもよく知ってる」

グレイが背中をこわばらせながらため息をついた。すでに少年の命が自分の双肩にかかっているかのような仕草だ。「わかった。みんな乗ってくれ。すぐに出発する」

アーマドが笑みを浮かべ、振り返って口笛を吹いた。

彼の犬が駆け寄ってきた。

グレイは何も言わずにトラックに向かい、この最後の乗客の追加を認めた。

コワルスキは黙っていられなかった。「あの子がロバを連れていくと言わなかっただけありがたいぜ」

午後九時四十一分

トラックのうなるようなエンジン音はヴァーリャが身を隠している場所にまで届いた。ターゲットがここを離れようとしている。村の中にこだまする騒々しい出発音が、ヴァーリャの不機嫌をさらにあおる。

〈あの女め〉

村人の家の中に立つヴァーリャは借り物のジャラビアを脱ぎ、白い髪を隠していたターバンを外した。全裸のまま、大きく一つ深呼吸をする。真っ白な肌とタトゥーを隠す濃い茶色のメイクは、もうしばらく残しておく。老婆に変装する時にまだ必要だからだ。過去に訓練の一環として、背景に溶け込むという教えを受けたことがある。その教えを身に着けるのは容易だった。自分にとってこの白い肌は、どんな顔でも描くことのできる真っ白なキャンバスのようなものだ。

二時間前、ヴァーリャはハルツームからこの村に到着し、獲物たちが訪れるのを待ち構えていた。

アントンが手配したチームはすでに砂漠に深く分け入り、本当の罠を仕掛けている。ヴァーリャの狙いは成功の確率を少しでも高めることにあった。敵のトラックは年代物で、GPSなどなかった時代に製造されている。そのため、離れた場所からトラックの動きを監視する方法はないし、敵が陸路で砂漠の横断を開始すれば追跡はなおさら困難になる。ホイールウェルの中に発信機を隠すことで、ヴァーリャはその問題を解決しようと目論んだ。簡単極まりないやり方だ――それなのに、あの女に見つかり、失敗に終わってしまった。

今夜の作戦の中で唯一、得たものがあったとすれば、あの女の名前を聞けたことだ。

〈セイチャン〉

ヴァーリャはその情報に満足感を覚えた。あの女はもはや謎の存在でも、伝説の存在でもない。殺す対象の一人の女にすぎない。

そう思いつつも、ヴァーリャは二度とあの女を見くびってはならないと自らを戒めた。

踵を返すと、ヴァーリャは部屋の片隅に横たわる二つの死体に歩み寄った。喉を切り裂かれ、地面がむき出しになった床の上で仰向けに倒れている。流れ出た大量の血が乾いた土に浸み込みつつある。

二人はこの家に住む老夫婦だ。村に到着後、ヴァーリャは頭からつま先までブルカにくるまって二人の後をつけ、物乞いを装いながら家の戸口をくぐり抜けた。建物内に入るとブルカを脱ぎ、白い本当の姿を現した。相手が驚いた隙に、その顔に浮かぶ恐怖の表情を味わいながら、物音一つ立てることなく二人を始末したのだった。アフリカの多くの土地では、アルビノは神秘的な存在と見なされ、その骨には幸運が宿ると考えられている。そうした迷信のせいで、この大陸では多くのアルビノの子供たちが殺害され、不思議な力を持つとされるその体の一部がブラックマーケットで売買されている。

ヴァーリャは老夫婦の死体を見下ろした。

〈私たちが幸運の印だとは限らない〉

まだ時間に余裕があるため、ヴァーリャは黒い柄を持つアサメイ——祖母が使用していた儀式用のナイフを手首の鞘から抜いた。老婆の傍らにひざまずき、ナイフの先端で死体の額に自らの記号を刻む。もはや血の通わない皮膚にホルスの目がゆっくりと開き、あたかもヴァーリャをたたえるかのように見つめ返す。

心の安らぎを覚えたヴァーリャの顔にかすかな笑みが浮かぶ。間もなく別の人間に、真に値する女の額に、同じ記号が刻まれることになる。ヴァーリャは相手の名前をささやいた。

「セイチャン……」

14

六月二日　東部夏時間午後九時二十二分
バフィン湾上空

バフィン湾の上空を旋回するガルフストリームの機内で、ペインターは目的地を観察していた。エルズミーア島は進行方向正面の氷霧(こおりぎり)にかすんだ中にある。鋭角に切れ込んだ入り江、小さな湾、とがった岩肌、崩れた頁岩(けつがん)の浜辺から成る入り組んだ海岸線が続いている。一部では厚い氷の板が岸に乗り上げ、トランプのカードをばらまいたかのように積み重なっていた。

「住むのに適した土地には見えませんね」通路を挟んで反対側に座るキャットが窓の外を眺めながら口にした。

「だが、それでも人間は方法を見つけ出す」ペインターはここまでの飛行中、エルズミーア島に関する情報に目を通していた。「この島には約四千年前に先住の狩猟民族が住み着いた。後にヴァイキングがやってきて、十七世紀にはヨーロッパ人が続いた」
「そして今度は私たち二人、というわけですね」キャットは雰囲気を和らげようとしてくれている。

不安で胃を締め付けられた状態のままのペインターは、うなずきを返しただけだった。ワシントンでは時を移さず行動を起こし、直属の上司に当たるＤＡＲＰＡのメトカーフ大将にこの任務を進言した。大将からは千五百キロ以上離れた北極圏まで赴く必要性について疑問の声があがったものの、ペインターは頑として譲らなかった。その後、ペインターとキャットはガルフストリームのエンジン性能の限界に挑みながら真北に向かった。途中で給油のために立ち寄ったのは、グリーンランドの西岸に位置する米軍の最北端の基地、チューレ空軍基地だ。

この地域の重要性に疑問を感じる人がいたとしても、チューレ空軍基地がその答えを提供してくれる。空軍の二つの別個の中隊によって運営されているこの基地は、弾道ミサイル早期警戒システムと世界衛星管制網の拠点になっている。また、グリーンランド各地やその周辺の島々に点在する十以上の軍事施設や研究施設の地域ハブとしての役割も果たしており、そうした施設の一つにエルズミーア島のオーロラ・ステーションも含まれる。

しかも、今のはアメリカだけに限った数だ。

カナダも複数の施設を保有しており、その中の一つのアラートは同じエルズミーア島にある軍事および研究拠点で、北極点から約八百キロ南に位置している。

ペインターは島の中央部の上空を飛行する機内からアラートを確認しようとしたが、ここでは距離感がまったくつかめない。操縦士は島の北端を占めるクッティニルパーク国立公園とその南に広がる氷河との間の針路を取っていた。翼の真下に延びているのは雪に覆われた頂が連なるチャレンジャー山脈だ。

「もう間もなくのはずです」キャットが言った。

オーロラ・ステーションは北極海に面した島の北西岸に建設された。ペインターが調べたところによると、その場所が選ばれたのにはいくつかの理由があるが、施設が取り組む複数のプロジェクトで研究対象になっている北磁極に近いということが大きかったようだ。地理的な北極点は比較的安定している一方で、北磁極は何世紀にもわたって移動を続けており、エルズミーア島の沿岸をゆっくりと通過した後、北極海を北上している。

操縦士から無線で連絡が入った。「あと約三十キロだ。十分後に着陸の予定。行く手の空模様を見ると、早めに到着できて運がよかったと言えそうだ」

ペインターは陸地から空に注意を向けた。真上には雲の断片しか浮かんでいないが、北西方向の空には一面の黒雲が立ちはだかっている。嵐が近づいていることは事前に知らされていたものの、予報は一時間ごとに悪化の一途をたどっていた。この地域には数日間、ことによると数週間、嵐が吹き荒れることになりそうだ。ペインターがメトカーフ大将に強く訴えかけた理由はそこにある。この機会を逸すれば、サフィアを救出できる見込みは日を追うごとに厳しくなっていく。

そんな事態は避けなければならなかった。

それでも、まだ別の問題が残っている。

キャットがそのことを口にした。「嵐に見舞われたら、通過するまで身動きが取れなくなりますね」

かなりの強風が吹くとの予報が出ているため、このジェット機は施設に着陸して二人を降ろした後、即刻チューレ空軍基地に向けて引き返し、嵐をやり過ごす予定だ。基地の司令官のワイクロフト大佐には、作戦成功の暁にはすぐさま救援を派遣できるように待機せよとの極秘命令が伝わっている。しかし、大佐からも嵐が任務の遂行の妨げになるかもしれないとの連絡が入っていた。

それでも、ペインターは動じなかった。

「前に進む以外の選択肢はない」ペインターは答えた。

キャットがその発言に異を唱えようとするかのように視線を向けた――だが、思い直したらしく、窓の外に注意を戻した。この任務を強引に推し進めていることは、ペインター自身も承知している。一方のキャットは、何とかしてしっかりと手綱を握り締め、もっと慎重なやり方を促そうとしている。これまでのところ、表立って意見の対立があったわけではない。ペインターは心の奥で、キャットが二人の、およびサフィアの身の安全のために、最善の策を取ろうとしているのだと理解していた。

キャットが小さく驚きの声を漏らした。

「どうしたんだ?」ペインターは訊ねた。

キャットは窓の外に目を向けたままだ。「写真で見ていたのとはまったく印象が違います」

ペインターが地上の光景に注意を戻すと、ガルフストリームはオーロラ・ステーションの滑走路に向かって旋回した。極地で一般的に使用されている小型機のセスナが数機、滑走路の近くに駐機している。嵐の襲来に備えてしっかりと固定されているようだ。鋼鉄製の格納庫に向かって移動中のジェット機も見える。

だが、キャットを驚かせたのはそうした光景ではなかった。

ずんぐりとした形の研究棟の建物群の先に、オーロラ・ステーションの誇る工学技術の真の驚異が存在する。施設の電離層研究装置は平坦なツンドラ地帯の一・二平方キロメートル以上を占める。光線を生成する発電所は地下に埋まっているが、地表には鋼鉄製のアンテナ二千本が並んでいて、それぞれがネットワークでつながっている。アンテナは建物にして十階分の高さがあり、先端部分には腕を真っ直ぐに伸ばしたかのようなX字型の梁がある。

「何だか天の川みたいですね」キャットが感想をつぶやいた。

ペインターも同意見だった。ＨＡＡＲＰの百八十本のアンテナは格子状に設置されていたが、ここのアンテナ群はフラクタルの渦巻き模様に配列されており、液体を見ているような錯覚に陥る。美しさと実用性を兼ね備えた、まさに工学技術の傑作だ。

鋼鉄製のアンテナ群の作品の中央には深い穴があった。かつての鉱山跡で、北極諸島各地に数多く存在するそうした作業場の一つだ。この地域一帯にはこのような地面を掘削した穴が随所にあり、凍結した大地から銅、金、鉛、亜鉛、さらにはダイヤモンドまでを採掘している。北極圏には膨大な量の鉱山資源が眠っていて、今のところそのほとんどが手つかずの状態にある。ただし、このあたりの氷が融け、その下の大地があらわになるにつれて、状況は急速に変わりつつある。

「穴の中心から伸びているのは何ですか？」キャットが訊ねた。

ペインターは鋼鉄製の足場から成る尖塔状の構造物に目を凝らした。空に向けた先端部分には巨大な球体が載っている。光り輝く球体を同心円状に包み込む銅のリングには太いケーブルの束が組み込まれ、一つがフォルクスワーゲンの小型車ほどの大きさがあるいくつもの台形の磁石とつながっていた。

「サイモン・ハートネルの異常なまでの関心が具体化したものとでも言ったらいいかな」ペインターは答えた。「彼が崇拝するニコラ・テスラの作品を再現し、改良させようという試みだ」

「でも、何なのですか？」

「テスラの最も野心的なプロジェクトの一つとされる、ウォーデンクリフ・タワーのハートネル版だ」

表面的に見た限りではあるが、眼下のタワーの造りにはそれと似ている部分がある。ペインターはｉＰａｄでウォーデンクリフ・タワーの画像を呼び出して二つを比較した後、キャットにタブレットを手渡した。

「テスラはロングアイランドに八十万平方メートルの土地を購入し、先端に巨大なクーポラを備えた十八階建ての木製のタワーと、それに電力を供給するための発電所を建設した。彼は世界初となる地球規模での無線通信システムを思い描いていて、世界各地に同じようなタワーを三十基以上も建設する構想を抱いていた。後には『地球の固有振動数』なるものを利用すれば、同

じネットワークを通じて世界規模での無線送電システムも可能だと信じるようになった」

「確かに野心的ですね」

「時代の先を行きすぎていたのかもしれない。資金援助を打ち切られ、計画は失敗に終わった。タワーは放置され、数年後に取り壊されてしまった」ペインターは下に目を向けた。「だが、失敗に終わったとはいえ、そうした高邁な野心はほかの人たちに刺激を与える。事実、サイモン・ハートネルが社名にクリフ・エネルギーを選んだのは、ウォーデンクリフ・タワーとそれが象徴していた希望や夢を評価していたからだ」

「それで下のタワーは？」キャットが訊ねた。「ハートネルは何を計画しているんですか？」

ペインターは眉をひそめた。「そこが問題だな」

ここに来ようと急ぐあまり、施設の様々なプロジェクトに関してはざっと目を通す程度のことしかできていない。読んだ範囲でわかっているのは、タワーがアンテナ群の増幅器だということだ。設計と形状はテスラに対して敬意を表しただけにすぎない。各種の報告書によると、タワーの目的はＨＡＡＲＰが成功させた電離層を刺激する光線の威力をさらに強めることにある。エネルギーの放出量を増やせば、アンテナ群の調査能力は増大するし、より正確な結果をもたらしてくれる。基本的にはＨＡＡＲＰの大型版といった位置付けで、一回り小さなかつての施設と同じ研究目標のために建造されたものだ。

〈しかし、こうしてじかに目にすると……〉

ペインターは胃がさらに強く締め付けられるように感じた。サフィアのことで頭がいっぱいだったため、このプロジェクトに対するしかるべき調査を怠り、仕様や目的の矛盾にまで意識が回らなかったのだ。

〈それとも、ＨＡＡＲＰの不思議なアンテナ群を見て邪悪な目的があると考えた陰謀論者たちと同じく、自分も深読みしすぎているのだろうか？〉

再び操縦士の声が無線を通して聞こえた。「シートベルトを着用してくれ。これから着陸に備えて降下を開始する」

ペインターはある確信を抱きながら背もたれに寄りかかった。

〈もはや引き返すことはできない〉

午後十時二十二分

覚悟しながらガルフストリームを降りたキャットだったが、それでも山岳地帯の湖に裸で飛び込んだかのような寒さが襲いかかってきた。すぐ近くの北極海から絶え間なく吹きつける風は、塩と氷の味がする。冷気がアノラックの首元から入り込んでくる。

強風に震える体を縮こまらせながら、キャットは片手でフードの襟を押さえ、もう片方の手で機内に持ち込んだハードシェルのスーツケースを握った。気温は六月上旬にしては記録的な寒さで、氷点下十五度を大きく下回っている。迫りくる嵐がこの記録を更新するのは確実だろう。

海の方に目を向けたキャットは、浮氷群の先の水平線近くまで空を覆い尽くした黒雲を見つめた。嵐をもたらす雲の西の端の低い位置にある太陽は、脅威を目の前にしてすくんでいるかのように見える。しかし、太陽に逃げ場はない。北極圏内のこの高緯度では、九月の一週目まで待たないと太陽は完全には沈まない。

左手の黒い滑走路上を白いものが素早く横切り、灰色がかった雪を積み上げた向こうに姿を消した。今のはホッキョクウサギだ。このような荒涼とした辺境の地でも生物は生き延びるための方法を見つける。それは陸でも海でも変わらない。このあたりはホッキョクグマ、アザラシ、イッカク、シロイルカの生息地に当たる。カリブーの群れが大自然の中をさまよい、全身を毛に覆われたジャコウウシの姿も珍しくない。エルズミーア島の古いイヌイット名「ウニングマク・ヌナ」は、「ジャコウウシの地」を意味する。

滑走路の先には雪の間からところどころ緑色の草が顔をのぞかせ、シルトや表土が露出している部分には黄色いホッキョクヒナゲシや白い花をつけるハコベが彩りを添えていた。

厳しい環境に耐えながらも生き続けるそうした力強い先駆者たちの姿から、キャットは元気をもらった。

近くにあるコンクリート製の建物群は、ここのような地形でも目立つようオレンジ色に塗られていた。ペインターは周囲の景色には目もくれず、真っ直ぐ建物の方に向かっていく。

背後でガルフストリームが方向転換し、チューレ空軍基地への帰途に就く準備を始めると、キャットはウサギが姿を消した方角に再び視線を向けた。

〈私たちも同じようにここで生き延びようという強い気持ちを示さないと〉

キャットはペインターの後を追った。前方に目を向けると、オーロラ・ステーションの入口前で待つ出迎えの人たちの姿が見える。開け放たれた扉を通じて極寒の屋外に吐き出される暖気の中で、数人が固まって立っていた。彼らに向かって歩を進めるペインターの足取りからは、はっきりとした意図が感じられる。寒さから逃れようとしているかのようにも見えるが、サフィア・アル＝マーズの運命への思いが司令官を前に突き動かしているのだろう。

ペインターの後に続きながら、キャットは基地が嵐への万全の準備を進めていることに気づいた。二台のスノーキャットが地下のガレージに通じるスロープを下っている。滑走路の近くに駐機した数機のセスナは防水シートとロープで固定されている。どうやら格納庫には小型機まで収容する余裕がないようだ。ある格納庫内には最新式のリアジェットが見える。別の格納庫はちょうど扉を閉めようとしているところで、キャットはその隙間からボーイングの貨物用大型ジェット機の機体後部を垣間見ることができた。

〈本格的な空港としての機能を備えているみたいね〉

しかし、この施設がこれほどまで隔絶された地にあることを考えると、特に驚くようなことではないのかもしれない。

二人はようやく扉までたどり着き、暖かい施設の内部に案内された。外には数分間もいなかったにもかかわらず、暖かさが体を包み込むとキャットの口からため息が漏れた。

背後の扉が閉まったのに続いて、責任者の男性が大きな笑みを浮かべながら近づいてきた。サイモン・ハートネルその人だった。厚手のウールのタートルネックにジーンズ、はき古したワークブーツといういでたちだ。キャットはクリフ・エネルギーのCEOともあろう人物が来客の出迎えのような雑用までこなしていることに驚いた。

「世界の果てにようこそ」そう言いながら、ハートネルは北の方角を指し示した。「まあ、正確にはそうではありませんが、ここから果てまで見通すことができますよ」

キャットは笑みを返したものの、今のは昔からあるジョークで、初めて訪れた客を和ませるために何度となく繰り返されてきた挨拶なのだろうという気がした。代わってキャットも自らの役割を演じた。

「ありがとうございます」そう応対しながら、アノラックのフードを外す。「嵐が迫っているから、無事に到着できるかどうか自信がありませんでした」

ペインターが控え目にうなずいた。「いきなりの訪問にもかかわらず我々を受け入れてくれたことに感謝します」

ハートネルは手を振りながら気遣いの言葉を打ち消した。「抜き打ちの検査はどんな組織においても付き物ですよ。それにDARPAでしたらいつでも歓迎します。HAARPでのあなた方の活動がなかったら、オーロラ・ステーションは存在していないでしょうから」笑みがいちだんと大きくなる。「それに成果を披露するにはいい機会にもなりますしね。我々はここでの作業とその将来性を誇りに思っています」

「気候変動と闘うためですね?」キャットは慎重に探りを入れながら訊ねた。

「その通り。現在、我々は三十四種類のプロジェクトを進めているところですが、オーロラ・ステーションの主要目的は地球温暖化に対抗するための理論モデルの研究、監視、および検証にあります」

「立派な取り組みです」ペインターが返した。

CEOは肩をすくめた。「利益も上がってくれるといいのですが。それなりの資産があるとはいえ、理事会にもいいところを見せないといけないので」ハートネルは背を向け、先に立って歩き始めた。「でも、この件についての詳しい話は明日の午前中に回しましょう。まだ太陽が出ているとはいえ、もうだいぶ遅い時間ですから。さあ、お二人のお部屋にご案内します」

パステルブルーの通路を抜け、エレベーターに向かう。

「この施設の居室は地下のいちばん深いフロアにあります」ハートネルはエレベーターに乗り込みながら説明した。「そこならば天然の断熱効果が最も高いので、容易に暖かさを保つことができるのです」

ＣＥＯはＢ４のボタンを押した。

キャットの頭の中には施設の見取り図が入っている。地表の建物の地下には四つのフロアがあり、研究室、オフィス、作業部屋、倉庫のほか、屋内テニスコート、プール、映画館といった娯楽用のスペースもたっぷりと取られている。

一つの街があるようなものだ。

そんな迷宮の中からサフィアを見つけ出すのは困難な作業になると予想される。

また、キャットは入口からすぐのところに防犯カメラが設置されていることにも気づいていた。施設全体が監視下に置かれているのはまず間違いない。施設の警備主任を務める男の青白い顔が脳裏によみがえる。アントニー・ヴァシリエフ、またの名をアントン・ミハイロフ。

ハートネルがアントンとその姉——過去にギルドとつながりのある二人を雇ったのだとすれば、同じようにこの基地を守るために採用された人間がほかにどれだけいるのだろうか？

キャットはあの澄んだ青色の瞳に見つめられているような気がした。

ＣＥＯが二人の客人について、および偽の設定について、徹底的に調査を行なったことは確実だろう。エレベーターの扉が開き、外に出て案内を続けながら、ハートネルはそんなキャットの予想が正しかったことを証明した。

ＣＥＯが司令官の方を見る。「ペインター・クロウ。あなたの名前を存じ上げていますよ」

「そうなんですか？」聞き返したペインターは、かすかな驚きしか見せなかった。

厳しいスケジュールでの任務の遂行を強いられたこともあって、ペインターとキャットは偽名を用いていない。二人ともＤＡＲＰＡでの長い勤務歴があるのは事実なので、今回の隠れ蓑をさらに補強できる。どれほど綿密な調査を実施したとしても、シグマにおける二人の役割――あるいはシグマの存在そのものを示す記録は発見不可能だ。また、同じように厳しいスケジュールでの対応を余儀なくされたハートネル側の警備担当も、突然の査察に備えるための時間はわずかしかなかった。素性調査は大ざっぱなものしか行なう余裕がなかっただろう。

「ええ」ハートネルが返した。「あなたは温度制御されたマイクロリレーの特許を取得したペインター・クロウと同一人物なのでしょう？」

ペインターは片方の眉を吊り上げた。「そうです」

ハートネルは笑みを浮かべた。「ここではあなたの回路を七千個以上、使用しています。マイクロ工学におけるまさに画期的な製品ですよ。放熱の仕組みが……天才的としか言いようがない」ＣＥＯが肩越しに振り返った。「いつの日か、あなたをＤＡＲＰＡから引き抜きたいものです」

〈絶対に無理だろうけれど〉キャットは思った。

ハートネルに連れられて二人は広々とした休憩室を抜けた。遅い時間のため、中はがらんとしている。数人のスタッフが食事の載ったトレイから顔を上げ、三人の方に視線を向ける。奥にあるキッチンではまだ湯気が上がっていて、ニンニクのにおいが漂ってくる。

ハートネルはキッチンの方を指差した。

「おなかが空いた時は、ここに来れば二十四時間いつでも食事ができます。あいにく、今は時間が遅いのでメニューが限られていますけれど。でも、ここでは世界一のコーヒーを提供していますよ」

キャットはコーヒーを飲みたい誘惑に駆られつつうなずいた。

ハートネルは二人を左側の通路に案内した。「あらかじめお詫びを申し上げておきます。あなた方のお部屋はかなり質素な造りになっています。でも、続き部屋をご用意しておきましたので」

ますから」

「それでかまいませんよ」ペインターが言った。「長居はしないですぐに帰るつもりでい
〈その通りになればいいんだけれど〉

ハートネルがカードキーを手渡した。「施設はすべて電子的に制御されています。このカードには持ち主の日々のスケジュールを学習する機能も組み込まれていて、それに合わせて室温を調節することもできるのです。カードはあらゆる動きを記録しますから」

その説明にキャットは軽い不安を覚え、そもそもの意図がそこにあるのではないかという気がした。

ハートネルは左右の手のひらを見せた。「でも、さっきも言ったように、これ以上の話は明日に回して、資金援助した分に見合う価値をＤＡＲＰＡがここでの我々の取り組みから得ているかどうかについては、改めて確認するとしましょう」

「ありがとうございます」キャットはあくびを嚙み殺したが、それは演技ではなかった。

「あとはどうぞごゆっくり」小さくうなずいた後、ハートネルは通路を歩き去った。

ペインターはドアのロックにカードをかざしながら、天井に設置されたカメラにほんの一瞬だけ視線を向けた。「少し睡眠を取るべきだな」

「それがよさそうですね」キャットは話を合わせた。

二人は各自の部屋に入った。扉を抜けたキャットは、「質素な」という言葉の定義が自

分とハートネルでは大きく異なっていることを痛感した。内装はフォーシーズンズホテルにまさるとも劣らない。ハードウッドの床からはぬくもりが感じられ、キングサイズのベッドにはダマスク織とシルクが掛かっている。一方の壁にある厚手のカーテンは開いていて、そこにあるプラズマスクリーンに映った陽光まぶしいビーチと穏やかに打ち寄せる波を見ていると、この部屋がカリブ海に面しているかのような錯覚に陥る。室内には心地よい音楽が流れている。大理石でできた浴室をのぞくと、ジェットバスとスチームシャワーが備わっていた。

キャットは首を左右に振りながら、ハートネルがこうした設備のことをあえて隠していたのではないかと考えた。

〈隠し事があるのはこっちも同じだから〉

キャットはベッドに歩み寄り、布団の上に荷物を置いた。スーツケース内のカムフラージュされた仕切りの中には、分解したシグ・ザウエルが隠してある。だが、キャットはすぐに荷物を開けたりはしなかった。その代わりに、室内をくまなく調べる。

ようやくペインターの部屋に通じる扉からノックの音が聞こえた。扉に歩み寄り、カードをかざして入室を許可する。無言のまま部屋に入ってきたペインターを、キャットは腕を組んで立ったまま見つめた。ペインターは部屋の中を、次いで浴室内を、端から端まで歩いた。片手に装置を持ち、時々立ち止まっては壁や通風孔に近づけている。

やがて満足した様子でうなずくと、ペインターが口を開いた。「どちらの部屋も問題なさそうだ。話をしても安全だろう」

「これからどうします？」キャットはスーツケースのもとに近づき、武器を取り出して組み立てる準備にかかりながら訊ねた。

「サフィアを見つけ出す」

キャットはペインターの瞳に強い不安の色が浮かんでいることに気づいた。だが、司令官には曇りのない判断と集中力が要求される。この件に関わるすべての人のためにも。

「彼女は生きています」キャットは断言した。「殺すためだけにこんなところまで連れてくることなど考えられません。何らかの理由で彼女が必要なんです」

「だが、何のためなんだ？」

「そこが難しいところですね。その答えを突き止められれば、彼女を発見できる可能性も高くなるはずです」キャットは扉の方を一瞥した。「でも、手始めにどうしたらいいでしょうか？」

その問いかけに意識を集中させたペインターの表情から、見る見るうちに不安の色が薄まっていく。ようやく司令官は通路の方を指差した。

「まずは世界一のコーヒーを二、三杯いただくとするか――それからご近所さんとの親睦を図ることにしよう」

午後十一時二十六分

〈いったいどういうことなの〉

　施設内の図書室に座るサフィアは疲れた目をこすった。サフィアとローリーはエジプトの高貴な女性の全身に刻まれていたヒエログリフを書き写すことに、一日の大半の時間を費やした。年代の経過とミイラ化による皮膚の変化のため、骨の折れる作業だった。困難を極めたのには防護服を着用したままの作業を強いられたという理由も大きかった。

　数千年前ではなく数年前に彫られたかのように、読みやすい部分もあった。その一方で、肌から文字を浮かび上がらせるために、紫外線や赤外線を使用しなければならない箇所もあった。さらには、干からびた太腿の間や小さなつま先に記された文字を解読しなければならないという、解剖学的な問題を克服する必要にも迫られた。

　九時間という長い時間をかけて、ある程度の複写が完成した。作業の効率を考えてそれをデジタル化し、年月を経て劣化したヒエログリフをどうにか判読できる形に変換した。復元できた部分の一つが、サフィアのラップトップ・コンピューターの画面に表示されている。まるで虫に食われたかのように、隙間や欠落部分がある状態だ。

あれだけ綿密に作業を進めたにもかかわらず、一部の文字はどうしても解読できないままに終わった。最後の手段として、サフィアとローリーは王座に腰掛けた女性のまわりに3Dスキャナーを設置した。装置が発する四本のレーザーは表皮の奥深くまで届き、体の隅から隅まで読み取れる。内蔵されている画像化ソフトを使用すれば読み取った皮膚を伸ばしたり拡大したりすることも可能で、さらなる解読が期待できる。

　しかし、スキャンが完了するまでには何時間もかかる。

　夜通しの作業は機械に任せて、サフィアとローリーは図書室を訪れた。体表から復元できた数少ない無傷の部分を翻訳しようと試みているものの、これまでのところまったく進展は見られない。

「どれもこれも意味を成さない」サフィアはつぶやいた。

テーブルを挟んで向かい側に座るローリーも、自分のラップトップ・コンピューターで同じパズルに苦戦していた。「こんなのおかしいですよ。どうしてこの女性はわざわざ全身に無意味なヒエログリフを彫ったりしたんでしょうか？」

「ただの装飾なのかもしれない。くだらない意味だということを認識せずに漢字のタトゥーを入れる人がいるらしいから」

「それとこれとは違いますよ」

サフィアはため息をついた。「私もそう思う。彼女が保存しようとしていた重要な何かがあるに違いない」

〈でも、いったい何なの？〉

「そういうことなら、明日にする方がいいかもしれませんね」ローリーが応じた。「もう遅いですし、あなたも僕も疲れています。欠けている部分を埋めようとするのは朝になってからにしましょうよ」

サフィアはもどかしさを感じながらうなずいた。「単語が一つおきに抜け落ちていて、残っている単語も文字の半分が消えてしまっている、そんな本を読もうとしているような気分だわ」

「それにミイラの背中側は判別不能なまでに焼け焦げているじゃないですか」ローリーが指摘した。「本の後ろ半分もなくなってしまっているんですよ」

「確かにそうね」

ローリーがあくびを噛み殺そうとしたが、こらえ切れなかった。

サフィアは笑みを浮かべた。「目を開け続けていられるようになったら作業を再開しましょう」

「こっちはまだ無理かもしれませんけれど」ローリーはあざになって腫れ上がった右目を指差した。痛々しい傷跡が失敗の代償を物語っている。

その怪我を負わせた張本人が扉の脇に座っていた。アントンの視線が二人からそれることはほとんどない。

「絶対に突き止めてみせるから」サフィアはローリーに約束した。

二人は後片付けを始め、ラップトップ・コンピューターを閉じて小脇に抱えた。サフィアのコンピューターには様々な制限がかかっているが、夜の間に何かを思いついた場合に備えて、ローリーとメールあるいはビデオチャットを通じてやり取りできるように設定されている。

「最後に一つだけ聞きたいんだけれど」サフィアは言った。「皮膚の一部が長方形に失われていたあの部分。あなたの話だと、お父さんが検査のために切り取ったんだろうということだったけれど」

「あの女性が具体的にどのようにミイラ化したのかを調べようとしたからでしょう。父は奇妙だと考えていました」

「奇妙って、どういう風に？」

「墓に入る前に彼女が行なった儀式には、どこか独特のものがあると信じていたみたいです。でも、詳しい話はできませんでした。父と話をすることは週に一時間しか認められていなかったので」ローリーがアントンに視線を向ける。「それも僕たち二人が要求された作業をきちんとこなしたならば、という条件付きでしたし」

　サフィアは復元したヒエログリフの中にあった空白の長方形部分を思い返した。「お父さんはその切り取った部分に記されていた文字を書き写したりしたのかしら？」

「見当もつきません。でも、たとえそうだとしても、ほかのものと一緒に破壊されてしまったはずです」

「お父さんはいったい何を隠そうとしていたのかしら？」サフィアは誰にともなくつぶやいた。

　ローリーがその問いかけを聞きつけた。「そのために死ぬだけの価値があるものみたいですね」

　サフィアは顔をしかめ、若者の腕に触れた。「ごめんなさい」

　ローリーは足もとに目を落とし、苦々しげに吐き捨てた。「僕がその後始末をする羽目になったんだ」

ローリーが大股で扉に向かっていく。サフィアは若者を慰めるための言葉を探しながら、急いで後を追った。息子がどんな気持ちでいるのか、想像することすらできない。ローリーは父親を失ったという悲しみに耐えなければならないばかりか、自分を見捨てた父親への恨みも抱いているのだ。父親が命を捨てる覚悟を決めたことで、残された息子は敵の手から逃れられなくなった。そして今、ローリーは強制的に父親の足跡をたどらされている。

サフィアはハロルドの最後の行ないに思いを馳せた。

〈自分勝手な行動だったのか、それとも絶望に駆られたものだったのか？〉

サフィアがローリーに追いつくと、図書室の扉をノックする音が聞こえた。アントンが二人に下がるよう合図する。扉を開けたアントンは、戸口に立ちはだかって外から室内を見られないようにした。短い言葉のやり取りがあった後、ファイルが手渡される。

アントンが扉を閉め、ファイルを差し出した。「検査結果だ」

サフィアは困惑しながらもファイルを受け取った。中身を見ると、被験体のＤＮＡ解析のデータだった。組織サンプルから放射性炭素年代測定に至るまで、依頼した様々な検査のうちの一つだ。結果がこんなにも早く届くとは予想もしていなかったが、このプロジェクトの資金源になっている人物を考えれば、これくらいは何でもないことなのかもしれない。

サフィアはローリーとともに扉から離れた。特に驚くような結果を予期しているわけではない。女性の祖先をたどろうと考え、ミイラの常染色体およびミトコンドリアＤＮＡの遺伝解析を依頼しておいたのだ。この女性が古代エジプトのどこで暮らしていたのかの手がかりを得られるかもしれないとの期待からだった。

ファイルにはグラフや図表を含めた三十ページ以上にわたる詳細な結果が記されているが、先頭のページに要約が書いてある。サフィアは最後の一文を読み上げた。「『被験体にはは複数の対立遺伝子とマーカーが確認できるが、最も重要視すべきはハプログループＫ１ａ１ｂ１ａの存在で、これはレヴァント地方の出身を示す一方で、エジプト起源の場合に見られるＩ２サブクレードが認められない』」

ローリーが眉をひそめた。「考古遺伝学はどうも苦手なんですよ。つまり、どういう意味なんですか？」

サフィアは息をのみ、王座に腰掛けるミイラ化した女性の姿を思い浮かべた。「彼女はエジプト人ではないということ」

「何だって？」

サフィアは最も重要な部分を改めて目で追った。〈レヴァント地方の出身を示す〉

「たぶん……」サフィアはローリーを見た。「彼女はユダヤ人だと思う」

午後十一時五十五分

サイモン・ハートネルは凍(こご)えるような水温のプールからあがった。冷水につかっていた裸の体を震わせながら、温熱ラックからタオルを一枚手に取り、肌に付着した水滴をふき取る。

これは就寝前に必ず行なう決まり事だ。専用のプールは幅がわずか一メートル、深さは四メートルあり、水温は十三度に保たれている。毎晩、サイモンはこのプールに飛び込み、底に固定されたステンレス製のリングのところまで潜る。そのリングをつかみ、息が続く限り水中にとどまった後、一気に水面まで浮かび上がるのだ。

冷水のおかげですでに心の中の不安が消えつつある。この習慣がもたらす数多くの恩恵の一つだ。そのほかにリンパ液の循環を向上させて免疫系を強化したり、褐色脂肪細胞を活性化させて体重を落としたりといった効能があると言われる。少なくとも、胸に響き渡る心臓の鼓動から、心血管系に効果があるのは明らかだ。

再び全身を大きく震わせると、サイモンは厚手のローブを羽織った。

このちょっとした寒冷療法で体にショックを与えた後の方が熟睡できる。この毎晩の儀式によって、ずっと夜の闇に覆われたり、または太陽が沈まなかったりする日が何カ月も続くこの土地で体が覚える戸惑いを一掃しているからだろう。

また、頭がすっきりするおかげで、その日のいらだちを忘れることもできる。

DARPAからの二名の査察官の急な訪問のようなことを。

〈よりによってなぜ今なのだ？〉

重要な実験が四十八時間以内に予定されている。条件は申し分ない。これから訪れる嵐は砂漠のように乾燥したこの極北の地には珍しく多くの湿気を含んでいるだけでなく、二日前に観測された強力な太陽フレアによる磁気嵐の到来とも重なる。万全な状態にあるのに、延期することなど考えたくもない。

様々な不確定要素に考えを巡らせながら、サイモンは冷水プールを後にして、裸足のまま書斎に向かった。サイモンの居住空間は施設の地下五階部分の全体を占めていて、このフロアには一握りのスタッフだけしか出入りすることができない。サイモンは書斎に入り、手で削った板材のフローリングから伝わる輻射熱を心ゆくまで味わった。室内には古めかしさと真新しさが混在している。三方の壁にはマホガニー材の棚が取り付けられていて、何世紀も前に出版された本や書物が並んでいるほか、ガラスケースに収められた遺物や財宝もある。

その中の一つの壁は、全体がニコラ・テスラに捧げられていた。この発明家の博物館だと言っても過言ではない。サイモンが室内に入るのに合わせて電源が入ったプラズマスクリーンにも、かつてテスラが暮らしていたニューヨーカーホテルのスイートルームから見えるマンハッタンの景色が映し出されている。その３３２７号室の扉には、今もテスラを記念する銘板がある。

〈その部屋で彼の人生が終わり、私のライフワークとなる情熱が産声をあげた〉

　サイモンは何よりも大切な所持品をじっと見つめた。天井からのやわらかな照明を浴びてガラスの下に置かれているのは、一冊の厚い黒表紙のノートだ。

　一九四三年にテスラがその生涯を終えた翌朝、姪のサヴァ・コサノヴィッチがあわててホテルに駆けつけると、おじの遺体はすでに運び出された後で、室内にも荒らされた形跡があった。大量にあったはずの専門的な内容の書類は紛失していて、その中にはサヴァがおじのテスラから死後の保管を委託されていた数百ページのノートも含まれていた。その後、ＦＢＩが調査に入り、残るすべての研究や書類を押収した。政府が国家の安全保障に関わる問題だと判断した、というのがその理由だった。

〈それも当然だ〉

　サイモンは額に入れて壁に掛けた一九三四年七月十一日付の『ニューヨーク・タイムズ』の紙面に目を向けた。見出しには「七十八歳のテスラ、新型の殺人ビームを生み出す」とある。記事の内容は何百キロも離れた地点から一万機の飛行機を撃ち落とす威力がある粒子ビーム兵器についてだ。しかし、テスラはこの発明が戦争のための兵器ではなく、世界平和をもたらす手段だと信じていた。すべての国がこのビーム兵器を保有すれば、すべての戦闘が止まるはずだという考え方だ。また、同じ発明を利用した無線送電のほか、ビームによって高層大気を熱することで人工のオーロラを発生させ、世界中の夜空を照らすという構想までも抱いていた。

サイモンは笑みを浮かべた。

テスラには先見の明があった。彼は時代を先取りしていた。

今、ようやく時代が彼に追いついたのだ。

サイモンは黒表紙のノートを見つめた。各ページにはテスラの生まれ故郷の言葉であるセルビア語の几帳面な文字が記されている。サイモンがこのノートを発見したのは、ベオグラードにあるテスラ博物館の改装および拡張のための資金援助をした時だった。一九五二年になって政府はようやくテスラの書類を姪に返却し、その後それらの資料は博物館で保管された。しかし、サヴァはおじの研究の大部分をアメリカ政府が、なかでも国防研究委員会（ＮＤＲＣ）が隠し持ったままなのではないか、そう疑っていた。ちなみに、当時の同委員会で中心的な役割を果たしていたジョン・Ｇ・トランプは、ニューヨークの不動産王として君臨する人物のおじに当たる。

結局、サヴァの疑念は正しかったことが証明された。

サイモンは失われた文書の捜索に何百万ドルもの大金をつぎ込んだ。その結果、一九八五年にジョン・トランプが死去した時、大量の学術文書を母校のマサチューセッツ工科大学に遺贈したことが明らかになった。サイモンは膨大な量の文書の捜索のためMITに調査員を派遣し、特にテスラと関連があるものを探すように指示した。

サイモンにとって、これは決して当てのない依頼ではなかった。ジョン・トランプは第二次世界大戦後に高電圧工学会社を設立し、ヴァンデグラフ起電機を製造した。この静電発電機の仕組みは、テスラコイルとそれほど大きな違いがあるわけではない。さらにトランプは、全米技術アカデミーから「高圧機械の科学的、工学的、医学的応用の先駆者」と評された。

〈テスラにも当てはまる称賛の言葉だ〉

ジョン・トランプがNDRCの閉鎖を主導していたこともあって、疑念を抱いたサイモンは調査員を派遣して探らせたのだった。山のような資料の中から、調査員は手書きのセルビア語が記されたこれといった特徴のないノートを発見した。

サイモンはガラスケースに収められたそのノートを凝視した。

〈テスラの失われたノート〉

NDRCがこのノートを無価値だと判断したのもうなずける。内容は粒子ビームの製造に関する論文ではない――少なくとも、すべてのページがそのことに割かれているわけではない。記されているのは一八九五年当時の突拍子もない話だ。晩年、テスラはあるインタビューで自身のノートに記された秘密についてほのめかしていて、「新たな思いもよらない源から」エネルギーの正体を発見したと語っている。

〈まさしくその通りだった〉

トランプとＮＤＲＣはノートの内容が作り話で、空想の産物にすぎないと見なしたものの、サイモンは真実だと受け取った。記されている内容を検証するため、アフリカでの慈善事業に惜しみなく大金を寄付した。そうした中に含まれていたナイル川流域の建設プロジェクトや住宅事業が、予定地での考古学調査の資金援助にもつながった。各大学が研究プロジェクト、とりわけ何かと物入りなフィールドワークの資金捻出に四苦八苦している状況において、そうした取り組みを自らの目的に見合うように利用するのは難しいことではなかった。

そして二年前、漠然とした手がかりに導かれながら十年間に及ぶ捜索を続けた後、サイモンはテスラが決して明かさないと誓ったものを発見した。

それはまさに驚異と呼ぶにふさわしいものだったが、大きなリスクも伴っていた。

進行中のパンデミックがその証拠だ。

サイモンはノートに向かって眉をひそめながら、テスラと二人の仲間が口外しないとの約束を交わした理由を理解した。三人が発見したものは彼らの力では制御できなかった。失敗した場合のリスクがあまりにも大きすぎた。

だから彼らはそれを砂漠に埋めたままにしたのだ――世界の準備が整うまで。

サイモンは決意も新たに拳を握り締めた。

〈テスラにできなかったことを、私が成し遂げてみせる〉

世界のために。

どんな代償を払うことになろうとも。

背後でチャイムの音が鳴った。本棚に覆われていない壁の方を振り返る。そこには施設を監視するデジタルの目としての役割を果たすモニターが並んでいる。サイモンは壁に歩み寄り、かかってきたビデオ電話に出た。毎晩日付が変わるのに合わせて、必ずこの連絡が入る。

中央の画面にアントンの顔が表示された。一日の最後の報告の時間だ。

「受け持ちの二人は寝かせたのか?」サイモンは訊ねた。

「ドクター・アル＝マーズは部屋に戻して、鍵をかけてあります」アントンが応答した。

「今日はかなりの進展がありました。マッケイブ教授ですらも見落としていたと思われる発見も含まれています」

「どのような内容だ?」

「バイオ実験室の被験体――ミイラ化した女性はエジプト人ではなく、ユダヤ人だということです」

「ユダヤ人？」

アントンは肩をすくめた。「何らかの意味があるのかはわかりませんが、作業は明日も続行します」

サイモンはモニターの前の椅子に腰を下ろし、今の知らせに考えを巡らせた。テスラのノートとその中に記されていた電気微生物に関する計画を発見した後、サイモンはそうした伝染力の強い生物を手なずける方法がないか、科学的手段と歴史的手段の両面から探し求めた。

テスラはノートの中で解決法について示唆していたが、その答えは彼自身にも大きな動揺と戦慄（せんりつ）を与えたようだ——そのため、テスラは詳しく語ろうとしなかった。

サイモンが自らの研究の最終段階に進むのをためらっていた理由の一つはそこにある。理論的な観点からすれば、何もかもが道理にかなっている。しかし、わずかでも失敗すれば、あのエクソン・ヴァルディーズ号の原油流出事故ですらも牛乳をこぼした程度に思えるような生態学的大災害を引き起こしかねない。

けれども、世界はより大きな脅威に直面している。

ここエルズミーア島でも、温暖化によりすでに池や湿地の化学的条件に変化が見られていて、種や生息地が失われている。しかも、そのことは融けつつある氷山の一角にすぎない。研究者たちの試算によると、このまま何も手を打たずにいれば、地球上の生物圏は今世紀中に崩壊するという。

〈真の先見の明を持つ人物が現れない限り〉

サイモンは間近に迫った試練に思いを馳せた。二日後に始まる予定の実験は第一段階のもので、局所的なテストにすぎない。現実の世界において概念を実証するための機会だ。しかし、リスクを冒してまで実施するべきなのだろうか？　しかも、施設に監視の目が光っている状態で。

「客人たちの様子は？」サイモンは訊ねた。「ＤＡＲＰＡから来た我々の友人たちは何をしているのだ？」

「最後に確認した時には、カフェテリアでコーヒーを飲みながら雑談しているようでした」

「君が行なった素性調査は確かなのだな？」

アントンがうなずいた。「二人は十年近く、あるいはそれ以上前からＤＡＲＰＡで働いています」

〈それならいい〉

サイモンはこれ以上の問題を抱え込むわけにはいかなかった。「明日は二人に施設内の公式ツアーをしてやってから、さっさとお引き取り願うとしよう」

それでも、サイモンはあの二人の何かが引っかかっていた。具体的に言い表すことはできないのだが、何かが気になって仕方がなかった。サイモンは自分の直感を信じている。

かつてテスラもこう語っていた。〈直感とは知識を超越した存在である〉

「アントン、あの二人から目を離さないようにしろ」

「もちろんです」

「あと、スーダンから何か知らせは？　おまえの姉はもう一つの問題にどう対処しているのだ？」

「すべては予定通りです。あの問題は間もなく片付くでしょう」

「よろしい」

さらに二、三の細かい点についての話をすませてから、サイモンは通話を終えた。

少し間を置いた後、今度は施設内の別の秘密の地点からの映像を呼び出す。明るいハロゲンランプに照らされた洞窟の内部が表示された。かつてこの島でニッケルと鉛を採掘していたフィッツジェラルド鉱山の一部だ。坑道は半世紀前に浸水したが、断熱された深い地点にあるため水は凍結しない。サイモンはオーロラ・ステーションの建設中にその坑道を初めて見た時のことを思い返した。地下水は晴れた空を懐かしむかのような鮮やかな青い色をしていた。

結局、この古い採掘跡が格好の貯水タンクになった。

サイモンは湖の映像を眺めた。平らな湖面がその上に架かる鋼鉄製のキャットウォークを反射している。けれども、水の色はもはや透き通るような青ではない。血の海を連想させるような濃い赤に染まっている。

テスラの別の言葉を思い出し、サイモンは不安から身震いした。先見の明があったテスラは、ノートの中の秘密が明るみになった場合に起きることを予言していたのだろうか？

〈人が作り出した、想像も及ばないような恐怖を目の当たりにするだろう〉

サイモンもこの時ばかりは自らが崇拝する相手の考えが間違っていることを祈った。

（下巻に続く）

シグマフォース シリーズ11
モーセの災い　上
The Seventh Plague
２０１８年７月４日　初版第一刷発行

著……………………………………………ジェームズ・ロリンズ
訳……………………………………………………………桑田 健
編集協力………………………………株式会社オフィス宮崎
ブックデザイン………………………小林こうじ（sowhat.Inc.）
本文組版………………………………………………ＩＤＲ

発行人…………………………………………………後藤明信
発行所……………………………………………株式会社竹書房
〒102-0072　東京都千代田区飯田橋２－７－３
電話　03-3264-1576（代表）
03-3234-6208（編集）
http://www.takeshobo.co.jp
印刷・製本………………………………凸版印刷株式会社

ISBN978-4-8019-1510-7　C0197
Printed in JAPAN